# MOLLY MOON
# ET LE LIVRE MAGIQUE DE L'HYPNOSE

# GEORGIA BYNG

# MOLLY MOON ET LE LIVRE MAGIQUE DE L'HYPNOSE

Traduit de l'anglais
par Pascale Jusforgues

L'édition originale de cet ouvrage
a paru en langue anglaise
chez Macmillan Children's Books, Londres, 2002
sous le titre :
*Molly Moon's Incredible Book of Hypnotism*

# 1

Molly Moon contempla ses jambes roses marbrées de blanc. On aurait dit de la mortadelle, mais l'eau du bain n'y était pour rien : elles étaient toujours de cette couleur-là. Et tellement maigres ! Peut-être qu'un jour, comme dans l'histoire du vilain petit canard, ses jambes cagneuses et disgracieuses deviendraient les plus belles jambes du monde ? Tu parles...

Molly s'allongea dans la baignoire jusqu'à ce que ses cheveux et ses oreilles soient complètement immergés. Elle fixa le néon blafard, la peinture jaune et défraîchie qui s'écaillait des murs, et la tache d'humidité du plafond où s'épanouissaient d'étranges champignons. Comme elle avait les oreilles pleines d'eau, les bruits de l'extérieur lui parvenaient à travers un épais brouillard qui l'isolait du reste du monde.

Molly ferma les yeux. C'était une soirée de novembre comme une autre et elle était là, dans la salle de bain lépreuse d'une bâtisse délabrée ayant pour nom Hardwick House. Elle s'imagina en train de la survoler, tel un oiseau, observant d'en haut le toit d'ardoises grises et le jardin envahi par les ronces. Puis elle s'éleva dans les airs pour avoir une vue générale du village accroché à flanc de coteau. Elle monta, encore et encore, jusqu'à ce que Hardwick House ne soit plus qu'un point minuscule. On voyait maintenant toute l'agglomération de Briersville à l'arrière-plan. Prenant encore de l'altitude, Molly découvrit l'ensemble du pays, puis le littoral avec la mer de tous les côtés. Alors son imagination décolla comme une fusée. Elle se transporta dans l'espace afin de contempler la planète Terre de toute sa hauteur. Et là, elle resta à planer tranquillement.

Molly aimait bien s'échapper de la réalité. C'était relaxant. Souvent, quand elle était dans cet état, elle ressentait les choses différemment. Ce soir-là, c'était justement le cas. Elle avait la nette impression qu'il allait lui arriver quelque chose d'extraordinaire. La dernière fois qu'elle avait éprouvé cette sensation, elle avait trouvé un paquet de bonbons à moitié entamé dans la rue. La fois précédente, elle avait pu regarder la télévision deux heures de suite au lieu d'une. Elle se demandait donc quelle surprise l'attendait cette fois-ci. Elle ouvrit les yeux et se retrouva dans la baignoire. Le gros robinet chromé lui renvoya son image toute déformée. Beuh... Elle n'était quand même pas aussi moche que ça ? Cette boule de pâte informe, c'était son visage ? Cette patate rose, c'était son nez ? Et ces deux petites ampoules vertes, ses yeux ?

Au rez-de-chaussée, quelqu'un donnait des coups de marteau. Bizarre... Les réparations, ce n'était pas le genre de la maison. Molly prit subitement conscience que c'était quelqu'un qui tambourinait contre la porte de la salle de bain. Aïe. Elle se redressa brusquement et se cogna la tête contre le robinet. Les coups redoublèrent, accompagnés d'aboiements féroces.

— Molly Moon ! Si vous n'ouvrez pas cette porte *immédiatement*, je n'hésiterai pas à me servir du passe-partout !

Molly entendit tinter le trousseau de clés. Elle regarda son bain avec consternation : il y avait trop d'eau – beaucoup trop d'eau. Elle sortit de la baignoire illico, tira la bonde au passage et ten-

9

dit la main vers sa serviette. Il était temps. La porte s'ouvrit et Miss Adderstone fit irruption dans la pièce. Tel un serpent, elle fila ventre à terre vers la baignoire. Voyant le niveau de l'eau qui baissait lentement, elle fronça son long nez squameux, retroussa la manche de son chemisier en nylon et s'empressa de remettre la bonde en place.

— Je m'en doutais ! vitupéra-t-elle. Infraction délibérée au règlement de l'orphelinat !

L'œil venimeux, Miss Adderstone sortit un mètre à ruban de sa poche. Elle le déroula et, tout en suçotant frénétiquement son dentier mal ajusté (ce qui produisait des petits clappements mouillés), elle mesura la hauteur de l'eau à partir de la ligne rouge tracée sur le pourtour intérieur de la baignoire. Molly se mit à claquer des dents. Ses jambes roses bleuissaient à vue d'œil. Malgré le filet d'air glacial qui passait par le carreau fêlé de la fenêtre, elle commençait à avoir la paume des mains moite, comme toujours lorsqu'elle était nerveuse ou inquiète.

Miss Adderstone secoua le mètre à ruban, l'essuya négligemment sur la chemise de Molly et le rembobina d'un coup sec. Molly rassembla ses forces en attendant le verdict de la vieille bique. À voir sa face velue et ses cheveux gris coupés court, on était d'ailleurs plus tenté de l'appeler « sir » que « miss ».

— Trente centimètres de profondeur ! déclara la directrice. Compte tenu de la quantité d'eau qui s'est sournoisement écoulée pendant que je m'évertuais à frapper à la porte, j'en déduis qu'il devait y avoir au moins quarante centimètres d'eau au départ. Or vous savez pertinemment que les bains ne doivent pas excéder dix centimètres. Le niveau du vôtre étant quatre fois supérieur, vous avez donc utilisé l'équivalent de trois bains supplémentaires. Par conséquent, Molly, vous serez privée de bain pour les trois semaines à venir. Et, à titre de punition...

Voyant Miss Adderstone s'emparer de sa brosse à dents, Molly comprit qu'elle allait lui infliger son châtiment préféré, et son cœur se serra.

Miss Adderstone la toisa de ses yeux noirs et ternes. Dans une mimique monstrueuse, elle creusa soudain les joues, décolla son dentier d'un vigoureux coup de langue, puis le fit tourner dans sa bouche avant de le réajuster à ses gencives racornies. Après quoi, elle tendit brusquement la brosse à Molly.

— Cette semaine, vous serez chargée de l'entretien des toilettes. Je les veux impeccables, Molly, c'est pourquoi vous emploierez cette brosse à dents. Ne croyez pas vous en sortir en utilisant le balai des W.-C., car je vous aurai à l'œil.

Miss Adderstone passa une langue satisfaite sur ses fausses dents et quitta enfin la pièce. Molly s'affala contre la baignoire. C'était donc ça, la surprise qui l'attendait ce soir-là : la pire des corvées. Elle contempla sa brosse à dents crasseuse, espérant que son ami Rocky voudrait bien lui prêter la sienne.

Machinalement, elle tira un fil de sa serviette de toilette grisâtre et déjà atteinte de calvitie galopante. Elle se demanda quel effet cela faisait de s'envelopper dans une serviette douce et moelleuse, comme dans les publicités qu'on voyait à la télévision :

*Chouchoutez votre linge...*
*Offrez-vous la caresse*
*Et la douceur exquiiiise*
*D'une serviette lavée*
*Avec Nuaaage de briiiise...*

Molly adorait la pub. La vie agréable et confortable qu'elle dépeignait la tirait de son triste univers. La plupart des publicités étaient idiotes, mais elle avait ses préférées, qu'elle jugeait nettement au-dessus de la moyenne. Quand elle les repassait dans sa tête, elle avait l'impression de retrouver des amis, et des amis toujours très contents de la voir.

*La tendresse est de miiiise*
*Avec Nuaaage de briiiise !*

La sonnerie de la cloche la tira de sa molle et douce rêverie. C'était l'heure de l'appel du soir. Elle tressaillit, puis se releva avec lassitude. Elle était en retard, comme d'habitude. Jamais à l'heure, toujours des ennuis. On lui avait d'ailleurs attribué différents surnoms. Certains pensionnaires l'appelaient « Danger-ambulant », ou bien « Cata », à cause de sa maladresse, de son manque de coordination et de son penchant pour les catastrophes. D'autres s'amusaient à l'appeler « Dodo », sous prétexte qu'ils avaient envie de dormir dès qu'ils entendaient le son de sa voix, ou encore « Crapaud », parce qu'elle avait de grands yeux vert foncé, plutôt écartés. Il n'y avait que Rocky – son meilleur ami – qui l'appelait Molly, ainsi que les plus jeunes de l'orphelinat.

— Molly ! Molly !

À travers le flot tumultueux des enfants qui se ruaient vers l'escalier, elle aperçut la tignasse noire et frisée de Rocky, qui lui faisait signe de se dépêcher. Elle ramassa sa brosse à dents du bout des doigts et se précipita vers sa chambre, qu'elle partageait avec deux autres filles : Hazel et Cynthia. Au passage, elle se fit bousculer par Roger Fibbin et Gordon Boils, deux garçons plus âgés qu'elle. Ils la repoussèrent sans ménagement.

— Reste pas dans le passage, Cata !

— Dégage, Dodo !

— Vite, Molly ! s'écria Rocky en finissant d'enfiler ses chaussons. Si on arrive encore en retard, la vipère va piquer sa crise. Remarque, peut-être qu'elle s'étouffera avec son dentier ? ajouta-t-il en souriant, pendant que Molly cherchait son pyjama dans tous les coins.

Rocky avait le chic pour remonter le moral de son amie. Il la connaissait bien. Et pour cause : ils étaient tous deux arrivés à Hardwick House dix étés plus tôt. Un bébé blanc et un bébé noir.

Miss Adderstone avait trouvé Molly dans un carton, juste devant la porte de l'orphelinat. Quant à Rocky, on l'avait découvert dans la nacelle d'un landau abandonné incognito sur un parking, non loin du commissariat de police de Briersville. C'est parce qu'il hurlait à pleins poumons qu'on l'avait repéré.

Miss Adderstone n'aimait pas les bébés. Pour

elle, ce n'était que des créatures baveuses, bruyantes et malodorantes. Son estomac se révulsait à la simple idée de changer une couche. C'est pourquoi elle avait engagé Mrs Trinklebury, une veuve timide et bègue qui avait déjà eu l'occasion de s'occuper de nouveau-nés auparavant. Et, comme la brave Mrs Trinklebury avait l'habitude de baptiser les enfants trouvés d'après la nature de leur berceau ou de leurs vêtements d'origine, Molly et Rocky avaient reçu des noms exotiques, à l'instar de Moïse Wicker, qui avait débarqué dans un couffin d'osier, ou de White Satin, qui portait à son arrivée une chemise de nuit blanche ornée de rubans de satin de la même couleur.

Molly devait son nom aux marshmallows Moon, dont la marque s'étalait en grosses lettres vertes et roses sur les quatre côtés du carton qui lui avait servi de berceau. Cependant, Miss Adderstone avait refusé de l'appeler « Marshmallow », estimant que c'était un prénom beaucoup trop long pour un bébé si petit. Aussi avait-elle opté pour Molly, qui offrait le double avantage d'être court et en tout point conforme à la consistance molle des marshmallows et des nouveau-nés.

Pour Rocky, Mrs Trinklebury s'était inspirée du landau dans lequel on l'avait trouvé et dont la capote écarlate s'ornait du slogan : « Scarlet, solide comme un roc ». De fait, Rocky était un bébé robuste, d'un naturel rêveur et par conséquent très calme. Contrairement à Molly qui rêvassait pour fuir la réalité, il était plutôt porté sur la méditation. Quand il s'abandonnait à la rêverie, c'était pour s'interroger sur les bizarreries du monde qui l'entourait. Tout petit déjà, il restait fréquemment allongé dans son lit à chantonner tout bas ou à réfléchir, le sourire aux lèvres. Comme il avait une voix grave, légèrement voilée, associée à une jolie frimousse, Mrs Trinklebury affirmait qu'il deviendrait un jour une grande rock star et que toutes les femmes se pâmeraient en écoutant ses chansons d'amour. Selon elle, le nom de Rocky Scarlet lui allait donc comme un gant.

Mrs Trinklebury ne brillait pas par son intelligence, mais son tempérament doux et généreux rattrapait le reste. C'était une grande chance pour Molly et Rocky de l'avoir eue comme nourrice, car s'ils avaient été confiés aux seuls soins de l'amère Miss Adderstone, ils auraient grandi dans l'idée que le monde entier était mauvais et ils seraient probablement devenus mauvais à leur tour. Au lieu de cela, Mrs Trinklebury les faisait sauter sur ses bons gros genoux et elle avait l'art de les endormir en chantant. À son contact, ils découvrirent la tendresse d'une mère. Elle les faisait rire et essuyait leurs larmes lorsqu'ils étaient tristes. Et, quand il leur arrivait de demander pourquoi on les avait abandonnés, elle leur disait que c'était à cause d'un vilain coucou qui les avait poussés hors du nid. Puis elle leur chantait cette berceuse aux paroles mystérieuses :

*Petits oiseaux, pardonnez au coucou*
*Qui vous a poussés hors du nid.*
*C'est sa maman qui lui a appris,*
*Au gros coucou gris,*
*Qu'il faut faire son trou dans la vie.*

Chaque fois que Molly ou Rocky en voulaient à leurs parents, quels qu'ils fussent, de les avoir laissés tomber, la chanson de Mrs Trinklebury leur remontait le moral.

Malheureusement, la brave femme n'habitait plus l'orphelinat. On l'avait renvoyée dès le jour où Molly et Rocky avaient été capables d'aller sur le pot. À présent, elle ne venait plus qu'une fois par semaine pour aider au ménage et à la lessive. Molly et Rocky rêvaient de voir débarquer d'autres nourrissons, ce qui aurait automatiquement entraîné le retour de Mrs Trinklebury. Mais pas un seul bébé ne pointait le bout de son nez. Les nouveaux arrivants étaient déjà tous en âge de marcher et de parler et, pour faire des économies de personnel, Miss Adderstone les confiait souvent au soin des plus grands. Ruby, la plus jeune de Hardwick House, courait sur ses cinq ans et cela faisait belle lurette qu'elle ne mettait plus de couches, même pour dormir.

La nuit commençait à tomber. La pendule à coucou qui se trouvait dans l'appartement de Miss Adderstone fit entendre une série de couacs étouffés. Molly compta les coups. Six heures.

— On est super en retard ! s'écria-t-elle en décrochant sa robe de chambre pendue derrière la porte.

— Elle va piquer sa crise, c'est sûr, renchérit Rocky.

Ils s'élancèrent tous deux dans le couloir. Pour arriver au rez-de-chaussée, c'était une véritable course d'obstacles, mais ils l'effectuèrent en un temps record. Ce trajet-là, ils le connaissaient par cœur pour l'avoir fait des milliers de fois. Après le coin, dérapage contrôlé sur le lino ciré, puis virage sur les chapeaux de roues, saut en longueur sur le palier et descente quatre à quatre de l'escalier. À bout de souffle, les deux amis traversèrent le hall d'entrée sur la pointe des pieds. Passé la salle de télévision, ils se dirigèrent vers la salle de réunion aux murs lambrissés de chêne foncé. Ils y entrèrent discrètement.

Sur les neuf enfants alignés le long des murs, quatre avaient moins de sept ans. Espérant que Miss Adderstone n'avait pas encore appelé leur nom, Molly et Rocky se rangèrent du côté des gentils, c'est-à-dire juste après Ruby et Jinx, les deux benjamins de la troupe. Du côté des méchants se trouvaient Hazel Hackersly, la reine des pestes, et Gordon Boils, le prince des teigneux. La première regarda Molly en louchant affreusement, le second en faisant mine de se trancher la gorge avec l'index.

— Ruby Able ? appela Miss Adderstone.

— Présente, Miss Adderstone, répondit la petite Ruby de sa voix flûtée.

— Gordon Boils ?

— Présent, Miss Adderstone, dit Gordon en gratifiant Molly d'une grimace.

— Jinx Eames ?

Ruby donna un coup de coude à son voisin.

— Euh... oui, Miss Adderstone, bafouilla Jinx.

— Roger Fibbin ?

— Présent, Miss Adderstone, répondit le grand maigre qui se tenait à côté de Gordon, en regardant Molly d'un air malveillant.

— Hazel Hackersly ?

— Présente, Miss Adderstone.

Molly poussa un soupir de soulagement. Son nom venait juste après.

— Gerry Oakly ?

— Présent, lança-t-il en s'efforçant de calmer sa souris apprivoisée, qui commençait à s'agiter sérieusement au fond de sa poche.

— Cynthia Redmon ?

— Présente, Miss Adderstone ! claironna Cynthia, après avoir échangé un clin d'œil avec Hazel.

Molly se demandait à quel moment allait surgir son nom.

— Craig Redmon ?

— Oui, Miss Adderstone, grogna le frère jumeau de Cynthia.

Molly commença à se détendre. De toute évidence, Miss Adderstone l'avait oubliée.

— Gemma Patel ?

— Présente, Miss Adderstone.

— Rocky Scarlet ?

— Présent, répondit Rocky d'une voix anémique.

La directrice de l'orphelinat referma le cahier d'appel d'un coup sec.

— Comme d'habitude, Molly Moon n'est pas là.

— Mais si, Miss Adderstone, je suis arrivée, protesta timidement Molly.

Elle n'en revenait pas : cette peau de vache avait fait exprès d'appeler son nom en premier pour mieux la coincer.

— Trop tard, ça ne compte pas, rétorqua Miss Adderstone en tordant la bouche. Ce soir, vous serez de corvée de vaisselle. Edna sera ravie d'avoir un peu de repos.

Molly plissa les paupières dans une grimace de dépit. La probabilité de voir se produire un événement exceptionnel fondait comme neige au soleil et la soirée semblait bien partie pour être comme toutes les autres, c'est-à-dire d'un ennui mortel.

Comme d'habitude, les vêpres commencèrent par un cantique. En temps normal, la voix de Rocky surpassait toutes les autres, mais, ce soir-là, il manquait de souffle et chantait avec retenue. Molly redoutait qu'il ne soit pris d'une crise d'asthme, comme cela lui arrivait souvent l'hiver. On passa ensuite aux prières et la soirée se poursuivit comme à l'accoutumée, trois cent soixante-cinq jours par an.

Après la bénédiction finale, la cloche du dîner sonna et l'on ouvrit la lourde porte du réfectoire. Filles et garçons s'y dirigèrent en traînant les pieds, guidés par une horrible odeur de poisson. Ils savaient déjà à quoi s'en tenir : avant d'échouer dans leur assiette, le poisson avait séjourné dans une caisse en plastique, dehors, à l'entrée de l'office. À voir l'essaim de mouches qui tourbillonnait au-dessus et les nombreuses bestioles qui grouillaient à la surface, on devinait tout de suite que ce poisson-là n'avait pas été pêché la veille. Et tout le monde savait qu'afin d'en masquer le goût, Edna, la cuisinière de l'orphelinat, l'aurait accommodé d'une sauce toute prête, à base de fromage et de noix, épaisse et grasse à souhait – un truc qu'elle avait appris du temps où elle servait dans la marine.

Les poings sur les hanches, large et massive, Edna veillait toujours à ce que chaque enfant finisse son assiette jusqu'à la dernière miette. Avec ses cheveux gris bouclés, son nez aplati, son tatouage de marin sur la cuisse (bien que cela ne fût qu'une rumeur) et son terrible langage, Edna avait tout d'un pirate. La mauvaise humeur couvait en elle comme un dragon assoupi : il ne fallait pas grand-chose pour la réveiller et déclencher les foudres de sa colère.

Dans la queue, tous les enfants sans exception se sentirent pris d'angoisse et de nausée à l'idée de recevoir leur portion de poisson, et chacun préparait une excuse pour essayer d'échapper à l'infecte nourriture qu'Edna leur déversait à la louche.

— Je suis allergique au poisson, Edna...

— J't'en ficherais des allergies ! tonna la cuisinière en s'essuyant le nez sur le revers de sa manche. D'abord, c'est pas du poisson, c'est d'la morue aux zharicots !

— De la morue aux asticots, ouais, chuchota Rocky en contemplant son assiette avec dégoût.

La soirée tirait à sa fin. Molly se dit qu'elle n'avait plus rien à espérer d'ici l'heure du coucher, mis à part la corvée de vaisselle qui l'attendait. Comme d'habitude, Rocky lui offrit son aide.

— On pourra toujours inventer une chanson sur les assiettes sales. Si je monte tout de suite dans ma chambre, Gordon et Roger vont encore m'embêter.

— C'est parce qu'ils sont jaloux. Pourquoi est-ce que tu ne leur filerais pas une bonne beigne, pour une fois ? dit Molly.

— Bah... J'ai la flemme.

— Mais tu détestes faire la vaisselle !

— Toi aussi. À nous deux, ça ira plus vite.

Pour clore en beauté cette soirée banale à pleurer, les deux amis se dirigèrent vers la cuisine, qui se trouvait au sous-sol. Cependant, Molly avait vu juste : un fait étrange allait se produire avant que sonnent les douze coups de minuit.

Au sous-sol, il faisait toujours froid et humide

23

à cause du goutte-à-goutte incessant de la tuyauterie et des nombreuses fissures, tout le long du mur, qui laissaient passer les courants d'air et les souris. Ça sentait l'eau croupie, le renfermé, le moisi.

Pendant que Rocky allait chercher le liquide vaisselle, Molly ouvrit le robinet qui se mit à crachoter de l'eau tiède. Dans le couloir en pente qui menait à l'office, on entendit quelqu'un bougonner. C'était Edna qui arrivait en poussant son chariot chargé d'assiettes poissonneuses.

Molly croisa les doigts, espérant que l'irascible cuisinière se contenterait de laisser la vaisselle sale à l'entrée avant de regagner ses pénates. Mais il y avait de fortes chances pour qu'elle reste là à râler sur place. C'était nettement plus son style.

Rocky revint avec le liquide vaisselle. D'un geste gracieux, il en fit gicler quelques gouttes dans l'évier, comme s'il tournait dans un spot publicitaire.

— Oooh, maman, comme tes mains sont dooooouces ! dit-il à Molly d'un air émerveillé.

Molly et lui adoraient mimer les publicités qu'ils avaient vues à la télé. Ils connaissaient la plupart des dialogues et ils étaient capables de les réciter mot pour mot. Ce petit jeu les amusait beaucoup.

— Mais c'est parce que j'utilise *Moussinmax*, mon chériii ! roucoula Molly. Contrairement aux autres produits qui agressent et dessèchent la peau, *Moussinmax* laisse mes mains blanches et dooooouces comme du veloooours !

Tout à coup, la patte éléphantesque d'Edna s'abattit sur l'épaule de Molly, qui replongea immédiatement dans la réalité. Elle tressaillit et s'écarta prudemment, prête à essuyer un torrent d'insultes. Au lieu de ça, une voix mielleuse lui susurra à l'oreille :

— Laisse-moi faire, ma petite chérie. Va te reposer...

*Ma petite chérie ?* Molly n'en croyait pas ses oreilles. « Sûrement une hallucination », se dit-elle. Edna ne lui avait jamais parlé gentiment. Jamais de la vie. En règle générale, elle l'abreuvait d'horreurs. Là, elle la couvait d'un regard étrange, découvrant ses chicots dans un large sourire.

— Mais Miss Adderstone m'a dit de...

— Aucune importance, insista Edna. Distrais-toi un peu, nom d'un chien. Va regarder cette fichue télé ou autre chose.

Molly jeta un coup d'œil à Rocky, qui paraissait tout aussi éberlué qu'elle. Leurs regards se tournèrent vers la cuisinière. Quel changement stupéfiant ! Ils n'auraient pas été plus étonnés si des tulipes lui avaient poussé sur la tête.

Pourtant, ils n'étaient pas au bout de leurs surprises. D'autres phénomènes étranges allaient survenir cette semaine-là.

# 2

Quand on joue de malchance, on a tendance à croire que cela ne s'arrêtera jamais. C'était souvent le cas de Molly Moon, ce qui n'est pas étonnant avec tous les ennuis qui lui arrivaient. Si elle avait pu se douter que la chance allait enfin tourner en sa faveur, elle aurait sûrement mieux supporté la journée qui l'attendait. Mais, dès le moment où elle ouvrit un œil ce matin-là, après avoir dormi comme un loir sur son matelas plein de bosses, les choses commencèrent fort mal. Voici pourquoi.

Molly s'arracha de son sommeil au son d'une cloche qu'on agitait tout près de son oreille. Ce grand cheval de Hazel, la chouchoute de Miss Adderstone, adorait réveiller Molly en fanfare. Hazel était déjà habillée de pied en cap, son corps athlétique sanglé dans l'uniforme bleu de l'orphelinat et ses cheveux noirs mi-longs impeccablement tirés en arrière et maintenus par un serre-tête.

— Debout, Crapaud ! Programme de la journée : course à pied et dictée de cinquante mots, annonça-t-elle, avant de s'en aller en agitant sa cloche à toute volée, ravie d'avoir gâché la matinée de Molly.

Molly s'habilla en vitesse et se rendit dans la chambre que Rocky partageait avec Gordon. En guise de bienvenue, ce dernier lui lança un gobelet en carton tout détrempé. Rocky chantonnait à voix basse dans son coin, imperméable à ce qui se passait autour de lui.

— Hé, Rock ! Tu étais au courant pour le contrôle d'orthographe, toi ? interrogea Molly.

Ils essayèrent de réviser en douce pendant le petit déjeuner, mais Miss Adderstone confisqua leurs livres au bout de deux minutes. Molly partit ensuite récurer les cabinets avec sa brosse à dents, pendant que Miss Adderstone suivait l'opération avec un plaisir évident. À huit heures et demie, Molly avait déjà envie de vomir.

Sur le chemin de l'école, les choses n'allèrent pas en s'améliorant.

L'école en question se trouvait à l'entrée de Briersville, tout en bas de la colline, à un quart d'heure de marche de Hardwick. En cours de route, un garçon du village lança une bombe à eau à Hazel, mais celle-ci se baissa juste à temps... et Molly se retrouva trempée comme une soupe. Hazel et sa bande – les quatre plus grands de l'orphelinat – trouvèrent la chose extrêmement drôle.

En arrivant à l'école (encore un de ces vieux édifices en pierre grise), Rocky accompagna Molly jusqu'au vestiaire des filles pour l'aider à faire sécher ses habits sur le radiateur. Pendant ce temps-là, la réunion matinale se déroula sans eux. Ils se doutaient qu'ils arriveraient également en retard au premier cours, mais comment faire autrement ?

— Vous avez vu l'heure ? hurla le professeur, comme ils poussaient la porte de la classe. En plus, vous n'avez pas assisté à la réunion, bravo ! Filez vous asseoir, je vous donnerai une punition plus tard. Aaah tcchhoum !

Mrs Toadley avait la manie d'éternuer à la moindre contrariété.

Molly soupira. Encore une punition ! Celles de Mrs Toadley étaient très originales, elle était bien placée pour le savoir. Par exemple, lorsqu'elle s'était fait prendre pour la dixième fois à mâcher une boulette de papier, Mrs Toadley l'avait envoyée au coin et l'avait obligée à manger toute une rame de feuilles d'ordinateur. Il lui avait fallu deux heures pour en venir à bout. Une expérience très désagréable. Quand on a cette pâte infâme dans la bouche, on a beau dire, impossible de s'imaginer en train de déguster un sandwich au ketchup ou un beignet aux pommes.

Molly détestait Mrs Toadley. Avec ses joues pleines de graisse, son crâne déplumé et son ventre gonflé comme une outre, elle était repoussante et c'était bien fait pour elle. Par-dessus le marché, elle avait les intestins qui gargouillaient en permanence et elle était allergique à tout et n'importe quoi, ce qui la faisait éternuer à tout bout de champ. Avec de tels problèmes, Molly aurait pu la plaindre, mais non : elle la détestait, c'était comme ça.

Molly et Rocky prirent place à deux bureaux vermoulus au premier rang. Généralement, ils profitaient des crises d'éternuement de Mrs Toadley pour copier l'un sur l'autre pendant les contrôles. Mais ce jour-là, pas question de se souffler les bonnes réponses, et pour cause : ils ne les connaissaient ni l'un ni l'autre. Ce contrôle, c'était bienvenue au pays du Charabia. Il s'agissait non seulement d'orthographier des mots extravagants, mais également d'en donner le sens. Faute d'inspiration, Molly et Rocky gribouillèrent quelques réponses au hasard.

À la fin de l'épreuve, Mrs Toadley ramassa les copies, puis elle fit plancher ses élèves sur des questions de compréhension de texte afin de pouvoir corriger et noter les contrôles en toute tranquillité. Elle commença par celui de Molly. Deux minutes plus tard, la salle de classe retentissait de cris furieux, suivis d'une série d'éternuements sonores et suraigus. Quand les hurlements reprirent de plus belle, Molly se recroquevilla sur son siège. Elle commençait à craquer. Pourquoi tant de haine ? Comment encaisser tant d'injures, tant d'insultes, tant de reproches ? Elle endossa donc son armure antisavon n° 1 et elle coupa le contact, opération indispensable pour se protéger de la langue cruelle et perfide du professeur principal. Puis elle laissa divaguer son esprit jusqu'à ce que les imprécations de Mrs Toadley se perdent dans les airs et que les motifs chamarrés de sa robe ridiculement moulante se fondent dans un brouillard orange et violacé.

Pendant ce temps, l'autre continuait de s'époumoner :

— Vous êtes célèbre – *tristement* célèbre ! – pour votre nullité, Miss Molly Moon. Atchhhiiiioum ! Mais je dois dire que je vous reconnais bien là ! Vous avez vu ce torchon, hein ?... Hein ? ... Hein ?...

Molly se redressa brusquement.

— Molly Moon ! Espèce de triple buse ! Vous m'écoutez, oui ou non ?

— Je suis désolée de vous avoir déçue, Mrs Toadley, j'essaierai de faire mieux la prochaine fois.

Le professeur renifla, éternua, puis se rassit, les veines de son cou palpitant sous l'afflux d'adrénaline.

Molly accorda une note de dix sur dix à cette matinée. Dix sur dix en horreur. Cependant, l'après-midi lui réservait pire encore, et cela n'avait rien à voir avec les professeurs.

Après le déjeuner, tous les élèves de la classe allèrent se mettre en tenue pour la course de cross. Il pleuvait des cordes et, de l'école jusqu'au bois en passant par la colline, les sentiers promettaient d'être boueux à souhait. Tandis que l'eau ruisselait sur les vitres du vestiaire, Molly cherchait désespérément sa deuxième chaussure de sport. Le temps qu'elle mette enfin la main dessus et qu'elle se jette dehors en compagnie de Rocky, les autres avaient déjà une bonne longueur d'avance. Rocky tenta de les rattraper, mais le terrain glissant rendait la chose difficile. Ils couraient depuis un moment à travers bois, pataugeant dans la gadoue, quand Molly éprouva le besoin de faire une pause. De son côté, Rocky commençait à avoir du mal à respirer. Ils se laissèrent tous deux tomber sur un banc à l'abri d'un grand arbre. Leurs pieds étaient trempés, leurs jambes humides et glacées, mais ils avaient l'impression de cuire dans leur anorak en pur polyester. Rocky ôta le sien et le noua autour de sa taille.

— Allez, viens, dit-il, il vaut mieux repartir, sinon on restera vraiment à la traîne.

— Et si on rentrait ? suggéra Molly.

— Tu cherches les ennuis, ma parole ! rétorqua Rocky. Tu es folle ou quoi ?

— Non. Seulement, je n'aime pas courir, c'est tout.

— Allez, Molly. En route !

— Non, je... j'ai pas envie.

Rocky pencha la tête et observa son amie d'un air excédé. Dire qu'il s'était mis en retard à cause d'elle en l'aidant à retrouver sa chaussure, et voilà qu'elle continuait à lui compliquer la vie !

— Écoute, Molly, si tu ne te décides pas, à tous les coups ils nous obligeront à faire le parcours deux fois de suite. Tu pourrais faire un effort, quand même !

— Impossible, s'entêta Molly. Primo, parce

que je suis nulle en course à pied. Et deuzio, parce que je n'aime pas ça.

Rocky la regarda fixement.

— Tu serais sûrement moins nulle si tu y mettais un peu du tien. Si tu fais des progrès, tu finiras par aimer ça. Le problème, c'est que tu ne veux même pas t'en donner la peine.

Rocky leva les yeux vers les nuages gorgés de pluie.

— C'est valable pour un tas de choses, tu sais. Quand on n'est pas bon pour certains trucs, on laisse tomber. Et quand on rencontre d'autres difficultés ensuite, on ne se donne plus la peine d'essayer et du coup on devient encore plus nul, et alors...

— Oh, la ferme ! s'écria Molly avec lassitude.

Elle avait besoin de tout, sauf d'une leçon de morale. Surtout de la part de Rocky. Pour tout dire, elle était même choquée de sa réaction, lui qui était si détaché, si insouciant, si tolérant d'habitude.

— Et alors, termina-t-il après une profonde inspiration, c'est là que les vrais problèmes commencent. Tu veux que je te dise ? J'en ai marre de toi et de tes ennuis. On dirait que tu le fais exprès. Comme si ça te plaisait de te faire de plus en plus mal voir.

Le cœur de Molly fit un bond. Ces paroles lui

avaient fait l'effet d'un coup de poignard. Rocky ne l'avait jamais critiquée jusqu'à présent. Jamais. Cela la mit en rage.

— On ne peut pas dire que ta cote de popularité soit excellente, Rocky Scarlet ! riposta-t-elle.

— C'est parce qu'en général je reste avec toi, lâcha Rocky d'un ton neutre.

— ... Ou tout simplement parce que les gens ne t'aiment pas non plus, enchaîna Molly, un brin perfide. Après tout, tu es loin d'être parfait. Tu as toujours la tête ailleurs, on dirait que tu vis sur une autre planète. Communiquer avec toi, c'est aussi dur que d'entrer en contact avec un alien. Et puis, on n'est jamais sûr de rien avec toi. Je passe mon temps à te chercher. Pas plus tard qu'hier, tiens, j'ai poireauté des siècles devant les casiers de l'école. Finalement, tu t'es pointé comme une fleur, sans même t'excuser, comme si tu étais pile à l'heure. Tu es tellement secret que ça frôle la sournoiserie. Où as-tu filé hier après les cours, par exemple ? Depuis un moment, tu disparais sans arrêt. Les gens me trouvent peut-être bizarre, mais ils te mettent sûrement dans le même sac. Tu es un marginal, Rocky. Autant que moi.

— En attendant, je suis nettement plus populaire, déclara Rocky en toute modestie.

— Quoi ?

— J'ai dit, répéta-t-il un ton au-dessus, que j'étais plus populaire que toi.

Molly se leva brusquement et lui lança son regard le plus noir.

— Je m'en vais, puisque tu te crois tellement meilleur que moi, répliqua-t-elle. Tu n'as qu'à courir après les autres si ça t'amuse. Vas-y, va les rejoindre et fais-toi bien voir ! Je ne voudrais pas te retenir.

— Oh ! Calme-toi, j'essaie simplement de t'aider, répondit Rocky sur un ton plus conciliant.

Mais Molly était ulcérée, révoltée, comme si quelque chose s'était brusquement brisé en elle. Elle savait pertinemment qu'elle était moins populaire que Rocky, mais elle n'avait pas envie de se l'entendre dire en face. Tout le monde la harcelait, l'asticotait sans cesse, c'était vrai. Rocky, personne ne l'embêtait. Il était sûr de lui, imperturbable, intouchable... et ravi d'être dans les nuages. Hazel et sa bande lui fichaient une paix royale, et il avait plein de copains à l'école. Tous les petits gamins rêvaient de lui ressembler. À présent, Molly le détestait. Elle se sentait trahie. Elle le fixa froidement, et lui la regarda en gonflant les joues, l'air de dire : « Tu me casses les pieds. »

— Pareil pour moi, cracha Molly. Tu as l'air

malin, tiens ! On dirait un poisson globe. Mais peut-être que tes nouveaux copains apprécieront.

Sur ce, elle s'éloigna à grands pas en tempêtant :

— Je hais cet endroit ! C'est le pire endroit de la terre ! Ma vie est un enfer ! Je voudrais être à des milliers de kilomètres d'ici !

Elle s'enfonça dans le sous-bois comme une tornade. Elle n'avait aucune intention de terminer le parcours de cross. Quant à cette école minable, pas question d'y remettre les pieds de la journée. Elle n'avait qu'un seul but : gagner sa cachette secrète. Et les autres auraient beau râler, grogner, hurler jusqu'à s'en faire éclater les veines, elle s'en contrefichait.

# 3

Molly continua à traverser au pas de charge les bois détrempés qui entouraient l'école. De hautes fougères lui cinglaient les jambes au passage. Elle ramassa une badine et se mit à fouetter les plantes à tour de bras. La première fougère qu'elle rencontra était Miss Adderstone. Ssshaaff ! Décapitée net. « Sale vache ! » marmonna Molly. La seconde fut Edna. Ssshaaff ! « Prends ça, vieille peau ! » Elle arriva près d'un vieil if au pied duquel pourrissaient quantité de baies rouges empoisonnées. Un énorme champignon à l'aspect répugnant avait poussé sur son tronc. « Ha ! Mrs Toadley. » Tchac ! Tchac ! Tchac ! Molly se sentit un peu mieux lorsqu'elle eut haché menu le professeur d'anglais. « Célèbre toi-même ! » grogna-t-elle à voix basse.

Elle s'assit ensuite sur une souche. Tout en réfléchissant aux paroles de Rocky, elle donna un coup de pied dans une ortie. La longue tige revint comme un balancier de métronome et se vengea en lui piquant la cheville. Alors qu'elle cherchait une feuille de patience pour s'en frotter la peau, Molly songea que son ami n'avait peut-être pas tout à fait tort, en définitive. Mais cela ne l'empêchait pas d'être encore en colère contre lui. Est-ce qu'elle lui faisait des reproches ? Non, jamais. Elle était parfois obligée de le secouer comme un prunier pour capter son attention quand il chantait à tue-tête, mais elle n'avait jamais cherché à le changer, ni lui ni ses habitudes. Elle l'aimait tel qu'il était, en bloc, et elle croyait naïvement que c'était réciproque. Mais non. De toute évidence, il n'aimait pas certains côtés de son caractère. Pour elle, c'était un sacré choc. Mais qu'il se range du côté des autres, c'était encore plus dur à digérer. Elle se demanda s'il lui était souvent arrivé de lui en vouloir sans rien dire. Depuis quelque temps, il partait souvent se promener de son côté. Est-ce qu'il cherchait à l'éviter ? Molly fulminait intérieurement. Qu'avait-il dit, déjà ? Qu'elle ne faisait jamais d'effort, qu'elle ne tentait jamais rien ? Et les pubs qu'ils inventaient ensemble, alors ? Elle était plutôt douée, non ? Si seulement elle se découvrait un autre talent, elle lui montrerait de quoi elle était capable !

À force de ressasser tout ça, Molly se sentait comme une marmite où bouillait un affreux mélange d'angoisse et de rage.

Elle se remit en route, s'apitoyant sur son triste sort et respirant à fond pour tâcher de se calmer. Peu à peu les arbres se clairsemèrent et elle se retrouva bientôt à flanc de coteau, au milieu d'un paysage dénudé, balayé par le vent. La petite agglomération de Briersville s'étendait à ses pieds. Là-bas, on apercevait l'école. Et derrière, la rue principale avec la mairie, les bâtiments administratifs et une enfilade de maisons aux toits luisants de pluie. De là-haut, les voitures paraissaient minuscules. On aurait dit des cochons d'Inde en train de trottiner dans un labyrinthe de ruelles. Molly aurait tant aimé qu'une de ces voitures vienne la chercher pour la ramener à la maison, une maison bien douillette. Elle songea à la chance des autres enfants, ceux qui avaient des parents et un foyer chaleureux qui les attendaient chaque soir, même après la pire journée d'école. Pour se changer les idées, Molly se concentra sur le gigantesque panneau d'affichage qui se dressait à l'entrée de la ville et qui exhibait une nouvelle publicité tous les mois. En ce moment, le message qui s'offrait à tous les regards et pénétrait, rayonnant, dans tous les esprits était : « Soyez cool, buvez Qube ! » Sur la photo format géant, on voyait un homme avec des lunettes de soleil, debout sur une plage, en train de boire une canette de Qube. Avec ses rayures orange et or, la célèbre boîte de soda étincelait de mille feux, comme si c'était elle qui illuminait le monde et non le soleil. Molly aimait bien ce contraste entre le côté torride de l'emballage et la fraîcheur de la boisson qu'il contenait. Le buveur de Qube était entouré d'une foule de jeunes gens en maillot de bain. Ils étaient tous beaux comme des dieux, avec des dents éclatantes de blancheur (mais pas autant que l'homme à la canette).

Molly adorait les pubs pour Qube. Pour un peu, elle aurait senti le sable chaud entre ses orteils, comme si elle avait fait partie du décor et qu'elle eût connu intimement tous les gens formidables qui figuraient à ses côtés. Ah ! Pouvoir plonger dans l'affiche et entrer dans ce monde merveilleux ! Elle avait beau savoir que c'était une scène fabriquée de toutes pièces, elle demeurait persuadée que, quelque part, ce monde existait vraiment. Un jour, c'est sûr, elle réussirait à s'échapper de la misère de Hardwick House pour démarrer une nouvelle vie. Une vie pleine de rires et d'insouciance, comme dans ses publicités préférées – mais en vrai.

Molly avait déjà eu l'occasion de goûter à ce fameux Qube, un jour que Mrs Trinklebury en avait apporté quelques canettes. Mais, comme il fallait partager, elle n'en avait pris qu'une ou deux gorgées, juste de quoi apprécier le goût à la fois mentholé et fruité de cette boisson pas comme les autres.

Tout en descendant vers Briersville, Molly continua de rêver tout éveillée. Si seulement il suffisait de boire une canette de Qube pour se faire des millions d'amis et devenir aussi belle que les filles de l'affiche ! Et riche, tant qu'à faire. Au lieu de ça, elle était pauvre, elle avait une drôle de bouille et personne ne l'aimait. Autrement dit : triple zéro.

Une fois en ville, Molly se dirigea vers la bibliothèque municipale. Elle aimait bien cet établissement calme et vieillot où régnait un certain fouillis organisé – un lieu idéal pour feuilleter de superbes albums de photographies et fantasmer sur des destinations lointaines et des peuplades inconnues. L'un comme l'autre, Rocky et Molly adoraient venir à la bibliothèque. La femme qui la dirigeait était toujours occupée à lire ou à classer des livres, si bien qu'elle ne se souciait pas d'eux. En fait, c'était le seul endroit où Molly ne risquait pas de se faire enguirlander. Là aussi elle pouvait se relaxer tout à loisir dans sa cachette secrète.

Elle grimpa les marches en granit, passa entre les deux lions de pierre qui gardaient l'entrée et pénétra dans le hall. Le parfum sucré du parquet ciré l'apaisa instantanément. Elle s'essuya les pieds et se dirigea à pas feutrés vers le tableau où étaient punaisés les messages du monde extérieur. Cette semaine, quelqu'un cherchait à vendre un matelas à eau, un autre à trouver des familles d'adoption pour une portée de chatons. Il y avait aussi des petites annonces pour des cours de yoga, de tango, de cuisine, et pour des marches destinées à récolter des fonds au bénéfice de telle ou telle œuvre de bienfaisance. L'annonce la plus grande, celle qui sautait aux yeux, concernait le Concours des jeunes espoirs de Briersville, qui devait avoir lieu la semaine suivante. En la voyant, Molly songea immédiatement à Rocky. Il s'y était inscrit pour présenter une chanson qu'il avait écrite et composée lui-même. Elle souhaitait de tout cœur qu'il gagne le premier prix, mais elle se rappela subitement qu'ils étaient fâchés et chassa illico cette pensée de son esprit.

Elle poussa doucement la porte qui donnait sur la grande salle. La bibliothécaire était assise à son bureau, le nez plongé dans un épais volume. Elle jeta un coup d'œil à Molly et lui sourit.

— Oh, bonjour, lui dit-elle par-dessus ses lunettes. En apercevant ton anorak par la porte, j'ai cru que c'était ton ami. Il vient souvent, ces derniers temps. Je suis contente de te revoir.

— Merci, répondit Molly en lui retournant son sourire.

L'attitude de cette femme lui faisait toujours un drôle d'effet. Elle n'était pas habituée à tant de gentillesse de la part des grandes personnes. Elle se détourna maladroitement pour échapper au regard bleu vif qui s'attardait sur elle et commença à parcourir les revues empilées sur la table réservée à la presse. Juste à côté, une vieille dame aux cheveux mauves figés sous une généreuse couche de laque lisait avec passion un magazine intitulé *Nos amis les chiens*.

C'était donc pour venir à la bibliothèque que Rocky s'esquivait régulièrement. Molly se demanda de nouveau si c'était une façon de l'éviter. Puis elle décida de ne plus y penser et marcha vers les rayons, empruntant au passage un coussin sur une chaise. Elle s'engagea dans la première allée. A à C, D à F. Les étagères croulaient sous les bouquins de tout format. Certains, songea Molly, n'avaient pas dû être consultés depuis des dizaines d'années. Elle longea les sections suivantes. G à I, J à L. M à P, Q à S.

T à W

et X à Z.

Z. Le coin préféré de Molly. Les livres classés de X à Z étaient relégués tout au fond, là où la pièce se rétrécissait et où il n'y avait place que pour un modeste rayonnage. Entre celui-ci et le mur, elle avait repéré un renfoncement douillet, éclairé par une modeste ampoule et chauffé grâce aux tuyaux qui passaient dans le sol. La moquette y était moins usée qu'ailleurs, étant donné le faible passage et le petit nombre d'auteurs ou de sujets commençant par X, Y ou Z. De temps à autre, quelqu'un s'aventurait jusqu'au bout de l'allée pour chercher un livre de zoologie, mais c'était très rare. Molly enleva son anorak et s'allongea par terre, la tête côté Y et les pieds côté Z. La nuque calée par le coussin, bien au chaud, elle ne tarda pas à respirer paisiblement, bercée par le ronronnement lointain de la chaudière et par la voix douce de la bibliothécaire qui était en train de parler au téléphone. Bientôt, Molly s'imagina en train de flotter dans l'espace. Puis elle se laissa gagner par le sommeil.

Elle en fut tirée au bout d'une demi-heure par

un terrible boucan. Un homme à l'accent américain piquait une colère noire et les éclats de sa grosse voix s'amplifiaient de seconde en seconde.

— C'est scandaleux ! Inadmissible ! Intolérable ! Je vous ai passé cette commande par téléphone il y a trois jours et je vous ai immédiatement envoyé la somme convenue. J'ai sauté dans le premier avion partant de Chicago pour venir chercher ce livre en personne, je viens de faire cinq mille kilomètres et vous m'annoncez tranquillement que vous l'avez perdu ! Mais ce n'est pas une bibliothèque, c'est un bazar !

Molly éprouva soudain une étrange sensation. Pour une fois que ce n'était pas elle qui se faisait engueuler... La bibliothécaire, avec sa voix de moineau effarouché, tenta timidement de s'expliquer :

— Je suis vraiment désolée, professeur Nockman. Je ne comprends pas ce qui a pu se passer. J'ai encore vu ce livre de mes propres yeux la semaine dernière. Quelqu'un a dû l'emprunter entre-temps... Mais ce n'est pas normal, étant donné qu'il se trouvait dans la section spéciale... Oh là là ! Je suis absolument navrée. Permettez-moi de consulter le fichier.

Molly se redressa et glissa un œil entre deux étagères. Derrière son bureau, la bibliothécaire fouillait fébrilement dans une longue boîte en bois clair, examinant les fiches d'un air implorant, dans l'espoir que l'une d'elles lui révélerait enfin ce qu'il était advenu du livre manquant. Molly comprenait très bien ce qu'elle pouvait ressentir.

— C'est d'un certain Logam, m'avez-vous dit ? se risqua à demander la jeune femme.

— *Logan,* corrigea la grosse voix. Et le titre commence par H.

Sans faire de bruit, Molly se haussa jusqu'à l'étagère du dessus pour voir à quoi ressemblait le bonhomme. Pour l'instant, elle n'apercevait que son buste, ou plutôt son ventre. Un ventre gros comme une barrique, sur lequel ondulaient les palmiers et les ananas d'une chemisette hawaïenne. L'individu avait des avant-bras fort poilus, de petites mains velues et des doigts boudinés. Il portait au poignet une montre en or qui valait sûrement très cher. Il pianotait nerveusement sur le bureau. Ses ongles étaient d'une longueur répugnante.

Molly monta encore d'un cran.

L'homme avait une face ronde et rubiconde affligée d'un double menton et d'une paire d'yeux globuleux. Ses cheveux partaient du milieu du crâne et tombaient en mèches grasses sur ses épaules. Sa barbe se réduisait à un triangle de poils noirs, juste sous la lèvre inférieure. Sa moustache finement taillée et huilée dessinait deux traits obliques sous son nez aux narines dilatées et retroussées. L'un dans l'autre, il avait tout d'un éléphant de mer et ne cadrait pas du tout avec l'image d'un éminent professeur.

— Alors, ça vient ? demanda-t-il, agressif.

— Euh... non, professeur. J'en suis franchement navrée. Apparemment, personne n'a emprunté ce livre récemment. Oh, mon Dieu ! Je... vraiment... Je ne sais que vous dire... je...

La bibliothécaire n'arrivait plus à aligner trois mots. Elle ouvrit un tiroir et chercha dedans à tâtons.

— Je vais tout de suite vous rendre votre chèque, professeur Nockman.

— Je ne veux pas de mon chèque ! aboya l'Américain. Qu'est-ce qui m'a fichu une bibliothécaire pareille ! Même pas capable de savoir où sont ses livres !

Le professeur Nockman suffoquait de rage.

— Je *veux* ce livre et je l'aurai ! reprit-il en se ruant vers l'allée G à I. Je parie qu'un imbécile ne l'a pas remis à la bonne place, voilà tout.

La bibliothécaire s'agitait nerveusement sur sa chaise, tandis que l'homme arpentait les allées, soufflant comme un bœuf et suant à grosses gouttes. De sa cachette, Molly l'entendit se rapprocher dangereusement. Il se trouvait à présent juste de l'autre côté du rayonnage. Pour un peu, elle aurait pu le toucher. Il sentait la vieille friture et le tabac froid. Autour de son cou couvert de plaques d'urticaire, il portait une chaîne en or prolongée d'un curieux pendentif : un scorpion pelotonné au milieu des poils de son torse, avec un œil en diamant dont Molly capta soudain le vif éclat. Le professeur Nockman laissa courir ses doigts courtauds sur la rangée de livres allant du T au W, griffant de ses ongles acérés le cuir usagé des vénérables reliures. Il se décida enfin à retourner au bureau d'accueil.

— Bon. De toute évidence, il n'est pas là. Alors, voilà ce que *vous* allez faire, vitupéra-t-il en agitant son index sous le nez de la malheureuse bibliothécaire. Avec votre collègue, vous allez tout vérifier, point par point, afin de savoir ce qui est arrivé à mon livre. Dès que vous aurez tiré cette affaire au clair, vous m'appellerez.

L'espèce de phacochère tira de sa poche arrière un portefeuille en peau de serpent. Il en sortit une carte de visite et gribouilla quelque chose au dos.

— Je suis descendu au Grand Hôtel de Briersville. Débrouillez-vous pour remettre la main sur ce livre et téléphonez-moi pour me tenir au courant. Faites-en votre priorité n°1. Je suis en train d'effectuer des recherches scientifiques de la plus haute importance et cet ouvrage m'est indispensable. Mon musée serait *horrifié* d'apprendre qu'il a été égaré, sauf si vous le retrouvez en temps voulu, bien entendu. Suis-je assez clair ?

— Oui, professeur.

Sur ce, l'odieux personnage ramassa sa veste en mouton retourné et quitta les lieux sans décolérer.

La bibliothécaire se mordit la lèvre et arrangea d'une main fébrile les épingles de son chignon. Dehors, la porte principale se referma dans un bruit de tonnerre. Molly se mit à genoux. Juste à la hauteur de ses yeux, un grand Y marquait le début des livres commençant par cette lettre. Y. Y... Y avait-il une explication à tout cela ?

Pourquoi l'Américain désirait-il tellement ce livre ? Il prétendait qu'il avait payé pour l'emprunter, alors que c'était un ouvrage à consulter sur place uniquement. Il avait traversé l'Atlantique pour venir le chercher. Ce devait être un livre passionnant. « En tout cas plus passionnant, se dit Molly, que les bouquins sur le yachting, le yoga ou l'ypnotisme. » Ypnotisme ? Elle examina le dos du livre qui se trouvait sous son nez. La couverture était tellement abîmée qu'il manquait la première lettre. En un éclair, Molly se rendit compte qu'il ne pouvait s'agir que du H. Elle ouvrit le livre à la première page.

En caractères vieillots, celle-ci avait pour titre :

**L'HYPNOSE**
Un art ancien exposé
par
Le docteur H. Logan
Éditions Arkwright et fils
1908

Pour l'instant, inutile d'aller plus loin. Molly referma le livre, l'enveloppa dans son anorak et, pendant que la bibliothécaire courbée en deux cherchait au fond d'un placard, elle s'empressa de quitter les lieux à son tour.

Cette découverte marqua le deuxième événement de la semaine.

# 4

Bouillant d'impatience, Molly sortit de Briersville en passant par les petites rues, puis elle grimpa la colline en coupant à travers champs pour regagner l'orphelinat. La pluie s'était arrêtée, mais elle gardait le livre bien à l'abri sous son anorak. Le jour commençait déjà à décliner, même s'il n'était pas bien tard. Dans les bois, les faisans criaillaient avant d'aller se percher pour la nuit et les lapins détalaient vers leur terrier à mesure que Molly avançait.

Lorsqu'elle arriva devant Hardwick House, il y avait déjà de la lumière. À travers le fin voilage d'une fenêtre du premier étage, Molly distingua la silhouette ratatinée de Miss Adderstone en train de caresser son chien – un carlin hargneux répondant au nom de Pétula.

Souriant intérieurement, Molly poussa le grand portail en fer et remonta silencieusement l'allée gravillonnée. Juste au moment où elle arrivait au bout, la porte de l'orphelinat s'ouvrit. C'était Mrs Trinklebury. La brave femme passa ses bons gros bras autour de Molly et la serra contre elle.

— Oh ! Bb-bonsoir, ma p'tite chérie. Te voilà enfin. J'ai eu pp-peur de te rater. Co-comment ça va ?

— Pas trop mal, répondit Molly en l'embrassant.

Elle aurait bien aimé lui parler de sa trouvaille, mais elle préféra s'abstenir.

— Et vous, comment allez-vous ?

— Oh, aussi bien que ça peut aller. Miss Hazel vient encore de me faire t-tourner en b-bourrique, mais c'est pas nouveau, hein ? Attends, ma jolie, j'ai qu-quelque chose pour toi.

Mrs Trinklebury farfouilla dans son sac à fleurs et en sortit un petit paquet emballé dans du papier sulfurisé.

— Tiens, je t'ai sauvé une part de g-gâteau au chocolat. Je l'ai fait cuire hier soir. Mais, attention, ne va pas te faire attraper par qui-tu-sais, ajouta-t-elle avec un clin d'œil complice.

— Mmmm, je vais me régaler, merci beaucoup ! s'écria Molly.

— Bon, c'est pas le tout, mais il faut que je ff-file, déclara Mrs Trinklebury en relevant le col de son vieux manteau tricoté main.

Elle le boutonna de haut en bas, puis embrassa Molly sur les deux joues.

— Ne prends pas froid, mon chou, ajouta-t-elle. À la semaine prochaine !

Sur ce, Mrs Trinklebury s'éloigna sur la route qui menait au village et Molly poussa la porte du pensionnat.

Comme c'était l'heure du thé, elle fila jusqu'à sa chambre afin de cacher le livre et le gâteau sous son matelas, avant de redescendre au réfectoire. Là, elle s'assit toute seule à la petite table qui se trouvait près de la cheminée.

La plupart du temps, Molly mangeait avec Rocky. Mais cette fois, il n'était pas là pour faire écran et lui éviter les ennuis. Elle mordit dans sa tartine de margarine sans lâcher des yeux Hazel, qui trônait à la grande table du milieu. Elle frimait parce qu'elle avait gagné la course de cross. Ses jambes bien en chair étaient couvertes de boue et ses grosses joues encore toutes rouges de l'effort qu'elle avait fourni. Elle avait planté un rameau de houx dans ses cheveux noirs, à la manière d'un chef indien.

Chaque fois qu'elle était seule dans son coin, Molly se savait bonne pour une séance de harcèlement. Elle connaissait le scénario par cœur : Hazel commencerait par lâcher quelques remarques désobligeantes qu'elle ferait semblant de ne pas entendre, ensuite ce serait l'escalade. Hazel monterait d'un cran sur l'échelle de la vacherie et lui lancerait des horreurs qui finiraient par percer sa carapace. Molly se mettrait à rougir, à tordre la bouche ou – pire encore – à avoir une grosse boule dans la gorge et les yeux larmoyants. C'était dur de ne pas craquer quand Hazel et ses copains se liguaient contre elle.

Molly termina sa tartine en vitesse et se prépara à prendre le large.

Trop tard. Hazel l'avait repérée.

— Regardez-moi ça, vous autres ! Danger-ambulant est enfin rentré. Qu'est-ce qui t'est arrivé, Cata, t'es tombée dans une flaque d'eau ou c'est une grenouille qui t'a fait peur ? Ou alors t'as eu une faiblesse dans les guibolles, tes drôles de guibolles en mortadelle ?

Molly sourit avec dédain, laissant ces insultes glisser sur elle comme sur une toile cirée.

— Je suppose que tu veux jouer les filles cool, c'est ça ? persifla Hazel. Hé ! Visez le spectacle : le Crapaud s'entraîne à être cool !

Molly haïssait Hazel, bien que cela n'eût pas

été toujours le cas. Au début, elle avait eu pitié d'elle. Hazel était entrée à l'orphelinat à l'âge de six ans, quatre années plus tôt. Ses parents étaient morts dans un accident de voiture. Comme ils étaient complètement fauchés, Hazel s'était retrouvée sans rien, sans personne, ni parents ni amis. Elle avait donc atterri à Hardwick House. Molly avait fait de son mieux pour qu'elles deviennent amies, mais elle avait vite compris que l'autre ne voulait pas de son amitié. Un jour, Hazel l'avait plaquée contre un mur et lui avait démontré par a + b qu'elles n'étaient pas du même monde. Contrairement à Molly, elle n'avait pas été jetée à la rue comme un vulgaire sac-poubelle. Elle avait connu le bonheur d'une famille unie, elle se souvenait parfaitement bien de son père et de sa mère. Si elle, Hazel, se trouvait à Hardwick House, c'était à cause de la fatalité, un coup du sort, un événement tragique qui avait causé la mort de ses parents chéris qui l'aimaient tant. Avec toutes les histoires qu'elle racontait sur sa famille et son passé prestigieux, Hazel s'était acquis une cote formidable auprès des autres pensionnaires. Mais, pour Rocky et Molly, c'était une vraie peste. Pendant quatre ans, elle n'avait pas cessé de taquiner Molly, de l'asticoter, de la harceler. Pour quelque obscure raison, Hazel

Hackersly haïssait Molly Moon. Et à présent, c'était réciproque.

— Dis donc, t'es sourde ou quoi ? Je t'ai posé une question : tu nous fais ton sourire à la cool, c'est ça ?

Ceux qui se trouvaient à la même table pouffèrent de rire. Cynthia et Craig – des jumeaux rondouillards –, Gordon Boils et Roger Fibbin étaient les quatre acolytes de Hazel. Influençables, sans personnalité, ils étaient aux anges quand leur chef s'en prenait à Molly.

À la gauche de Hazel était assis Gordon Boils, avec ses éternels cheveux gras et son éternel foulard autour du cou. Il se tenait les poings sur la table. Comme il s'était tatoué les doigts à l'aide d'une pointe de compas et d'encre noire, on pouvait lire sur les premières phalanges de sa main gauche le mot « GORD », et « KING » sur celles de sa main droite – ce qui, vu de face, donnait KING GORD.

Le voyant croquer dans son pain brioché, Molly repensa à l'une des blagues favorites de ce cher Gordon : prendre une tranche de pain de mie, se moucher dedans et plier le tout pour en faire un crot'-dog, comme il disait. Gordon Boils avait une imagination débordante pour les trucs dégoûtants. Pour peu qu'on lui propose de l'argent, il était prêt à faire n'importe quoi. C'était le chouchou de Hazel.

Roger Fibbin était assis à sa droite. Lui, c'était son informateur, son espion personnel. L'homme-qui-chuchote à l'oreille de Hazel. Molly l'observa à la dérobée. Avec sa chemise blanche impeccable et ses cheveux bien peignés, on aurait dit un adulte en réduction. Son nez pointu et ses yeux froids, inquisiteurs, lui donnaient un air sinistre. Rocky et Molly l'avaient surnommé « la Fouine ». Quant à Cynthia et Craig, c'était « les Clones ».

Plus Hazel se montrait méchante, plus sa bande était contente. Gemma et Gerry, deux petits gamins très gentils qui étaient sagement attablés près de la porte, commencèrent à faire une drôle de tête. Ils étaient malheureux de voir comment Molly se faisait traiter, mais avec leurs six ou sept ans à tout casser, ils étaient trop jeunes pour voler à son secours.

— Dis, tu t'es fait attaquer par un fermier qui t'a confondue avec un vieux rat ? poursuivit Roger-le-maigrichon.

— Non ! C'est les rats qui l'ont attaquée parce qu'elle pue des pieds ! gloussa Gordon-les-gros-bras.

— Mais non ! À mon avis, elle est allée s'asseoir dans l'herbe avec Rocky, et ils ont parlé de leur mariage ! railla Hazel.

Tout à coup, le visage de Molly s'éclaira. Elle ressentit une curieuse excitation en repensant au livre de la bibliothèque et aux espoirs qu'il avait fait naître en elle. Elle avait déjà imaginé tout ce qu'elle ferait si elle apprenait à hypnotiser les gens. Hazel et sa bande n'avaient qu'à bien se tenir. Sans dire un mot, elle se leva et quitta le réfectoire. Elle n'avait qu'une hâte : regarder ce fameux manuel de plus près. Malheureusement, ce n'était pas pour tout de suite.

Hormis ceux qui avaient le droit de répéter leur numéro pour le Concours des jeunes espoirs de Briersville, tous les enfants devaient regagner leur chambre après le goûter. Molly mourait d'envie d'ouvrir son livre, mais c'était trop risqué, car Cynthia lisait une bande dessinée sur le lit d'à côté.

Les minutes n'en finissaient pas. Molly percevait les échos d'une chanson et la voix rauque de Rocky qui s'envolaient vers les étages. De nouveau, elle espéra qu'il gagnerait le concours. Mais comme elle lui en voulait encore, elle ne descendit pas le rejoindre. Ensuite, ce fut l'heure des devoirs. L'année des devoirs, aurait-on pu dire.

Le coucou de Miss Adderstone sonna six coups. Durant les vêpres, Molly s'efforça d'éviter Rocky, et Rocky n'accorda pas un regard à Molly. Après un dernier cantique que tout le monde entonna sur un fond d'orgue électrique enregistré sur cassette, la directrice s'avança, son affreux chien-chien sous le bras, pour faire quelques annonces. La première était que Molly serait de corvée d'aspirateur pendant une semaine, étant donné qu'elle n'avait pas été capable de terminer la course de cross-country. La deuxième nouvelle, c'était que Hardwick House allait recevoir la visite d'un couple d'Américains.

— Ils arriveront demain, à quatre heures. Je me permets de vous rappeler qu'ils viennent ici dans le but d'adopter un enfant, aussi bizarre que cela puisse paraître. Or, si ma mémoire est bonne, les derniers Américains que nous avons vus sont repartis bredouilles. Cette fois, tâchez d'être à la hauteur. J'aimerais bien être débarrassée d'un ou deux d'entre vous. Ils n'auront aucune envie d'adopter des avortons crasseux ou des morveux couverts de poux.

Molly sentit planer sur elle le regard noir de Miss Adderstone.

— Conclusion : nettoyez-vous de la tête aux pieds. Seul un enfant convenable et soigné aura une chance d'être choisi. Bien entendu, ces remarques ne s'adressent qu'à certains d'entre vous.

Tous les enfants étaient survoltés par cet événement. Molly détecta même une lueur d'espoir au fond des sombres prunelles de Hazel.

Ce soir-là, Molly dîna seule. Tout en grignotant une pomme véreuse, elle guettait le moment propice pour s'esquiver discrètement. Dès que l'occasion se présenta, elle monta dans sa chambre en courant, prit le livre et la part de gâteau tout aplatie sous le matelas, cacha le tout dans son sac à linge sale et partit à la recherche d'un coin tranquille.

Pour les Grecs de l'Antiquité, Hadès était synonyme de l'enfer. Pour les pensionnaires de Hardwick House, cette appellation désignait la buanderie. Un endroit lugubre, peu fréquenté, enfoui dans les entrailles du bâtiment. Molly en prit le chemin, son sac sous le bras, comme pour aller faire une lessive.

C'était un local sombre et bas de plafond, mais il y faisait relativement chaud en raison des nombreux tuyaux de chauffage rouillés qui couraient le long des murs. On y faisait d'ailleurs sécher tout un tas de vêtements. Au fond de la pièce s'étalait une rangée de bacs en porcelaine rongés par le calcaire, où les enfants venaient laver leur linge sale. Molly s'installa dans un coin, sous une des rares ampoules, puis elle plongea la main dans son sac en toile.

Toute sa vie, elle avait rêvé d'un destin extraordinaire. Elle avait fini par se persuader qu'elle avait vraiment quelque chose de spécial et que, un jour ou l'autre, il se produirait une sorte de miracle. Une merveilleuse Molly Moon se révélerait alors dans toute sa gloire, et tous ceux de Hardwick House verraient qu'elle était quelqu'un. Quelqu'un de bien. Quelqu'un de super. La veille, elle avait cru sentir qu'un événement important se préparait. Après tout, elle n'était pas à un jour près. Les miracles ont parfois du retard...

Toute la soirée, Molly s'était demandé si ce livre allait exaucer ses vœux. Elle avait fantasmé sur tout ce qu'il pourrait lui apprendre. Mais peut-être s'était-elle emballée un peu trop vite ? D'une main tremblante, elle souleva lentement la couverture. Le vieux livre s'ouvrit dans un craquement de cuir sec.

De nouveau, la page de titre :

## L'HYPNOSE
Un art ancien exposé
par...

Molly passa à la page suivante. À la lecture du préambule, un délicieux frisson la parcourut de la tête aux pieds.

*Cher Lecteur,*

*Bienvenu dans le Monde Merveilleux de l'Hypnose. Je tiens tout d'abord à vous félici- ter d'avoir ouvert ce livre, je pense que vous ne le regretterez pas. Vous voici à l'aube d'une incroyable aventure. Si vous mettez en pra- tique les précieux conseils rassemblés dans cet ouvrage, vous découvrirez que le monde est à votre portée et qu'il regorge de richesses. À présent, bon voyage et bonne chance ! Doc- teur H. Logan,*

*Briersville, le 3 février 1908.*

« Ainsi donc, ce fameux Dr Logan était natif de Briersville », nota Molly avec étonnement. Cette bourgade endormie ne pouvait pourtant pas se vanter d'avoir engendré une foule de célé- brités. Le cœur battant, Molly tourna la page.

## INTRODUCTION

*L'Hypnose est un sujet dont vous avez pro- bablement entendu parler plus d'une fois. Peut-être même avez-vous eu l'occasion d'as- sister à une séance d'hypnotisme lors d'un spectacle itinérant et de voir comment un homme, par son seul magnétisme, arrivait à manipuler une personne en état d'hypnose, pour la plus grande joie des spectateurs. Par ailleurs, peut-être avez-vous lu certains témoignages de malades qui avaient été opérés sous hypnose, et ce sans ressentir la moindre douleur. En vérité, l'Hypnose est un grand art. Et, comme toute discipline artistique, il est accessible à la plupart des gens, pour peu qu'on se donne les moyens d'en apprendre les principes fondamentaux et qu'on s'y exerce avec patience et persévérance. Parmi tous ceux qui cherchent à s'initier à l'art de l'Hypnose, seuls quelques-uns font preuve d'un réel talent. Mais ceux qui possèdent un don inné sont infiniment plus rares encore. Seriez-vous l'un de ces heureux élus ? Vous l'apprendrez au fil de ces pages...*

Molly commençait à avoir les mains moites. Elle poursuivit sa lecture :

*HYPNOSE vient du grec hypnos, qui signifie « sommeil ». Les hypnotiseurs exercent leur art depuis l'aube des temps. L'Hypnose est également appelée MESMÉRISME, d'après le nom du Dr Franz Mesmer (1734-*

*1815), qui a consacré la majeure partie de sa vie à l'étude des fluides magnétiques et dont les travaux font autorité en la matière.*

*Lorsqu'une personne se trouve sous l'emprise d'un hypnotiseur, elle entre en transe. Notons à ce propos que, bien souvent, les gens entrent en transe sans même s'en apercevoir. Prenons un exemple : vous posez votre stylo quelque part et, une minute plus tard, impossible de vous rappeler où vous l'avez mis. Cette amnésie passagère est due au fait que vous étiez alors dans une transe modérée. La rêverie est une autre forme de transe. Les personnes dotées d'un naturel rêveur ont tendance à vivre dans leur propre monde, à s'enfermer dans leur bulle personnelle. Au point qu'elles ignorent parfois ce que les autres ont pu dire ou faire en leur présence. Lorsqu'une personne est en état de transe, elle s'éloigne de ce monde de bruit et de fureur pour s'élever vers les cimes calmes et silencieuses de l'esprit.*

Molly songea à ses petits tours favoris. Par exemple, s'échapper dans l'espace et contempler le reste du monde, ou bien couper le contact quand quelqu'un lui criait dessus. Après tout,

peut-être était-elle alors en transe sans le savoir ?
Elle continua :

> *Notre cerveau apprécie de tels instants de rêverie. C'est pour lui une façon de se reposer. La transe est un état tout à fait normal.*

À la phrase suivante, le cœur de Molly fit un bond :

> *Si vous êtes doué pour entrer en transe, il y a de fortes chances pour que vous soyez très doué en matière d'hypnotisme.*

Elle dévora la suite :

> *Le travail de l'hypnotiseur consiste à plonger un individu dans un état de transe, puis à l'y maintenir grâce à la persuasion de sa voix. Dès que l'individu entre en transe profonde, on peut lui suggérer de faire certaines choses ou de modifier son comportement futur. L'hypnotiseur peut par exemple lui dire : « Lorsque vous vous réveillerez, vous n'aurez plus envie de fumer la pipe. » Ou bien : « Lorsque vous vous réveillerez, vous n'aurez plus peur de monter en voiture. »*

Molly posa le livre un instant. « Ou bien, pensa-t-elle tout haut, quand vous vous réveillerez, vous vous prendrez pour un singe. » Une foule d'idées du même acabit lui passèrent par la tête et cela la fit sourire. Subitement, elle fut prise d'un horrible soupçon : ce livre était-il sérieux ou bien était-il l'œuvre d'un fou ? Tout en réfléchissant à la question, Molly continua à feuilleter les pages épaisses du vieux bouquin.

L'ouvrage était truffé de gravures illustrant diverses expériences d'hypnose. On y voyait des personnages vêtus à la mode victorienne se tenant dans des postures abracadabrantes, telle cette femme allongée toute raide, avec une chaise sous la nuque et une autre sous les pieds pour seuls points d'appui. On l'appelait « la Planche humaine ». Il y avait aussi une série de portraits montrant un homme en train de faire les pires grimaces, les joues creusées, le regard chaviré montrant le blanc des yeux. « Beuh... Dégoûtant ! » se dit Molly. De page en page, elle atteignit la fin du chapitre 6 et constata qu'on passait ensuite directement au chapitre 9. Il manquait donc deux chapitres : le 7 – « Se servir uniquement de sa voix » – et le 8 – « Hypnose à distance ». Les pages avaient été soigneusement arrachées. Quel était le coupable ? S'agissait-il d'une disparition ancienne ou récente ? Impossible de le savoir.

Molly repensa à l'homme de la bibliothèque. L'éléphant de mer. Il était venu du fin fond de l'*Amérique* pour se procurer ce livre. Il devait donc savoir qu'il recelait des secrets inestimables. C'était sûrement un document rarissime. « Si ça se trouve, je suis tombée sur un trésor ! » songea Molly en jubilant.

Les dernières pages comportaient quelques photographies couleur sépia. L'une d'elles représentait un homme avec des cheveux bouclés et un gros nez bulbeux surmonté d'une paire de lorgnons. On pouvait lire au-dessous : « *Docteur Logan, Maître universel de l'Hypnose* ». « Au moins, ça prouve qu'on n'a pas besoin d'être beau comme un dieu pour réussir dans la profession », se dit Molly en considérant le bonhomme. Elle s'empressa de retourner au premier chapitre : « Entraînement et pratique personnelle ».

Le début était consacré à la « voix » :

> *La voix de l'hypnotiseur doit se faire douce, tranquille, apaisante. De même qu'une mère berce son enfant pour l'endormir, l'hypnotiseur doit bercer son sujet de paroles afin de l'amener en transe.*

C'était trop beau pour être vrai. « Dire que les autres m'appellent Dodo parce qu'ils trouvent ma voix ramollo ! » se dit Molly, un rien exaltée. À présent, cette caractéristique lui apparaissait comme une précieuse qualité et non comme un défaut honteux. Le texte disait ensuite : « *Voici quelques exercices vocaux. Entraînez-vous à les faire lentement et régulièrement.* » Molly récita la première phrase à voix haute : « Je suis mer-veil-leu-sement calme ; ma voix est dou-ouce et per-sua-sive ; je me sens particulièrement... »

Tout à coup, des pas résonnèrent dans l'escalier. Molly ferma le livre en vitesse et le glissa dans son sac à linge. Puis elle sortit sa part de gâteau tout aplatie.

Les pas se rapprochèrent. C'était Hazel, qui

descendait chez Hadès. Comme elle avait gardé ses chaussures de claquettes, elle faisait un boucan terrible en marchant.

— Qu'est-ce que tu fabriques ici, pauvre tarée ? Je t'ai entendue chanter. Si tu t'entraînes pour le concours, tu ferais mieux de laisser tomber : avec ta voix gnangnan, t'as aucune chance !

— Oh, je chantonnais juste comme ça, en cherchant mes chaussettes, déclara innocemment Molly.

— Tu parles ! Je parie que t'es venue te cacher ici parce que personne ne peut te saquer.

Hazel décrocha sa tenue de hockey et se tourna de nouveau vers Molly.

— C'est toi la chaussette, Dodo ! Une vieille chaussette trouée qui pue, tout juste bonne à jeter au panier. Tiens, j'ai une idée : tu devrais t'inscrire au concours dans la catégorie chiffes molles ! Non, encore mieux : dans la catégorie des filles les plus moches du monde ! Je parie que tes parents étaient laids comme trente-six poux, berk !

Hazel ponctua ses paroles d'une grimace dégoûtée au possible. Voyant que Molly ne réagissait pas, elle ajouta avec un sourire narquois :

— Oh, au fait, j'y pense : tu as manqué la visite de ta vieille amie, cette abrutie de Trinklebury.

Sur ce, Hazel tourna les talons et s'en alla en faisant bruyamment cliqueter ses semelles.

Molly la regarda s'éloigner. Elle croqua un morceau de gâteau en souriant intérieurement. « Attends un peu, Hazel Hackersly, tu vas voir ! »

# 5

Le jour suivant, un vendredi, Molly se réveilla à six heures du matin, le sourire aux lèvres. Elle venait de rêver qu'elle était une célèbre hypnotiseuse. Encore sous le charme de ce songe merveilleux, elle concocta aussitôt un plan qui ne manquait pas d'audace.

Ce jour-là, pas question d'aller à l'école. À l'idée de devoir rester bêtement assise en classe et de subir le discours rasoir de la mère Toadley, sachant que le livre et tous ses secrets dormaient sous son matelas, Molly se sentait déjà des fourmis dans les jambes.

Pas question non plus de laisser ce livre sans

surveillance (Miss Adderstone avait tendance à fouiner dans les chambres). D'autre part, si elle l'emportait à l'école, Hazel ne manquerait pas de le lui chiper d'une manière ou d'une autre. Il fallait donc ruser.

Lorsque la sonnerie du matin retentit, Molly fit mine de ne pas l'entendre. Elle garda les yeux fermés, même quand Rocky passa la voir en coup de vent. Et lorsque Hazel lui agita sa cloche sous le nez pour la seconde fois en tirant la couverture d'un coup sec, elle persista à rester complètement amorphe.

— Hé, Crapaud ! T'es en panne de cerveau, ce matin ? railla Hazel.

— Laisse-moi, je ne me sens pas très bien...

Molly se passa de petit déjeuner. Quand tout le monde fut descendu, elle entra rapidement en action. Sauta du lit, ouvrit la fenêtre, se pencha légèrement à l'extérieur et, à l'aide d'une paire de ciseaux, racla le lichen verdâtre qui tapissait la pierre de la façade. Après en avoir recueilli une quantité suffisante, elle le versa dans un porte-savon en plastique et le réduisit en une fine poudre qu'elle s'appliqua sur la figure. Ce maquillage lui donna instantanément un teint effroyable. Il ne restait plus qu'à rincer soigneusement le porte-savon et à le remettre en place.

Deuxième objectif : la salle de repos. Molly s'y

rendit en catimini. Elle brancha la bouilloire électrique et, au bout de trente secondes, versa l'eau
chaude dans un verre qu'elle dissimula sous un
fauteuil bas. Puis elle s'empara de la cuvette en
métal chromé et la percha tout en haut d'un placard.

De retour dans sa chambre, Molly fouilla au
fond de son cartable pour trouver un échantillon
de ketchup qu'elle gardait en secours pour améliorer ses sandwiches. Elle le glissa dans la poche
de son pyjama, puis se remit au lit. Le piège était
prêt à fonctionner.

Peu à peu, les autres remontèrent. Gordon
Boils passa la tête par la porte.

— Malade ? Mon œil ! lança-t-il à Molly.

Et, avant de s'esquiver, il lui envoya d'une chiquenaude une boulette humide et gluante. Molly
reconnut ensuite les voix de Gerry et de Gemma.
Ils entrèrent sur la pointe des pieds.

— Je parie qu'elle a attrapé un gros rhume,
chuchota Gemma. Peut-être qu'elle est vraiment
tombée dans une flaque d'eau et qu'elle a pris
froid, hier ?

— La pauvre ! dit Gerry. Si ça se trouve, c'est
la méchanceté des autres qui la rend malade.

— Mmm... Si on allait nourrir ta souris ?

Peu après, Molly reçut la visite de
Miss Adderstone.

— Il paraît que vous êtes malade ? lâcha-t-elle sans la moindre compassion. Bon, suivez-moi.

La directrice la secoua de sa main décharnée. Molly fit semblant de sortir de sa torpeur et se redressa en se tenant la tête, comme si elle était à l'article de la mort. D'un pas mal assuré, elle s'engagea dans le couloir à la suite de Miss Adderstone. Sur son passage, les autres pensionnaires pointaient le nez hors de leur chambre pour la dévisager.

Dès leur arrivée dans la salle de repos (exclusivement réservée aux enfants qui avaient un malaise), Miss Adderstone fit asseoir Molly dans le fauteuil. Elle prit ensuite son trousseau de clés, qui pendait au bout d'une longue chaîne en acier, ouvrit un tiroir et en sortit un thermomètre, qu'elle planta dans la bouche de la jeune malade.

Molly commençait à avoir les mains moites. Elle croisa les doigts dans son dos en fermant les yeux. « Pourvu qu'elle s'en aille, pourvu qu'elle s'en aille », se répétait-elle, le cœur battant la chamade. Un instant plus tard, son vœu fut exaucé.

— Je repasserai dans cinq minutes, on verra bien si vous êtes malade ou non, déclara la directrice.

Et elle sortit en suçotant ses fausses dents.

Dès que le danger fut éloigné, Molly glissa la main sous le fauteuil pour attraper le verre d'eau plus vraiment bouillante, mais quand même très chaude. Elle plongea le thermomètre dedans et fixa la fine colonne de mercure. Trente-huit. Trente-neuf. Quarante... Elle interrompit soudain le processus, estimant qu'une température de quarante-deux degrés devrait suffire à convaincre Miss Adderstone de la gravité de son état.

Par mesure de sécurité, elle déchira le coin du sachet de ketchup, puis elle le remit au fond de sa poche. À présent que tout était en place, elle avait hâte de passer à la phase finale.

Une minute plus tard, un bruit de pas secs résonna dans le couloir, et le dentier ambulant refit son apparition. La tête pendante, Molly feignit d'être au plus mal. Miss Adderstone ajusta ses lunettes, lui ôta le thermomètre d'un geste brusque et le scruta sans un mot.

— J'ai envie de... vomir, geignit Molly, grimaçante et simulant de violents haut-le-cœur.

La directrice de Hardwick House fit un bond en arrière, comme si elle allait se faire asperger par un putois de la pire espèce. Elle chercha désespérément la cuvette du regard – « Où diable a-t-elle pu... ? » – et la repéra soudain, tout en haut du placard.

Molly se lança alors dans une série de bruitages répugnants : « Hhheurrrk ! Hhheueurrk ! Hhheurk ! » Pendant que Miss Adderstone montait sur un tabouret, elle porta rapidement le sachet de ketchup à sa bouche et en aspira une giclée qu'elle dilua avec une gorgée d'eau.

Miss Adderstone redescendit de son perchoir, la cuvette à la main. De son côté, Molly était fin prête.

Elle se pencha au-dessus de la bassine et – « Bbbllleuaargh ! » – une flaque rosâtre alla s'écraser au fond du récipient métallique. Après deux ou trois autres « Hhheurrrk ! » particulièrement convaincants, Molly, assez fière de sa performance, décida d'arrêter là son cinéma.

— Ex... excusez-moi, Miss Adderstone, dit-elle d'une voix mourante.

La directrice, épouvantée, recula d'un pas et consulta de nouveau le thermomètre.

— Allez chercher vos affaires, votre robe de chambre, votre brosse à d...

Elle se reprit aussitôt :

— Enfin, tout ce qu'il faut. Ensuite, vous filerez à l'infirmerie. Quarante-deux degrés ! Ça ne m'étonne pas de vous. Espérons que vous ne nous avez pas tous contaminés. Et emportez cette cuvette, vous la nettoierez là-haut.

Molly était folle de joie d'avoir réussi à rouler Miss Adderstone. Elle se sentait pousser des ailes, mais elle n'en laissa rien paraître. Au lieu de partir en trombe, elle regagna sa chambre avec un air de chien battu. Elle enfila sa robe de chambre éli-mée, glissa ses pieds dans ses vieilles pantoufles et prit son gilet dans le tiroir – sans oublier, bien entendu, le sac à linge qui renfermait le manuel d'hypnotisme. Après ces maigres préparatifs, elle longea le couloir et emprunta l'escalier aux marches recouvertes de lino vert bouteille.

L'infirmerie de Hardwick House était reléguée au grenier, à l'écart de tout. Elle ne comprenait qu'une seule pièce. L'appartement de Miss Adderstone se trouvait à l'étage du dessous. Molly s'y arrêta un court instant. Elle contempla l'antichambre, son austère mobilier en acajou massif et le portrait de la directrice qui semblait garder les lieux, l'air menaçant. Le vieux coussin violet de Pétula reposait par terre au pied d'un imposant buffet. Une multitude de petits cailloux étaient éparpillés tout autour : ce chien avait l'étrange manie de mâcher du gravier, puis de le recracher. Près du coussin, il y avait une sou-coupe remplie de biscuits au chocolat.

Arrivée au dernier étage, Molly se dirigea vers l'infirmerie. Elle poussa la porte. Bien qu'on fût au mois de novembre, il régnait une température agréable à l'intérieur de la pièce, car il faisait particulièrement beau ce jour-là. Des particules de poussière dansaient dans les rayons de soleil qui pénétraient à l'oblique par l'unique fenêtre.

Des dizaines de mouches mortes gisaient sous l'encadrement. Contre le mur badigeonné de jaune, il y avait un lit en cuivre. Molly s'empressa de retirer l'affreuse alaise en plastique, puisqu'elle n'avait nullement l'intention de mouiller son matelas, puis elle remit les draps en place, ainsi que les deux couvertures, avant de s'installer confortablement pour lire.

Impatiente comme elle était, elle décida de sauter le premier chapitre consacré à « l'entraînement personnel ». Après tant d'années d'expérience, elle estimait n'avoir plus rien à apprendre en matière de rêvasserie. Elle commença donc allègrement par le deuxième chapitre :

*Comment hypnotiser un animal Maintenant que vous maîtrisez l'art d'entrer en transe, peut-être allez-vous pouvoir tester vos capacités hypnotiques sur un animal. Signalons à ce propos que les animaux sont nettement plus difficiles à hypnotiser que les humains. Si vous réussissez à atteindre ce que j'appelle la « fusion émotionnelle » en vous exerçant sur un animal, vous n'aurez aucun mal à l'appliquer par la suite au genre humain.*
*En revanche, si vous ne parvenez pas à cet état de « fusion émotionnelle », vous ne pourrez*

*pas hypnotiser correctement votre sujet, qu'il soit animal ou humain.*

*Phase I : Mettez-vous en transe.*

*Phase II : Pensez à l'animal que vous allez hypnotiser (chien, chat, lion) et concentrez-vous sur ce qui constitue sa nature profonde, son essence. En d'autres termes, tâchez de devenir vous-même cet animal.*

Molly ferma le livre et le cacha sous les couvertures. Une tache de lumière jouait sur le mur opposé. Elle la fixa attentivement et, au bout de quelques minutes à peine, elle se sentit décoller, comme si elle planait entre le plancher et le plafond. Le rayon lumineux l'emporta loin de tout, loin du monde, à la rencontre de son esprit. Bientôt, tout se perdit dans un flou nébuleux, à l'exception de la tache lumineuse. C'est seulement alors que Molly ferma les yeux. Conformément aux instructions, elle songea à un animal. Or le seul animal de son entourage, c'était l'affreux chien-chien de Miss Adderstone. Conclusion : Pétula serait son sujet d'expérience.

Les paroles du Dr Logan passaient et repassaient dans sa tête : « *Pensez à l'essence de cet animal. Tâchez de devenir vous-même cet animal.* »

L'essence de Pétula. Molly se concentra sur les caractéristiques du carlin. Un chien hargneux, paresseux, gâté, dorloté, suralimenté. De tous les chiens que Molly avait rencontrés, Pétula était le seul spécimen qui fût toujours d'une humeur massacrante. Il y avait sûrement une raison à cela, mais laquelle ? Mentalement, Molly se représenta Pétula, son pelage noir et ras, son ventre ballonné, ses pattes tordues qui semblaient crouler sous le poids, sa queue retroussée en tire-bouchon, son museau épaté, la tache blanche qu'elle avait au milieu du front, ses yeux globuleux, les crocs jaunis qu'elle montrait trop souvent. Son horrible haleine. Dans sa transe, Molly plongea dans l'eau sombre et glauque du regard de Pétula. Elle s'approcha de plus en plus, jusqu'à ce que les yeux lui paraissent gros comme des boules de billard, puis gros comme des ballons de foot, puis gros comme des ballons de basket. C'est alors que son esprit s'immisça dans la cervelle du chien.

Elle se sentit instantanément d'humeur canine et s'imagina sur quatre pattes, l'oreille basse, reniflant autour d'elle, la truffe humide et frémissante. Dans la coupelle, les biscuits au chocolat dégageaient un parfum douceâtre. Le vieux coussin violet sentait le moisi. Incroyable ! Molly avait réussi à se glisser dans la peau de Pétula. C'est alors qu'elle prit conscience de son ventre gonflé et douloureux. Justement à cause de tous ces biscuits. Miss Adderstone la gavait comme une oie et elle n'en pouvait plus. Aïe ! C'était vraiment atroce. Molly comprenait parfaitement ce que le chien éprouvait. Elle se surprit à émettre un grognement plaintif pour lui manifester sa sympathie : « Ggrrrr. »

Au loin, le coucou de Miss Adderstone lui répondit. Huit heures. Molly rouvrit les yeux. C'était donc ça : si Pétula était toujours de mauvais poil, c'est tout bonnement parce qu'elle avait mal au ventre à force d'avaler ces maudits biscuits. Molly eut l'impression qu'une porte venait de s'ouvrir dans sa tête. Elle n'en revenait pas d'avoir si facilement percé à jour le secret du carlin. Dans la foulée, elle se demanda si elle possédait d'autres talents insoupçonnés qu'elle allait pouvoir utiliser grâce aux leçons de Mr Logan. En tout état de cause, si elle apprenait aussi vite, elle deviendrait bientôt une championne d'hypnotisme.

Mais subitement, sa belle assurance chancela. Jusqu'à présent, elle n'avait encore rien fait. Les sentiments qu'elle prêtait à Pétula n'étaient peut-être que le fruit de son imagination. Elle rouvrit le livre avec impatience. S'il était possible d'hypnotiser Pétula, elle serait bientôt fixée. Il n'y avait qu'à passer à l'étape suivante.

# 6

Quand tous les élèves furent partis à l'école, Molly perçut les petits pas secs de Miss Adderstone dans l'escalier qui montait au grenier. La directrice entra à contrecœur et fut soulagée de voir que Molly dormait profondément. Elle s'approcha du lit en se pinçant le nez et déposa rapidement un mot sur la table de nuit :

*Comme vous êtes sans doute très contagieuse, vous resterez en quarantaine jusqu'à votre rétablissement. Quand vous serez capable d'avaler quelque chose, descendez au sous-sol et appelez Edna de loin. Interdiction formelle de pénétrer dans la cuisine. Je ne tiens pas à ce que vous répandiez vos microbes sur les aliments.*

*Ci-joint un thermomètre. Dès que vous vous sentirez mieux et que votre température sera redescendue à 37,5 °, vous réintégrerez votre chambre et vous reprendrez votre emploi du temps habituel. Je compte sur vous pour rattraper tout le travail de nettoyage que vous n'aurez pas effectué dans l'intervalle.*

*Miss Adderstone.*

Claquant dentier et talons, la vieille pie redescendit à ses appartements pour se servir un verre de sherry. Et comme elle avait eu une matinée particulièrement éprouvante, il faut bien le dire, elle s'en offrit un second. Un quart d'heure plus tard, Molly entendit crisser le gravier de l'allée, puis le portail en fer s'ouvrir en grinçant. Le temps de se précipiter à la fenêtre, elle aperçut Miss Adderstone qui trottait vers son minibus, apparemment prête à aller quelque part, mais sans Pétula. Pour Molly, c'était l'occasion rêvée de tenter l'expérience. Elle se hâta de terminer le chapitre.

*Phase III : Il vous faudra peut-être des*

*semaines avant de découvrir l'essence de votre animal, mais ne vous découragez pas. En attendant, entraînez-vous à imiter sa « voix ».*

« Bon, inutile de m'attarder là-dessus, se dit Molly. Je grogne aussi bien que Pétula. Sans doute l'instinct... »

*Phase IV : Placez-vous face à l'animal et, si possible, approchez-vous lentement. Concentrez-vous sur sa « voix », puis imitez-la doucement, calmement et sans interruption, comme une berceuse, jusqu'à ce que l'animal entre en transe. Pour cela, il est également possible d'utiliser un pendule (je recommande à tous mes élèves de s'en procurer un avant d'étudier le chapitre 4). Ensuite, c'est la « fusion émotionnelle » qui vous permettra de savoir si le sujet est en état d'hypnose ou non.*

Molly ferma son livre et sortit sur le palier. En se penchant par-dessus la rampe, elle aperçut Pétula qui ronflait bruyamment sur son coussin violet. Elle descendit discrètement à l'étage du dessous et s'arrêta à trois mètres de la chienne. Là, les yeux mi-clos, Molly focalisa sur elle toutes ses pensées. Au bout de quelques minutes, un grondement s'échappa spontanément de sa gorge. Elle le modula de façon à lui donner un rythme lent et régulier : « Ggrrr – grrrr – grrrrr. » Elle se sentit un peu bête au début, mais, voyant Pétula dresser l'oreille et entrouvrir un œil noir, elle continua à se concentrer très sérieusement.

La petite chienne regarda Molly approcher. Elle inclina la tête en l'entendant produire un son familier. En temps normal, elle aurait montré les crocs. Un enfant en vue, c'était forcément des ennuis en perspective. Ces sales gosses voulaient toujours la porter dans leurs bras. Or Pétula détestait qu'on la soulève en la prenant sous le ventre. Ça lui appuyait sur l'estomac, cela faisait un mal de chien. Mais cette enfant-là paraissait sympathique. Elle émettait des bruits rassurants.

Molly gagna encore du terrain et Pétula ne broncha pas. À vrai dire, elle avait envie de la laisser approcher pour voir de plus près ses ravissants yeux verts et mieux l'écouter. Pétula aimait cette voix qui la berçait si agréablement.

Molly arriva à trente centimètres de la chienne. Celle-ci la regarda droit dans les yeux.

« GRRRR – grrrrr – GGRRR – grrrr. » Complètement imprégnée de l'essence de Pétula, Molly continua à grogner en cadence tout en guettant impatiemment l'instant clé, c'est-à-dire le moment précis où son sujet sombrerait dans l'hypnose. Tout à coup, les gros yeux globuleux de Pétula devinrent vitreux, comme si on avait tiré un voile par-dessus. Pendant qu'elle observait cet étonnant phénomène, Molly éprouva elle-même une curieuse sensation de chaleur qui se diffusait lentement dans tout son corps, de la pointe des orteils jusqu'à la racine des cheveux. La fameuse « fusion émotionnelle » décrite par le Dr Logan. Molly interrompit ses grondements. Le regard dans le vague, Pétula restait assise sur son gros derrière, aussi immobile qu'une peluche.

« Ça y est, je l'ai fait ! » s'extasia intérieurement Molly. Elle n'arrivait pas à y croire : elle avait réussi à hypnotiser un animal. À présent, elle allait pouvoir lui suggérer certaines choses. Baver dans le sherry de Miss Adderstone, par exemple. Ou bien lui mordre les mollets. Ou se rouler dans une bouse de vache avant d'aller s'étendre de tout son long sur le beau dessus-de-lit en satin mauve. Molly n'était pas à court d'ins-piration. Le problème, c'est qu'elle ne parlait pas « chien ». Elle se demanda soudain ce qu'elle pouvait faire pour Pétula. Pourquoi pas lui ôter l'envie de manger ces écœurants biscuits au cho-colat ? Elle en faisait une consommation indus-trielle, par habitude et par gourmandise, ignorant que c'était là la cause de tous ses malheurs. Molly fouilla dans sa poche et en sortit le sachet de ketchup à moitié entamé.

Pétula leva les yeux vers l'enfant qui se tenait face à elle. Jamais elle n'avait vu de gamine aussi mignonne et aussi gentille. Molly ramassa un de ses biscuits et l'aspergea d'un épais liquide rouge. Rien qu'à voir les grimaces de la fillette, Pétula devina que le liquide en question était absolument infâme. Toute nappée qu'elle était de ce magma sanglant, sa friandise préférée n'avait plus rien d'appétissant. D'ailleurs, l'enfant faisait de drôles de bruits en la regardant. Pétula lui faisait confiance. Dans sa petite tête de chien, elle comprit le message à enregistrer : les biscuits au chocolat étaient très, très, très mauvais.

La gamine se pencha pour lui caresser la tête. Pétula était aux anges. Molly se remit ensuite à grogner doucement et, avant de s'éloigner, poussa un bref aboiement. Pétula sortit instantanément de sa transe. Elle secoua mollement les oreilles, l'œil encore hagard. Que s'était-il passé ? Elle n'en avait aucun souvenir mais elle se sentait bizarre, différente. Tout ce qu'elle savait, c'était qu'elle n'aimait plus les biscuits au chocolat, mais qu'elle adorait cette jeune personne assise sur le lino vert foncé de l'escalier. Molly agita la main.

— Brave toutou, dit-elle.

Pétula avait toujours mal au ventre, mais elle fit l'effort de grimper quelques marches pour quémander une caresse. Elle remua la queue. Quelle merveilleuse sensation ! Des années que cela ne lui était pas arrivé.

Après avoir longuement dorloté la petite chienne, Molly s'en alla fort satisfaite aux toilettes. Là, elle jeta le biscuit au ketchup dans la cuvette des W.-C. et tira la chasse d'eau.

Molly n'avait rien avalé depuis la veille. Son estomac gargouillait tant qu'il pouvait, mais cela lui était égal. Elle dévorait le manuel d'hypnose. À l'heure du déjeuner, une odeur d'anguille grillée – le plat préféré de Miss Adderstone et d'Edna – monta par la cage d'escalier. Molly descendit en vitesse à l'étage du dessous et constata avec plaisir que Pétula n'avait pas touché à ses biscuits. Elle en fit donc son repas, puis retourna à sa lecture.

À quatre heures, elle entendit ses camarades rentrer de l'école. Entre-temps, Miss Adderstone avait rempli la soucoupe de Pétula. Quand tout le monde fut parti goûter, Molly escamota les trois nouveaux biscuits.

Une demi-heure plus tard, une voiture s'arrêta devant Hardwick House. De la fenêtre de l'infirmerie, Molly assista à l'arrivée tant attendue du couple américain. Lui, barbu, la quarantaine ;

elle, blonde, plutôt mince, un foulard rose sur la tête. Dans son ensemble en crêpe de polyester turquoise, Miss Adderstone s'élança à leur rencontre, déployant toutes ses belles manières.

— Je suis absolument enchantée de vous voir ! Mais je vous en prie, entrez donc...

Molly éprouva une soudaine bouffée d'envie. Si seulement c'était *elle* qu'on pouvait choisir et emmener loin d'ici, d'un seul coup d'aile, comme cela avait été le cas pour White Satin et Moïse. Mais les adoptions étaient chose rare, Molly ne le savait que trop bien. Et, à supposer qu'il y eût un heureux élu, ce ne serait sûrement pas elle. De toute façon, la vie à l'orphelinat lui paraissait moins horrible depuis qu'elle avait découvert l'hypnotisme.

Dans l'après-midi, Miss Adderstone vint garnir la coupelle de Pétula à deux reprises. Molly descendit chaque fois sur la pointe des pieds pour se servir, et c'est ainsi qu'elle put tenir la faim en échec.

Le soir venu, elle passa de longues heures à étudier les leçons du Dr Logan. Quand elle se décida enfin à éteindre la lumière, elle était fermement convaincue que le temps jouait en sa faveur. Elle pouvait encore s'accorder une bonne journée de congé maladie avant que Miss Adderstone ne vienne enquêter sur son état de santé. D'ici là, elle pourrait lire tout son soûl, tout en survivant grâce aux biscuits du chien. Bien sûr, c'était embêtant qu'il manque deux chapitres, mais il devait y avoir suffisamment de choses à emmagasiner dans les sept autres.

Molly avait hâte de mettre Rocky dans le secret. À présent, leur dispute lui paraissait insignifiante, comparée aux trésors que recelait le livre.

Allongée sur le lit, elle se demanda comment dégoter une chaîne et un pendule. Puis elle eut une pensée pour l'inconnu de la bibliothèque – et un léger remords à son sujet. Le livre qu'elle détenait allait sans doute lui faire défaut et ses travaux s'en trouveraient compromis. Dire qu'il avait fait des milliers de kilomètres pour venir le chercher jusqu'ici ! Pas étonnant qu'il soit furieux. Sans compter les frais de déplacement, tout cet argent gâché pour rien. Il allait sûrement se faire passer un savon par son musée. « Bah, se dit Molly, j'irai rendre le livre dès que je l'aurai terminé. Ils pourront se plonger dedans pendant des années si ça leur chante. » Et elle s'endormit, la conscience en paix.

À partir de ce moment-là, Molly ne pensa plus du tout au professeur Nockman. Grave erreur de sa part.

# 7

Le lendemain matin, Molly fut tirée d'un profond sommeil par Pétula, qui essayait maladroitement de sauter sur son lit. Quand elle baissa les yeux, la petite chienne cracha un caillou sur le parquet. En guise d'offrande, sans doute. Elle semblait nettement plus guillerette. Molly la souleva délicatement et la gratta derrière les oreilles.

— C'est à moi de te remercier, Pétula. Tu m'as beaucoup aidée, tu sais.

Le carlin posa les deux pattes de devant sur la poitrine de Molly et la regarda, l'air de dire : « Mais non, mais non, c'est moi qui te remercie ! »

Bref, elles étaient devenues amies.

Molly se glissa hors du lit et alla à la fenêtre. Par-dessus les toits du village, on apercevait le clocher de l'église et sa grosse horloge. Vu l'heure, les autres devaient déjà être partis en promenade.

Le samedi matin, Miss Adderstone aimait bien emmener ses pensionnaires à la Bosse de St-Bartholomé, une grande colline qui se trouvait à dix kilomètres de Hardwick. Elle les embarquait dans le minibus, puis déposait tout son petit monde au pied de la Bosse, avec l'ordre de grimper jusqu'au sommet et de rentrer à pied à l'orphelinat en passant par l'autre versant. Cette stratégie lui garantissait trois heures et demie de liberté, qu'elle passait en ville, généralement pour aller faire raboter ses cors et ses oignons chez le pédicure, avant de prendre un ou deux verres de sherry quelque part.

L'un dans l'autre, Molly avait donc trois bonnes heures devant elle avant le retour de la compagnie.

Sans perdre une minute, elle enfila sa robe de chambre et s'échappa de l'infirmerie. Quel bonheur de pouvoir glisser sur la rampe en toute impunité. Pétula accourut pour lui faire fête, puis disparut au fond de l'appartement avant de réapparaître avec sa laisse dans la gueule. Une fois au rez-de-chaussée, Molly traversa le grand hall d'entrée. Elle s'offrit ensuite un long dérapage sur le parquet ciré de la salle de réunion et pénétra tranquillement dans le réfectoire. De là, elle descendit aux cuisines, Pétula sur ses talons. En s'engageant dans le couloir en pente, elle entendit un bruit de casseroles. Sans doute Edna qui commençait à préparer le déjeuner. Molly s'avança à pas furtifs, se récitant les leçons des chapitres 3 et 4 : « Comment hypnotiser d'autres sujets » et « L'utilisation du pendule ».

Dans la solitude de son grenier, Molly avait déjà fait un voyage imaginaire au pays d'Edna. Elle y avait découvert un être insatisfait, plein de rancœur, dégoûté du travail et de la vie en général. Selon Molly, cette râleuse d'Edna serait probablement une proie facile. Entre un animal et elle, il n'y avait pas grande différence. Au pire, Edna la prendrait pour une folle si jamais les choses tournaient mal. Sentant malgré tout une onde de nervosité la parcourir, Molly respira profondément.

Toujours escortée de Pétula, elle pénétra dans la cuisine vétuste, avec ses murs en faïence blanche craquelée, ses éviers écornés, son vaisselier boiteux, ses tiroirs à couverts démantibulés, son antique fourneau et son dallage de pierre grise.

Edna piochait à pleine main dans un sac pour

en retirer des têtes de poulets qu'elle jetait dans une grande marmite d'eau bouillante.

— Euh... Bonjour, Edna, dit Molly. Ça sent bon !

L'autre sursauta et lui lança un regard noir.

— Tu m'as foutu la trouille, nom d'un chien ! Qu'est-ce que tu fabriques dans mon dos, sale petite fouineuse ?

De toute évidence, elle avait perdu son insolite affabilité de l'autre soir. Molly fit une deuxième tentative :

— Qu'est-ce que vous nous mijotez de bon ?

— Une saloperie de soupe, tu le vois bien ! grogna la cuisinière en plumant une tête de poulet à grands gestes rageurs.

Pour une fois, le langage d'Edna-la-pirate n'avait rien de déplacé : avec toutes ces têtes qui barbotaient dans un bouillon sanglant, la soupe avait l'air franchement immonde.

— Hmmm ! fit Molly, l'estomac tout retourné. C'est une recette de marin ?

— Nom d'un chien ! J'parie que t'es venue ici pour me réclamer un truc à manger, hein ? J'espère que t'es pas contagieuse, sinon fais gaffe à tes fesses !

— Vous n'avez pas l'air en forme, Edna, déclara Molly, mine de rien.

— En forme ! J't'en foutrai des formes ! Comment veux-tu qu'on soit en forme dans cette saleté de cuisine où il fait une chaleur à crever !

Elle se mit à secouer son tablier gris et à agiter les bras. Une grosse dinde en train de battre des ailes, songea Molly en l'observant.

— Et si vous alliez vous asseoir un moment ? lui proposa-t-elle. Pendant ce temps-là, je surveillerai la cuisson de votre saleté de soupe, et vous pourrez vous détendre un peu. Allez, Edna, laissez-vous faire, nom d'un chien ! Vous avez sacrément mérité un peu de repos.

La cuisinière la lorgna d'un œil méfiant. Cependant, les paroles de Molly tintaient agréablement à ses oreilles.

— Une fois assise bien confortablement, je suis sûre que vous vous sentirez nettement mieux, insista Molly d'une voix suave.

Flemmarde comme elle était, Edna ne se le fit pas dire deux fois.

— Mouais, après tout, pourquoi pas ? J'en ai marre de bosser comme une esclave. D'autant que toi, ça fait deux jours que tu te la coules douce à l'infirmerie, hein ?

Elle se laissa tomber sur une chaise, les jambes tendues et les pieds tournés en dehors, comme une vieille poupée de chiffon.

— Je parie que ça va déjà mieux, pas vrai ? reprit Molly en retirant doucement la cuiller de bois qu'Edna enserrait dans sa grosse paluche. Vous devez être drôlement fatiguée, nom d'un chien.

Edna hocha mollement la tête.

— Pfff ! C'est rien de l'dire !

Et elle s'affala contre le dossier en exhalant un profond soupir.

— C'est très bien, Edna. Continuez à respirer lentement... calmement... régulièrement... C'est la meilleure façon de se relaxer.

— Hmmm, t'as sans doute raison, gamine, grommela Edna en étouffant un bâillement.

Molly amorça un subtil changement de ton – plus lent, plus persuasif.

— Si vous res-pi-rez bien à fond, Ed-na, vous allez voir comme vous sentirez caaaalme... tranquille... dé-tendue... sur votre chai-se...

— Ça c'est ben vrai, j'avais rudement besoin de mm-m'asseoir, répondit Edna, la voix pâteuse.

Elle ferma les yeux, puis les rouvrit dans un sursaut.

— Hé ! Minute, espèce de sale mioche bourrée de microbes. J'ai pas l'droit de te laisser toucher à la boustifaille !

Problème. Hypnotiser Edna n'allait peut-être pas être aussi facile que prévu. Molly regretta de ne pas avoir de pendule sous la main.

— Ne vous inquiétez pas, Edna... Votre saleté

de soupe bout à grrrros bouil-lons, au-cun microbe n'y résis-te-ra.

Prise d'une subite inspiration, Molly commença à remuer la soupe en décrivant de grands cercles réguliers. Edna suivit son geste, les yeux rivés sur le long manche de la cuiller en bois.

— Vous – êtes – bien – de – mon – avis, Ed-na, n'est-ce pas ? À cette température, tous les mi-cro-bes vont mou-rir... Alors pas – de – souci – à – se – faire... Tout – bai-gne...

Molly se concentrait de toutes ses forces, accordant le rythme de sa voix au mouvement de sa main. Edna faillit encore protester, mais elle était tellement médusée par les oscillations de la cuiller que la paresse l'emporta.

— Mmmmm... T'as sans doute raison, nom d'un... chien, soupira-t-elle en s'affalant un peu plus sur son siège.

— Je – sup-pose – que – vous – avez – moins – mal – au – dos – main-te-nant... Vous – vous – sen-tez – beau-coup – mi-eux, n'est-ce pas, Ed-na ?

— Mmmm... pour sûr... Tu as de très grands yeux, tu sais...

— Mer-ci, répondit Molly en plantant son regard vert dans celui de la cuisinière. Vos yeux à vous sont fa-ti-gués... Vos paupières sont louououourdes... Vous avez envie de dor-miiiir...

Edna se mit à bâiller. Molly poursuivit :

— Comme – nous – sommes – bien – ici... Il – fait – bon – Il – fait – chaud... Vous – êtes – con-for-ta-blement – assi-se – pen-dant – que – je – re-mue – la – soupe – en – faisant – des ronds – de – jo-lis ronds... et ron... et... ron... et ron...

Molly s'appliquait à touiller la soupe en cadence, tout en évitant soigneusement de regarder les têtes de poulets qui remontaient régulièrement à la surface.

— Et ron... et ron... et ron... Je – tourne – en rond – pen-dant – que – vous vous – dé-lassez – Ed-na... essayez – de – fer-mer – les – yeux – Ed-na – vous – verrez – vous vous – re-po-se-rez – beau-coup – mi-eux...

Edna gardait les yeux ouverts, mais elle affichait un air distant et rêveur. Molly avait envie de crier victoire tellement elle était excitée par cette expérience. Néanmoins, elle poursuivit calmement :

— À pré-sent – je – vais – comp-ter – à – l'envers – à – par-tir – de – vingt – et – vous vous – sen-ti-rez – de – plus – en – plus – dé-tendue – au fur et à mesuuuure...

Sans lâcher la cuiller, Molly prit alors sa voix la plus enjôleuse :

— Vingt... dix-neuf... (Edna ébaucha un vague

sourire)... dix-huit... dix-sept... (Edna cligna des paupières)... seize... quinze... quatorze...

À treize, la cuisinière ferma soudain les yeux. Simultanément, Molly éprouva une vague sensation de fourmillement dans tout le corps. « Ça y est ! exulta-t-elle. J'ai atteint le point de "fusion émotionnelle". » Cet instant de distraction faillit lui coûter cher, car Edna entrouvrit aussitôt un œil. Molly s'empressa de reprendre le compte à rebours :

— Douze... onze... dix... neuf... main-te-nant – Ed-na – vous – ê-tes – par-fai-tement – dé-con-trac-tée – huit... vous – dor-mez – sept... vous – dor-mez – pro-fon-dé-ment...

Molly arrêta de remuer la soupe pour s'approcher de la chaise.

— Six... cinq..., continua-t-elle à murmurer sous le nez d'Edna. À partir de maintenant, Ed-na, vous êtes en transe... Quand j'arriverai à zéro, vous ferez tout – ce – que – je vous dirai... Quatre... trois... deux... un... zéro... Bien.

Molly admira son œuvre : abandonnée, ramollie, confiante, Edna dormait comme une souche. Elle avait réussi ! La voix sourde et monotone qui lui avait valu le sobriquet de Dodo était en fait un formidable atout dans le domaine de l'hypnose. Peut-être ses yeux y étaient-ils aussi pour quelque chose ? Elle les sentait particulièrement brillants.

En tout cas, tout avait marché comme sur des roulettes.

Pendant un moment, Molly chercha en vain ses mots. Elle s'était tellement concentrée sur la phase hypnotique des opérations qu'elle n'avait pas réfléchi à ce qu'elle allait pouvoir suggérer à Edna. Elle dit donc la première chose qui lui passa par la tête :

— À partir de maintenant, Edna, vous serez très, très, très gentille avec moi, Molly Moon. Vous prendrez ma défense quand quelqu'un m'embêtera ou quand je me ferai disputer.

Pour un début, c'était un bon début.

— Quand je viendrai vous voir à la cuisine, vous me préparerez des sandwiches au ketchup et vous m'offrirez des tas de petites gâteries que vous aurez achetées en ville, rien que pour moi, tellement vous m'aimez. Et... et vous ne nous servirez plus jamais cet horrible poisson à la sauce au fromage et aux noix. Et pendant qu'on y est, vous ne ferez plus de poisson du tout, sauf s'il est pêché du jour. Ensuite... vous vous spécialiserez dans... (Molly hésita, puis lança un peu au hasard) dans la cuisine italienne ! Vous achèterez des livres de recettes... Vous ferez de votre mieux pour devenir le plus grand chef italien de... du monde entier. Dès aujourd'hui, tout le monde mangera italien à la cantine. Sauf Miss Adderstone, qui aura droit à son menu habituel... mais en dix fois plus épicé. Sans le vouloir, vous rajouterez aussi une bonne dose de piment dans les assiettes de Hazel Hackersly, Gordon Boils et Roger Fibbin. C'est bien compris ?

Edna hocha la tête comme un automate. Quel merveilleux spectacle ! Molly aurait éclaté de rire si son estomac ne l'avait soudain rappelée à l'ordre par un monstrueux gargouillis.

— Et maintenant, Edna, reprit-elle avec autorité, vous allez me conduire en ville pour m'offrir un bon petit déjeuner et vous resterez à mes ordres.

Edna acquiesça de nouveau. Elle se leva avec raideur et commença à marcher droit vers la porte, les yeux fermés.

— Si vous devez vous déplacer, Edna, il vaudrait mieux regarder devant vous, vous ne croyez pas ?

Toujours aussi docile, Edna souleva les paupières. Elle avait les yeux vitreux, comme Pétula la veille.

— Parfait, Edna, allons-y.

L'effroyable cuisinière se mit en branle. Dans le hall d'entrée, Molly passa rapidement un manteau par-dessus sa robe de chambre, puis elle quitta Hardwick House en compagnie de Pétula et du véritable zombie qu'était Edna. Sitôt dehors, Pétula trouva un petit caillou à sucer.

Une fois en voiture, la conduite d'Edna s'avéra plutôt éprouvante pour les nerfs. Elle démarra dans un rugissement d'enfer et écrasa la pédale d'accélérateur, faisant gicler des gerbes de gravillons avec les roues arrière de sa Mini. Molly se hâta de boucler sa ceinture de sécurité. De toute évidence, Edna était un peu à l'ouest. Elle avait une façon très particulière de fixer la route, comme si on lui avait glissé un glaçon dans le cou. À l'entrée de Briersville, elle s'engouffra dans la rue principale en zigzaguant d'une file à l'autre et frôla un camion qui arrivait en sens inverse. Puis elle grilla deux feux rouges, emprunta sans complexe une voie piétonnière et traversa un parterre de fleurs avant d'aller se garer sur le trottoir, juste en face d'un café où elle entra, regardant toujours droit devant elle sans ciller. Avant de la suivre, Molly jeta un coup d'œil inquiet de chaque côté de la rue. Ouf ! Pas de policier en vue.

À l'intérieur du café, deux ouvriers levèrent le nez de leur sandwich au bacon pour les dévisager. Il faut dire qu'avec son tablier gris, sa toque de cuisinier et ses sabots blancs, Edna avait une drôle de dégaine. Pour couronner le tout, elle avançait comme un robot. Molly s'empressa de la faire asseoir.

— Que désirez-vous, mesdames ? s'enquit un serveur avec un œillet rouge à la boutonnière.

Ce fut à Molly de passer la commande, car Edna contemplait la salière avec fascination et elle commençait à baver.

— Eh bien... je voudrais quatre sandwiches au beurre et au ketchup – mais pas trop de beurre, s'il vous plaît – avec un demi-verre de concentré de jus d'orange.

L'homme à l'œillet la regarda, perplexe.

— Désirez-vous de l'eau pour le diluer ?

— Non, merci, je le bois pur, répondit Molly, qui se régalait d'avance. Mais vous seriez gentil d'apporter un bol d'eau pour notre chien.

Quelle merveille de pouvoir commander ce qu'on voulait !

La fidèle Pétula était assise à ses pieds, la tête inclinée sur le côté, pendant qu'Edna faisait une moue des plus bizarres.

— Et... pour madame ? hasarda le serveur.

— Moi, c'qui m'botte, c'est l'Italie, répliqua Edna en léchant sa fourchette.

— C'est formidable de passer la journée dehors, hein, tantine ? dit Molly en s'adressant à elle comme à une pauvre folle échappée de l'asile.

Le serveur lui adressa un sourire plein de compassion.

Vingt minutes après le petit déjeuner le plus embarrassant de sa vie, Molly remonta dans la voiture d'Edna afin de réintégrer l'orphelinat. Le long de la grand-rue, les vitrines des magasins défilaient à vive allure sous ses yeux. Clic-Clac, la boutique d'appareils photo, Marcel Guidon, le vendeur de vélos, La Malle aux Mille Merveilles, le magasin d'antiquités et son enseigne tarabiscotée. Molly songea à toutes les choses qu'elle avait envie de s'offrir. Miss Adderstone devait avoir des montagnes d'argent sur son compte en banque. Il suffirait de la mettre en état de transe et de l'emmener dans les magasins, histoire de faire quelques emplettes. Du coin de l'œil, Molly observa Edna. Elle souriait comme une idiote, la bouche grande ouverte. Entièrement sous le charme. Est-ce que les autres seraient aussi faciles à dompter ? Jusqu'à présent, les choses semblaient plutôt bien parties.

— Edna, déclara soudain Molly d'une voix ferme, dès notre retour, vous irez droit à la cuisine et vous vous réveillerez sitôt la porte franchie. Vous ne garderez aucun souvenir de notre déjeuner en ville. Vous oublierez tout. Vous direz simplement à Miss Adderstone que je suis descendue chercher un verre d'eau pour avaler un cachet d'aspirine et que j'avais l'air encore très malade. Vous avez compris ?

Edna hocha la tête d'un air stupide.

— À partir de maintenant, reprit Molly, quand je claquerai des mains une fois, vous entrerez en transe et vous m'obéirez à la lettre. Et quand je claquerai deux fois les mains, vous vous réveillerez en ayant tout oublié. Est-ce bien clair, Edna ?

La cuisinière acquiesça, la mâchoire pendante. Puis elle abattit son poing sur le klaxon et fit hurler le moteur avant d'amorcer la dernière côte.

Le professeur Nockman fut tiré de son sommeil par un chauffard qui passa en klaxonnant à tout rompre sous les fenêtres de sa chambre d'hôtel. À peine sorti d'un rêve peuplé de pendules et de cercles concentriques, il se frotta les yeux et passa la langue sur ses dents pâteuses. « Ce maudit bled est encore plus bruyant que Chicago ! » grommela-t-il en cherchant à dégager son scorpion d'or des mailles de son tricot de corps. Il tendit la main pour attraper un verre d'eau.

Frustré après sa visite à la bibliothèque, l'Américain avait décidé de prolonger son séjour à Briersville, estimant que, à force de harceler la bibliothécaire, il finirait bien par obtenir ce qu'il voulait. Et si cette incompétente n'arrivait pas à retrouver le fameux livre, Nockman espérait tomber dessus par hasard, étant donné les dimensions réduites de la ville.

Depuis jeudi, il arpentait les rues sans relâche et suivait systématiquement tous les gens qui portaient des livres. Les mères de famille commençaient à l'éviter, trouvant son manège un peu louche. Un groupe d'adolescents l'avaient même traité de détraqué. Mais le professeur Nockman s'en moquait. Il était prêt à tout pour retrouver le livre du Dr Logan.

Les secrets contenus dans cet ouvrage l'intéressaient à titre personnel et pour des raisons qui n'avaient rien à voir avec la recherche scientifique. Nockman connaissait la vie du Dr Logan sur le bout des doigts. D'après sa biographie, le célèbre hypnotiseur avait quitté sa ville natale pour se rendre en Amérique, où il avait fait fortune en se produisant sur scène. Nockman avait passé au crible quantité de vieux journaux jaunis et étudié toutes les coupures de presse relatant les incroyables performances du Dr Logan. Il avait même visité Hypnos, le somptueux hôtel particulier que Logan s'était fait construire grâce à l'argent amassé au cours de sa brillante carrière.

Mais le plus fascinant dans l'histoire, c'est que le maître de l'hypnose avait écrit un livre exposant la somme de ses connaissances, en théorie comme en pratique. Ce mémoire avait été tiré à très peu d'exemplaires et était devenu presque introuvable. Quand le professeur Nockman avait

appris que la bibliothèque de Briersville possédait l'un des rares volumes subsistants, il n'avait
plus eu qu'une seule idée en tête : se le procurer
à tout prix. Il allait toucher au but... lorsque cette
bibliothécaire de malheur lui avait annoncé que
le livre s'était évanoui dans la nature.

Nockman tremblait de rage quand il repensait
à elle. Il s'imagina en train d'écraser son petit cou
de poulet entre ses grosses mains velues, et cette
pensée lui fit monter le sang au visage. Bille en
tête, il décrocha le téléphone.

— Service d'étage ? Apportez-moi une bibliothécaire bien tassée... euh, je veux dire un café
bien serré.

Nockman voulait ce livre. De toute sa vie de
truand, jamais il n'avait désiré quoi que ce soit
aussi ardemment. Il avait des projets, de grands
projets. Or la réussite de son plan dépendait
essentiellement et uniquement du manuel du
Dr Logan. Il s'était juré qu'il ne rentrerait pas aux
États-Unis sans cet ouvrage. Il fallait qu'il le
trouve. Rien ni personne ne l'en empêcherait.

# 8

Edna s'arrêta devant Hardwick House dans un tourbillon de poussière. L'endroit était désert et silencieux. De toute évidence, Miss Adderstone était encore en ville et les enfants n'étaient pas encore revenus de leur marche forcée. Pendant que Pétula s'esquivait pour explorer le jardin, Molly regagna l'infirmerie sous les combles. Elle se laissa tomber sur le lit avec un soupir de satisfaction et se mit à réfléchir à ce qu'elle venait de faire. C'était incroyable ! L'épisode d'Edna s'apparentait déjà à un rêve. Du fin fond des cuisines, la radio égrenait une musique dont les notes montaient jusqu'à elle par la cage d'escalier. Molly était aux anges. Mais elle avait les yeux fatigués. Pendant qu'elle hypnotisait Edna, ils lui avaient paru flamboyants, étincelants ; à présent, elle les sentait ternes et lourds. Elle feuilleta le livre du Dr Logan pour voir s'il y avait quelque chose à ce sujet. Au chapitre « Comment hypnotiser une foule », elle tomba sur un paragraphe intitulé : « Tout est dans le regard ».

*Pour hypnotiser une foule nombreuse, vous devrez utiliser uniquement votre regard. Cela provoque une grande fatigue oculaire. Entraînez-vous grâce aux exercices suivants.*

Sous le paragraphe, on voyait une série de dessins représentant un œil en gros plan. L'un regardant à droite, l'autre à gauche. Ou bien fixant en alternance un objet proche et un objet éloigné. Molly passa ensuite à un autre exercice. Celui du « miroir ».

*Placez-vous face à un miroir et regardez-vous au fond des yeux. Efforcez-vous de ne pas ciller. Vous allez bientôt voir votre visage se transformer. Ne vous inquiétez pas. Vos yeux vous paraîtront étincelants. Il est absolument indispensable d'éprouver cette sensation pour*

*hypnotiser un sujet – et à fortiori une foule*
*– par la seule entremise du regard.*

« J'aurais donc hypnotisé Edna en me servant seulement de mes yeux ? » s'étonna Molly. Pourtant, elle était sûre d'avoir tourné la cuiller à la façon d'un pendule. Et certaine aussi d'avoir utilisé sa voix. Elle s'approcha du vieux miroir accroché au-dessus du lavabo et s'examina longuement. Un nez en patate. Un teint pas net. Des yeux écartés qui lui renvoyaient un regard vert intense. Dix secondes, vingt secondes, trente secondes, Molly resta plongée dans ses propres yeux. Tout à coup, ils se mirent à palpiter, comme s'ils devenaient de plus en plus grands. La musique d'en bas n'était plus qu'un lointain écho. Molly s'efforçait de ne pas cligner des yeux dans l'espoir d'éprouver la même sensation qu'auparavant, cette impression de fulgurance dans le regard. C'est à ce moment-là qu'un phénomène étrange se produisit. Elle perdit son visage. Comme sur un coup de baguette magique, un autre visage se mit à pousser à la place de l'ancien. Elle était coiffée comme un hérisson et ses cheveux étaient orange. Elle avait une épingle de nourrice dans la narine gauche et une tartine de fard bleu et blanc sur les paupières. En résumé, c'était Molly Moon version punk. Elle avait des fourmis dans les jambes et l'impression que ses yeux démesurés palpitaient, flamboyaient, clignotaient comme deux phares. Et ça, d'après le Dr Logan, c'était *le* truc à avoir pour hypnotiser les foules.

Molly cligna des yeux. Elle fut soulagée de voir réapparaître son vrai visage dans le miroir. Curieuse expérience... « Est-ce que je me suis hypnotisée moi-même ? » se demanda-t-elle. Le livre lui apporterait sans doute la réponse.

Elle parcourut attentivement la page consacrée à « l'exercice du miroir ». Le dernier paragraphe portait sur « l'autohypnotisme ».

> *Pensez à ce que vous aimeriez être. Par exemple, quelqu'un de plus aimable ou de plus courageux. Ensuite, représentez-vous sous les traits d'une personne ayant ces qualités. Les effets de la transformation vous apparaîtront dans le miroir et vous percevrez alors une autre vision de vous-même.*

Molly reposa le livre, perplexe. Jamais elle ne s'était imaginée en punk, et pourtant cette vision avait jailli du miroir. Comme si, par hypnose interposée, son inconscient avait voulu lui révéler une autre identité d'elle-même. C'était quoi, un punk ? Avant tout un rebelle, songea Molly. Ça lui convenait parfaitement. Son inconscient semblait avoir une longueur d'avance sur elle en lui faisant découvrir un côté de sa personnalité qui jusque-là était resté profondément enfoui.

Après avoir caché le livre du Dr Logan sous le matelas, Molly se mit à penser à toutes les autres Molly qui dormaient en elle sans qu'elle le sache. Tout en y réfléchissant, elle prit un morceau de savon qui traînait près du lavabo. Elle le perça de part en part avec la pointe d'un crayon, puis elle tira sur une des franges du dessus-de-lit, l'arracha d'un coup sec et la passa dans le trou ainsi formé. Cet instrument de fortune n'était sûrement pas ce qu'on faisait de mieux en matière de pendule, mais il faudrait s'en contenter. Malgré sa fatigue, Molly décida de le tester sur Edna avant le retour des autres. Elle remit sa robe de chambre et descendit l'escalier.

En chemin, elle croisa Pétula qui la suivit en trottinant gaiement. Ensemble, elles dévalèrent les marches et atterrirent sur le dallage en damier du hall d'entrée. On entendait toujours de la musique, mais elle provenait de la salle de télévision. À sa grande surprise, Molly reconnut la voix criarde de Hazel. Cette dernière s'était débrouillée – allez savoir comment – pour échapper à la promenade du samedi matin.

Molly longea le couloir sur la pointe des pieds et glissa un œil dans la pièce. Hazel était là, vêtue d'un justaucorps et de collants blancs, de chaussures de claquettes blanches et d'oreilles en peluche blanche fixées sur un serre-tête (blanc également). C'était son costume de scène pour le futur Concours des jeunes espoirs de Briersville. Pour l'occasion, elle avait décidé de se déguiser en chat. Elle tenait d'une main sa longue queue blanche, qu'elle balançait négligemment tout en chantant et claquetant :

> *Désolée d'avoir mangé ce poulet,*
> *Désolée d'avoir croqué ce rat,*
> *Désolée d'avoir volé du lait,*
> *Que voulez-vous, je ne suis qu'un chat*
> *Miaou miaou miaaaah !*

En voyant Hazel s'agiter sans grâce, les yeux ébouriffés de faux cils démesurés, Molly regretta de ne pas avoir un appareil photo sous la main. Mais il lui vint soudain une meilleure idée. Pendant que Hazel faisait la révérence, elle fit son entrée dans la pièce.

— Oh, non... Pas toi ! soupira Hazel d'un air

excédé. Et avec cet affreux chien qui pue, en plus ! Ne me dis pas que ça va mieux ?

— Si, un peu mieux, merci, répondit Molly en sortant le pendule de sa poche.

Elle s'assit face à Hazel et commença, mine de rien, à faire tourner la rondelle de savon.

— Qu'est-ce que c'est que ce truc ? demanda Hazel. Tu es obligée de te trimbaler avec du savon tellement tu sues ?

Molly amena le pendule à la hauteur de son visage et le fit se balancer lentement.

— Qu'est-ce que tu fabriques ?

— Je me détends, c'est tout, dit Molly.

— Tu parles ! Je parie que tu essaies de m'hypnotiser. Y a que des dingues comme toi pour croire à ça. Mais ces trucs-là, c'est du pipeau, pauvre nulle !

Molly cessa de faire osciller son pendule. Elle s'était montrée trop sûre d'elle. Hazel l'avait vue venir avec ses gros sabots.

— Mais non, je ne veux pas t'hypnotiser, se défendit-elle aussitôt. Ce n'est pas un pendule c'est un morceau de savon que j'ai attaché à un ficelle pour ne pas le perdre dans mon bain.

— Parce que t'as l'intention de prendre un bain ? ricana méchamment Hazel en rembobinant la cassette. La mère Adderstone n'aime pas qu'on lui désobéisse, je te signale. Si t'es crade, tant pis pour toi, faudra rester dans ta crasse. Pas de bain pendant... pendant quatre semaines, c'est bien ça ?

— Justement : je me prépare pour le grand jour, répondit Molly.

Hazel la toisa avec mépris.

— Tu es vraiment la reine des dingos, Dodo !

Au moment où Molly s'apprêtait à quitter la pièce, Hazel lança insidieusement :

— Au fait, tu sais la nouvelle ?

— Non. Quoi ?

— Rocky s'est trouvé une famille.

Molly reçut ces mots comme une gifle. Comme un seau d'eau glacée en pleine figure.

— Qu... quand ça ? articula-t-elle péniblement.

Hazel se fendit d'un sourire venimeux.

— Tu sais bien... ces Américains qui sont venus hier. Ils se sont entichés de lui. Incroyable, non ? D'ailleurs, c'était des gens bizarres. En tout cas, Rocky est parti le soir même. Il ne t'a pas dit au revoir, hein ? Ça ne m'étonne pas. D'après ce qu'il m'a dit, il en avait marre de toi. Ras le bol. Comme quand on a trop mangé d'un truc, tu vois ? Pour lui, c'était une overdose de Molly. Mais il m'a dit qu'il t'écrirait un mot un de ces jours.

— Dis... c'est pas vrai, tu plaisantes ?

— Non, non. Pas du tout. Bien que je trouve ça plutôt marrant, pour ma part, répliqua Hazel.

Molly la regarda droit dans les yeux.

— Menteuse, lui lança-t-elle avant de s'en aller.

Elle avait réussi à se contrôler, mais elle se sentait déchirée de l'intérieur, brûlée à vif. Rocky parti ? C'était trop atroce, elle refusait d'y croire. Même de l'envisager une seule seconde. Perdre Rocky, c'était comme perdre un bras ou une jambe. Ou perdre d'un seul coup tous les membres de sa famille – ce qui était le cas, étant donné que Rocky était sa seule famille. Hazel avait menti, c'était clair. Rocky ne serait jamais parti sans l'avertir. Jamais. D'ailleurs, ils avaient conclu un pacte : ne pas se laisser adopter l'un sans l'autre. S'ils devaient quitter Hardwick House, c'était tous les deux ou rien. Hazel cherchait encore à lui faire mal, voilà tout.

Pourtant, en montant l'escalier pour regagner son grenier, Molly fut prise d'un doute. D'un doute effroyable. Et si Hazel avait dit vrai ? Son angoisse grandissait de marche en marche. Elle avait les mains moites mais elle se sentait gelée de la tête aux pieds.

Arrivée sur le palier du premier étage, elle aperçut de la lumière dans la chambre des garçons. En voyant ce rayon familier qui semblait l'inviter à approcher, elle s'avança sur le seuil, certaine de trouver les affaires de Rocky éparpillées dans la pièce, comme d'habitude, et déjà prête à rire de sa bêtise d'être tombée dans le panneau. Mais la vérité la frappa dans toute son horreur.

Le lit de Rocky était défait. Les draps et les couvertures étaient pliés bien proprement, le matelas était nu, l'oreiller également. Plus de bandes dessinées sur la table de nuit. Plus un seul vêtement dans la penderie grande ouverte.

Molly avait du mal à respirer. Une main invisible s'était brusquement refermée sur son cou, elle avait la tête prise dans un étau. L'oxygène n'arrivait plus, ni à son cerveau, ni à ses poumons. Elle s'adossa au chambranle, les yeux rivés sur ce coin de chambre anonyme et sur le lit abandonné.

— Comment as-tu pu me faire ça ? murmura-t-elle.

Elle traversa la pièce et se laissa tomber sur le vieux matelas de Rocky. Il lui fallut un certain temps pour se ressaisir. Au fond de son cœur, elle savait qu'à moins d'avoir une très bonne raison, Rocky ne serait jamais parti sans lui dire au revoir. Ils s'étaient disputés, certes, mais ce n'était pas si grave. Et même si Rocky avait tendance à faire pas mal de cachotteries ces derniers temps, elle refusait de croire qu'il ne voulait plus d'elle. Cette idée-là, c'était une pure invention de la part de

Hazel et de son esprit vicieux. Mais pour quelle raison avait-il disparu tout d'un coup ? Il avait toujours été dans la lune et pas très fiable, d'accord, mais pas au point d'oublier de lui dire au revoir, tout de même ! Ils étaient comme frère et sœur. Aussi distrait qu'il soit, il n'avait pas pu lui faire un coup pareil. C'était incompréhensible.

Rocky parti, Molly se retrouvait sans personne – à part Pétula. Les quatre petits de l'orphelinat étaient très gentils, mais bien trop jeunes pour être ses amis. Rester ici sans Rocky, c'était impossible et impensable. Il fallait absolument qu'elle le retrouve et qu'elle lui parle.

Molly se traîna jusqu'à l'infirmerie. Elle était complètement désorientée. Pour comble de malheur, Hazel répétait encore son numéro de claquettes et le bruit arrivait à percer la cloison. Incapable de mettre de l'ordre dans ses pensées, elle s'approcha du lavabo, ouvrit le robinet d'un geste machinal et fit couler de l'eau sur son visage. Puis elle se regarda dans la glace, fixant avec hébétude ses yeux brûlants de larmes. Cela lui rappela l'exercice du miroir. Peut-être qu'en s'imaginant heureuse et insouciante, elle arriverait à s'hypnotiser de façon à l'être réellement ?

Au bout d'un moment, ses traits s'estompèrent. Les miaulements de Hazel se perdirent dans le lointain et elle commença à se sentir mieux. Tout à coup, son visage se métamorphosa. Ses joues s'arrondirent, son teint s'unifia, ses cheveux devinrent plus blonds, plus bouclés, plus soyeux. Il leur poussa même des rubans. Bref, Molly était ravissante. Une vraie petite princesse ! De nouveau, elle eut cette sensation de fourmillement dans tout le corps. Son chagrin se détacha d'elle comme un vieux cocon desséché. Elle se mit à voir la vie en rose. Une fois de plus, son inconscient lui dictait ce qu'elle souhaitait être au plus profond d'elle-même.

Alors qu'elle contemplait cette vision très, très améliorée de sa personne, elle fut soudain frappée par une idée. Une idée énorme, sensationnelle.

Maintenant qu'elle avait compris le truc du regard, pourquoi ne pas l'utiliser ? Grâce à cette faculté, elle pouvait hypnotiser les foules. Or le Concours des jeunes espoirs de Briersville allait attirer du monde – une *foule* de spectateurs. Le gagnant devait recevoir une coquette somme d'argent à titre de récompense. « Et puisqu'il faut bien un gagnant, pourquoi pas ma pomme ? » se dit Molly.

Elle cligna des yeux et se retrouva telle qu'elle avait toujours été. Mais elle avait repris espoir. Même s'il était parti sans laisser d'adresse, Rocky ne pouvait pas la détester.

Forte de cette conviction, elle se jura de tout faire pour découvrir où était son ami. Après quoi elle trouverait bien le moyen de s'échapper de Hardwick House pour aller le rejoindre. Cela risquait d'être difficile, mais elle était prête à y consacrer toute son énergie, à déployer tous ses talents pour y arriver. Et elle ne renoncerait pas tant qu'ils ne seraient pas de nouveau réunis.

# 9

Dans la soirée du même samedi, Molly refit son apparition en public. Elle se sentait mieux, mais terriblement seule. Pendant les vêpres, les autres pensionnaires échangèrent à voix basse des commentaires sur l'adoption de Rocky. Pour sa part, Molly demeura muette. C'était un sujet trop douloureux pour elle. Elle avait envie de retrouver son ami. De voir sa peau lisse et noire au milieu de tous ces visages pâles, sa tignasse frisée, ses grands yeux sombres pleins de douceur, ses doigts invariablement couverts de gribouillis, son vieux jean rapiécé qui s'ornait chaque semaine d'un nouveau trou. Mais c'était son sourire qui lui manquait par-dessus tout. Un sourire éclatant, rassurant. Tout en articulant silencieusement les paroles du cantique, elle songeait avec angoisse au vide que laissait l'absence de Rocky. Un vide énorme, un gouffre, un abîme. Soudain, une délicieuse odeur de cuisine vint la tirer de sa mélancolie. Au moment où Miss Adderstone s'avançait pour faire les éternelles déclarations du soir, elle avait déjà l'eau à la bouche.

— Pour commencer, déclara la directrice, Gemma et Gerry nettoieront les vitres tous les après-midi de la semaine prochaine. Ça vous apprendra à bavasser pendant les vêpres. Le départ de Rocky Scarlet est peut-être passionnant pour vous, mais pas pour moi. J'exige le silence total pendant la prière du soir.

Gemma et Gerry se regardèrent d'un air penaud. Miss Adderstone renifla d'un coup sec et enchaîna sur la deuxième annonce :

— Comme vous le savez, le Concours des jeunes espoirs de Briersville aura lieu demain. Ceux d'entre vous qui tiennent à y participer devront s'y rendre à pied et se présenter à l'hôtel de ville à treize heures précises. Le premier prix s'élevant à 3 000 livres sterling – autant dire une somme ridicule –, je compte sur vous pour en faire don à l'orphelinat si toutefois l'un de vous arrivait vainqueur. Est-ce clair ?

— Oui, Miss Adderstone.

— Bon. Après le dîner, les candidats nous donneront un petit aperçu de leurs talents.

À ces mots, elle découvrit ses fausses dents pour adresser un bref sourire à Hazel, puis elle remballa son dentier et s'adressa, plus renfrognée que jamais, à Molly :

— Je constate que vous êtes de nouveau sur pied, Molly Moon. Vous irez vous asseoir seule à une table pendant le dîner. Je ne tiens pas à ce que les autres enfants attrapent votre maladie.

— Oui, Miss Adderstone.

Les enfants marchèrent vers le réfectoire et Molly les suivit en silence. Il y avait des nappes et des bougies sur toutes les tables, ainsi qu'une grande carte d'Italie placardée au mur. Edna, triomphante, arriva avec un énorme plat de spaghettis aux légumes.

— Spaghettis primavera ! Zouste comme lé faisait la mamma.

Elle apporta ensuite une pleine corbeille de petits pains aux olives qu'elle avait décorés de petits drapeaux vert-blanc-rouge.

— Ciabatta fait maison ! annonça-t-elle fièrement.

— Êtes-vous devenue folle, Edna ? demanda froidement Miss Adderstone.

— Non. Mais z'adorre l'Italie, les Italiens et la

couisine italienne. Z'ai ça dans le sangg ! Oune vraie passionnne ! De temps en temps, ça ressort.

— Passion ou pas, c'est la première fois que ça vous arrive.

— Hé ! Y a oune débout à tout.

— En tout cas, je ne veux pas de ces cochonneries. J'espère que vous n'avez rien changé à mon menu habituel ?

— Bien sour qué no, Miss Adderstone.

Raide comme la justice, la directrice de Hardwick House se dirigea vers sa table, où l'attendait une tourte au foie et aux rognons. La laissant refroidir un peu, elle se servit un verre de sherry qu'elle sirota pendant que les enfants faisaient la queue devant Edna. Molly remarqua que Hazel, Gordon et Roger avaient droit à des assiettes spéciales. « J'espère qu'Edna n'a pas lésiné sur le poivre et le piment », se dit-elle. Pour le moment, tout se passait comme prévu. La cuisinière avait suivi ses instructions à la lettre. Très impressionnée, elle alla s'asseoir à une petite table près de la fenêtre. De là, elle avait une vue d'ensemble sur le réfectoire.

Les spaghettis primavera étaient absolument délicieux. Molly observa la réaction des plus jeunes, attablés quelques mètres plus loin. Gemma, Gerry, Ruby et Jinx dévoraient comme s'ils n'avaient rien mangé depuis huit jours. Edna ne les avait pas habitués à pareil festin. En revanche, les choses semblaient se gâter du côté de Hazel, de Roger et de Gordon.

— Passe-moi l'eau, vite ! croassa Hazel dès la première bouchée.

Gordon commença par remplir son propre verre et le vida d'un seul trait.

— Gordon ! hurla Hazel pour le rappeler à l'ordre.

Dès qu'il l'eut servie, Roger lui arracha le pichet des mains.

— Ce truc... est... immangeable, hoqueta Hazel en fixant ses spaghettis avec horreur.

Quatre tables plus loin, une voix tonna :

— Qu'est-ce que j'entends ?

La cuisine d'Edna s'était améliorée, mais pas son caractère. La piratesse traversa la salle à grands pas et les enfants se tassèrent sur leur chaise en prévision de l'orage.

— Qu'est-ce que tu viens d'dire, s'pèce de morveuse ?

Hazel Hackersly n'avait pas l'habitude de se faire traiter de la sorte.

— Eh bien, c'est un peu trop épicé à mon goût, rétorqua-t-elle d'une voix étranglée.

— Épicé ? Non mais je rêve ou quoi ? J'te signale que tu es en train de manger des spaghet-tis primavera, nom d'un chien ! Une recette italienne – venue tout droit du pays où poussent les oliviers et les grands airs d'opéra ! Et si t'es pas capable de sentir le soleil et les collines de l'Italie dans mes pâtes, ou si tu trouves que le soleil est trop chaud pour toi, eh bien, j'te servirai de la pâtée pour chiens la prochaine fois !

Hazel contempla son assiette, l'air perplexe. D'après elle, Edna avait dû tomber sur la tête.

— Vos spaghettis sont délicieux, Edna ! lança Molly à voix haute.

Hazel lui décocha un regard façon poignard, mais la cuisinière lui accorda son plus beau sourire.

— Ah ! Enfin une qui apprécie ! Merci, Molly.

— Molly Moon ! hurla Miss Adderstone à l'autre bout du réfectoire. Je vous rappelle qu'il est strictement interdit de parler à voix haute pendant les repas. Vous passerez me voir dans mon bureau tout à l'heure.

Sur ce, Miss Adderstone termina son verre de sherry et laissa échapper un rot d'ivrogne.

Edna la regarda d'un air indigné. Le sang lui monta aux joues et sa bouche se contorsionna sous l'effet de la colère. « Parfait, pensa Molly. Si elle se souvient de mes dernières recommandations, je sens qu'on va bien s'amuser. »

— Eh bien, Edna ? Il y a quelque chose qui ne

va pas ? demanda Miss Adderstone d'une voix acide.

La cuisinière avait viré au cramoisi, elle bouillonnait comme un volcan en pleine activité. Soudain, elle explosa :

— Comment ça : queq'chose qui n'va pas ? Mais tout va très bien, au contraire ! Molly Moon m'a félicitée, contrairement à vous, Agnès Adderstone !

La directrice, estomaquée, ouvrit la bouche toute grande (un petit morceau de rognon en profita pour s'échapper). Jamais Edna ne s'était permis de lui répondre ou de l'appeler par son prénom en présence des enfants.

— ... Parfaitement ! Miss Molly m'a fait des compliments sur mes spaghettis primavera ! Elle a peut-être parlé à voix haute, mais moi j'aime bien les compliments à voix haute ! Et j'dirais même plus : j'aime bien cette gamine. Je l'adore ! Encore plus que la cuisine italienne, c'est tout dire ! Et vous osez la disputer ? Vous voulez lui donner une punition ? (Edna s'empara d'un petit drapeau vert-blanc-rouge.) Écoutez-moi bien, Agnès Adderstone, ajouta-t-elle en lui agitant le pic en bois sous le nez, je ne vous laisserai pas faire, nom d'un chien ! Si vous voulez punir Molly, faudra d'abord me passer sur le corps !

Miss Adderstone posa sa fourchette et son couteau, puis elle se leva en disant :

— Edna, je crois que vous avez besoin de vacances.

— Des vacances ! Et puis quoi encore ? Je viens tout juste de m'mettre au boulot. J'ai encore un sacré bout de chemin à faire, nom d'un chien. La gastronomie italienne, vous croyez qu'ça s'apprend en deux jours ?

Edna plaqua le drapeau vert-blanc-rouge sur son opulente poitrine, comme pour faire un serment. Sous les regards sidérés de tout le réfectoire, elle grimpa sur une chaise, puis sur la table, et déclara d'un ton solennel :

— Que ça vous plaise ou non, j'ai l'intention de devenir le meilleur chef italien du monde !

Tandis que tout le monde dévisageait Edna bouche bée, Gordon Boils ne put s'empêcher de jeter un coup d'œil sous la jupe de la cuisinière, histoire d'apercevoir son tatouage légendaire. Miss Adderstone se dirigea d'un pas mal assuré vers la porte.

— Je vous parlerai un peu plus tard, Edna.

— Comment ça ? Vous ne finissez pas votre assiette ? demanda la cuisinière de toute sa hauteur.

— Non, merci. C'est également trop pimenté à mon goût.

Après le départ de la directrice, Edna redescendit de son perchoir en soufflant comme un taureau.

— L'aurait mieux fait de goûter à mes spaghettis, c'te vieille vache.

# 10

Après le dîner, Molly alla frapper à la porte de Miss Adderstone. Celle-ci vint ouvrir et s'empressa de plaquer un mouchoir sur son nez en la voyant.

Le bureau de la directrice était une pièce obscure, lambrissée de panneaux couleur chocolat et meublée de chaises couleur prune. Un tapis à motifs gris complétait l'ensemble. L'endroit sentait la naphtaline et le sherry, avec un soupçon de bain de bouche au menthol. On y trouvait également deux guéridons recouverts d'un napperon en dentelle. Mais dessus, aucun cadre avec des photos de parents ou d'amis. Et pour cause :

Miss Adderstone n'avait ni famille ni amis. Seuls les tableaux accrochés aux murs semblaient profiter du maigre éclairage qui filtrait à travers trois abat-jour à franges. Des peintures de forêts noires, de rivières glauques, de grottes ténébreuses. De quoi vous donner la chair de poule, songea Molly. Comme elle s'en détournait, Pétula déboula pour lui faire la fête. Puis elle laissa tomber un caillou à ses pieds et lui lécha le genou. Molly se pencha pour lui faire une caresse.

— Voyons, Pétula, un peu de tenue ! siffla Miss Adderstone. Assis !

À ce mot, Pétula et Molly s'assirent en même temps, le chien sur le tapis, Molly sur un tabouret près de la cheminée où ne flambait aucun feu. Pendant quelques instants, le silence ne fut troublé que par les claquements de langue de Miss Adderstone. Et, Molly en était persuadée, par les battements de tambour de son propre cœur. Elle avait les nerfs à fleur de peau. Hypnotiser Miss Adderstone, c'était le super défi. D'autant que, cette fois, Molly n'avait ni cuiller en bois ni pendule en savon pour capter son attention. Mais la haine que lui inspirait cette femme la galvanisait. En tout état de cause, c'était elle qui avait laissé Rocky filer sans un mot. Elle l'avait fait sciemment, par pure méchanceté.

Le coucou vint briser le silence de ses cris

enroués. Au premier « Cou-cououh ! », Molly sursauta. Miss Adderstone émit un ricanement méprisant. Six fois de suite, l'oiseau surgit de son petit chalet poussiéreux pour tendre un cou déplumé. Quand il eut enfin regagné son trou, Miss Adderstone se tourna face à la fenêtre et s'adressa en ces termes à Molly :

— Comme vous le savez, Rocky est parti. Désormais, il faudra donc que quelqu'un d'autre assume les tâches que je lui avais assignées. Comme il n'y a rien de tel que le travail pour forger le caractère, c'est vous qui en hériterez. Sachez en outre que je n'ai pas du tout apprécié votre petit numéro, tout à l'heure. Je n'avais jamais vu Edna dans un tel état. Je vous en tiens entièrement responsable.

Miss Adderstone fit volte-face. Molly garda les yeux baissés.

— La moindre des politesses serait de faire attention quand je vous parle, Molly Moon !

Molly redressa la tête en serrant les dents. Cela faisait un moment qu'elle se concentrait. Lorsqu'elle planta son regard laser dans les yeux secs et sans joie de Miss Adderstone, l'effet fut immédiat. La vieille bique ne put réprimer un tic et, troublée, se hâta de regarder ailleurs en lâchant avec une fausse désinvolture :

— C'est bon. J'aime mieux ça.

Pour se remettre, elle prit une gorgée de sherry.

— Comme je disais...

Les yeux de Miss Adderstone croisèrent de nouveau ceux de Molly et s'y attachèrent malgré elle, comme un papillon de nuit attiré par la flamme d'une bougie. C'est alors qu'il se produisit une chose étonnante. Sa colère l'abandonna d'un coup et ses pensées se brouillèrent. Elle ne se souvenait même plus de ce qu'elle voulait dire. Les vertes prunelles de Molly évoquaient irrésistiblement deux lacs profonds, limpides et reposants. La chaleur qu'elles dégageaient la plongea dans une douce torpeur. Deux secondes plus tard, Agnès Adderstone était carrément... partie. Les yeux de Molly se mirent à palpiter et le choc de la « fusion émotionnelle » se propagea dans tout son corps. La directrice de Hardwick House était là, balançant mollement la tête de droite à gauche, la langue pendante, ses fausses dents propulsées aux premières loges. En la voyant ainsi, Molly comprit qu'elle la tenait enfin en son pouvoir. Elle commença à parler, et sa voix tinta comme une musique céleste aux oreilles de l'hypnotisée :

— Agnès Adderstone – écoutez-moi – bien. À présent – c'est – moi – qui – commande.

Ensorcelée par le doux débit de Molly, Miss Adderstone hocha la tête.

— À – partir – de – maintenant – vous – approuverez – tout – ce – que – je ferai. Vous – m'aimerez – autant – qu'Edna... c'est-à-dire – é-nor-mé-ment... Vous – me – donnerez – tout – ce – que – je – veux.

Miss Adderstone acquiesça docilement.

— Pour commencer, je voudrais le numéro de – téléphone – de Rocky. Donnez-le-moi tout de suite.

— Je – ne – m'en – souviens – pas – j'ai – détruit – le – numéro, déclara Miss Adderstone d'un timbre monocorde.

Molly tiqua. Pour réagir ainsi, Miss Adderstone devait encore avoir un fond de volonté. Autrement dit, être dans un état d'hypnose superficiel. De nouveau, Molly la harponna de son regard en augmentant la puissance.

— Miss Adderstone, vous devez *absolument* me donner ce numéro.

— Ce – que – je – dis – est – vrai, persista le robot Adderstone. Je – détruis – toujours – les – dossiers – des – pensionnaires – qui – quittent – Hardwick – House. Bon – débarras... Je – voudrais – qu'ils – s'en – aillent – tous – et – qu'ils – me – laissent – tranquille... Tous sauf vous – Molly... Dites, vous n'allez pas me – quitter

141

– n'est-ce pas ? ajouta-t-elle avec un trémolo dans la voix.

Molly demeura de marbre. Ainsi, cette vieille chouette ne gardait aucune trace de ses pensionnaires une fois partis. Quelle horreur ! Quelle abomination !

— Vous devez au moins vous souvenir du nom des gens qui l'ont adopté ou de la ville où ils sont allés ? Réfléchissez bien... Je – veux – une – réponse, ordonna-t-elle en durcissant le ton.

Miss Adderstone examina scrupuleusement les recoins poussiéreux de sa mémoire.

— Le nom – de – famille – est... A... Alabaster... Et – ils – sont – allés – à... Je – ne – me – rappelle – plus... C'était – en – Amérique... Un nom – assez – long... Près de... New York.

— Faites un effort ! explosa Molly au risque de réveiller l'hypnotisée. Écoutez, Agnès, il me faut ce nom, rectifia-t-elle avec douceur et persuasion. Dans quelle ville habitent ces gens... les Alabaster ? Ré-flé-chissez !

Miss Adderstone se mit à rouler les yeux dans tous les sens, preuve qu'elle se creusait activement les méninges.

— Polchester... Pilchester... Porchester... Quelque chose – de – ce genre, marmonna-t-elle.

— Où rangez-vous les dossiers ? demanda Molly en désespoir de cause. Montrez-les-moi. Je ne peux pas croire que vous n'ayez gardé aucune trace de Rocky.

Miss Adderstone, docile comme un mouton, traversa la pièce et alla ouvrir un classeur en métal gris.

— Voilà, annonça-t-elle avec un geste raide. Tous – les – dossiers – sont – là.

Molly l'écarta pour prendre sa place et se mit à fouiller nerveusement dans le grand tiroir. Le dossier de Rocky n'était pas là. En revanche, elle tomba sur le sien. Elle le prit, l'ouvrit lentement. La chemise cartonnée qui portait son nom contenait un passeport et une simple feuille de papier.

— C'est tout ce que vous avez sur moi ? Pas de lettres, pas de documents, pas de rapports, rien ?

— Non, c'est tout, répondit Miss Adderstone, figée au garde-à-vous près du classeur.

Molly parcourut la feuille des yeux.

| | |
|---|---|
| Nom : | Molly Moon |
| Date de naissance : | ? |
| Lieu de naissance : | ? |
| Parents : | ? |
| Circonstances d'arrivée : | Abandon sur le pas de la porte |
| Description de l'enfant : | ? |

Suivaient deux lignes que Miss Adderstone avait griffonnées de sa propre main :

« Enfant quelconque. Sans attrait. Marginale. Peu sympathique. »

Molly contempla le bout de papier sans rien dire. Prenant conscience que toute sa vie se résumait à ces quelques pattes de mouche, elle eut plus que jamais l'impression d'être une moins-que-rien. Elle ouvrit son passeport. Elle ne l'avait jamais vu, mais elle se rappelait le jour où on l'avait prise en photo pour le faire établir. En prévision d'une éventuelle adoption, la directrice de Hardwick House tenait scrupuleusement à jour tous les passeports. Ainsi, les futurs parents pouvaient repartir immédiatement – même au bout du monde – avec leur enfant sous le bras. Sur la photo, Molly Moon (six ans) souriait de toutes ses dents à l'objectif. Elle se souvenait de cette séance. Comme elle était fière qu'on la prenne en photo ! Et comme Miss Adderstone l'avait grondée pour avoir souri... Molly eut envie de prendre cette pauvre petite fille sous son aile. Elle lança un regard haineux à la vieille peau qui se tenait à un mètre d'elle. Comment pouvait-on être aussi méchant, aussi dénué d'humanité ? Soudain, il lui vint une idée. S'il y avait un dossier « Agnès

Adderstone », que contiendrait-il ? Sans chercher à tourner autour du pot, elle posa la question à haute et intelligible voix. Celle de Miss Adderstone – une voix d'outre-tombe – s'éleva alors dans la pièce, rendant l'ambiance encore plus lugubre qu'avant :

— Ma mère – a – été – internée dans un – asile de fous – après ma – naissance. Mon père – buvait. Je suis partie – vivre chez – ma – tante. Une méchante femme... Elle me – battait. Son mari – aussi. Ils étaient sévères... Excessivement – sévères.

Molly ne s'attendait pas à cela. Elle éprouva un élan de sympathie pour cette femme qui avait eu une enfance pire que la sienne. Mais elle refusa de se laisser attendrir plus longtemps et s'empressa d'empocher son passeport, ainsi que le misérable papier la concernant. Puis elle s'essuya les mains sur sa jupe et se concentra de nouveau.

— Bien. À présent, Miss Adderstone, je vais vous plonger dans un état de – transe profonde – et vous m'obéirez point – par – point.

Tandis que la directrice hochait la tête à la manière d'un jouet mécanique, Molly s'humecta les lèvres. Toute sa vie, elle avait été victime de la méchanceté de cette femme. L'heure de la vengeance avait sonné.

Vingt minutes plus tard, Molly, fort contente d'elle, quitta le bureau de la directrice. L'étendue de ses pouvoirs ne lui avait jamais paru aussi vaste. Pétula lui emboîta le pas.

La répétition en costume devait avoir lieu à huit heures dans le grand hall. Molly prit place sur la huitième marche de l'escalier afin d'avoir une vue d'ensemble. Elle soupira d'aise lorsque Miss Adderstone fit son entrée en scène, élégamment vêtue d'une nuisette rose à froufrous et de bottes en caoutchouc. Elle portait en outre un soutien-gorge sur la tête et, autour du cou, son dentier accroché au bout d'une ficelle.

— Bonsoir tout le monde ! lança-t-elle à la cantonade.

Dans un sourire béant, elle découvrit ses gencives roses et molles, en parfaite harmonie avec la chemise de nuit qu'elle souleva soudain, façon french cancan, en criant un « Houp-là ! » retentissant.

Tous les enfants, frappés d'horreur, la regardèrent sans mot dire et sans bouger. L'atterrissage d'un Martien ne leur aurait pas fait plus d'effet.

— Et maintenant, que le spectacle commence ! claironna Miss Adderstone avec emphase.

Les bras en l'air, elle se mit à jouer des castagnettes avec son dentier et, martelant le sol de ses grosses bottes, elle entama un furieux flamenco. Après quoi, elle tira sa révérence en minaudant et quitta le devant de la scène pour aller s'écrouler sur un siège.

Dans l'assistance, il y eut çà et là quelques gloussements étouffés. Miss Adderstone retrouva subitement sa voix d'antan et hurla :

— Gordon Boils, crachez ce chewing-gum immédiatement !

Gordon se recroquevilla sur sa chaise. La nouvelle Miss Adderstone lui flanquait la chair de poule. Il préférait de loin l'ancienne version.

— Excusez-moi, Miss Adderstone, murmurat-il en fourrant le chewing-gum dans sa poche.

Molly descendit les marches et s'avança sur scène. Cynthia et Craig la huèrent en chœur :

— Hé-ho ! Dégage, Dodo !

— Va voir ailleurs si j'y suis, hé, Crapaud !

Imperméable aux quolibets, Molly garda les yeux rivés sur ses chaussures. Elle avait décidé d'hypnotiser toute la troupe en utilisant le seul pouvoir de son regard, aussi se concentrait-elle de toutes ses forces.

— Qu'est-ce qui se passe ? Tu as oublié les paroles de ta berceuse ?

— Ça suffit ! trancha Miss Adderstone en fai-

sant claquer ses fausses dents de façon mena-
çante. Le premier que j'entends, je le mords !

Tout le monde se calma sur-le-champ. Alors,
Molly redressa lentement la tête. Ses yeux
balayèrent l'assistance comme deux puissants
projecteurs et tous les enfants, un par un, se trouvèrent pris dans leur faisceau, tels des lapins de
garenne paralysés par les phares d'une voiture.
Molly avait l'impression d'être dans un jeu électronique. Clic, clic, clic. Chaque fois qu'elle cap-
tait le regard de quelqu'un, elle sentait s'abattre
ses défenses et elle marquait un point. Elle parcourut ainsi les rangées l'une après l'autre.
Gemma, Gerry, Ruby et Jinx. Avec eux, aucun
problème. Avec les plus grands non plus
d'ailleurs. Tous ceux qui la toisaient d'ordinaire
avec mépris ou moquerie la considéraient maintenant d'un œil inexpressif et soumis. Gordon,
Roger... Tout à coup, quelqu'un lui tapa sur
l'épaule.

— Je te rappelle que c'est à moi de passer en
premier, dit Hazel de sa voix geignarde.

Molly fit volte-face. Les yeux de Hazel – deux
fentes malveillantes – la défiaient sans vergogne.
Molly se focalisa sur eux.

La figure de Hazel se contracta bizarrement.
D'ordinaire, elle ne faisait qu'effleurer Molly du
regard, tant elle la trouvait laide et sans intérêt.

Là, elle n'arrivait pas à en détacher les yeux. Les pupilles de Molly agissaient sur elle comme deux aimants noirs. Elle voulut regarder ailleurs. Impossible. Telle une personne qui se cramponne en vain à la berge pour ne pas se faire emporter par le courant, Hazel tenta de résister, mais elle finit par lâcher prise et sombra dans l'eau verte des yeux de Molly.

Il n'y avait plus un bruit dans le hall. Tous les enfants étaient assis, immobiles et complètement hébétés. Molly contempla son œuvre avec d'autant plus de satisfaction qu'elle ne s'était même pas servie de sa voix pour en arriver là.

— Dans un instant, je vais m'asseoir et je frapperai dans mes mains, déclara-t-elle. À ce moment-là, vous sortirez tous de votre transe et vous ne vous rappellerez plus rien de cet épisode... Mais, à partir de maintenant, quand il vous arrivera de dire du mal de Molly Moon ou de vouloir l'embêter, vous vous taperez sur la tête avec le premier objet à votre portée.

Sur ce, Molly quitta la scène pour aller s'asseoir, puis elle frappa dans ses mains. Elle aurait pu exiger que tout l'orphelinat se mette à l'aimer passionnément mais, pour le moment, ce n'était pas la peine. Elle voulait simplement s'assurer qu'elle pouvait contrôler une foule, et c'était fait. Alors que chacun reprenait peu à peu ses esprits, elle sortit de sa poche le papier qu'elle avait trouvé dans son dossier et le déchira en mille morceaux.

Jusqu'à maintenant, Molly avait toujours tiré le mauvais numéro dans la grande loterie de la vie. À présent, elle comptait bien décrocher le gros lot. Mener une vie en technicolor, comme dans ses publicités favorites. C'était peut-être pour demain, pourquoi pas ? Elle songea à toutes les belles choses qu'elle allait pouvoir s'offrir avec l'argent du concours. Mais ce n'était qu'un début, une mise en bouche, un hors-d'œuvre. Car désormais, elle était sûre d'être à l'abri du besoin grâce à son pouvoir hypnotique. Quant au reste, elle décréta qu'à partir de ce jour, plus personne ne la bousculerait, ne la pincerait, ne l'asticoterait, ne l'ignorerait ni ne lui donnerait des ordres. Molly Moon allait devenir quelqu'un et les autres n'avaient qu'à bien se tenir. Une nouvelle étoile allait bientôt jaillir du firmament et éblouir le monde entier.

# 11

Le lendemain matin, l'orphelinat s'éveilla dans une délicieuse odeur de croissants chauds et de pâte à pain. Molly était d'humeur radieuse, en parfait accord avec les effluves qui montaient de la cuisine.

Dans la salle à manger, la nouvelle passion d'Edna se déployait dans toute sa splendeur. La chaîne stéréo qu'elle avait apportée diffusait à fond de grands airs d'opéra, et il y avait sur toutes les tables des livres portant sur un seul et unique thème : l'Italie.

— Vous êtes allée à la bibliothèque, Edna ? s'enquit Molly en prenant dans une corbeille un croissant croustillant et un petit pain tout chaud.

— Oui. Vois-tu, j'adore l'Italie, lui expliqua poliment Edna comme s'il s'agissait d'une révélation. Yé souis oune vraie fana dé l'Italia ! Surtout de la cuisine italienne. Ah, nom d'un chien ! on peut dire qu'ils en connaissent un rayon, question gastronomie, ces Italiens !

Alors qu'Edna s'apprêtait à lui verser une tasse de chocolat chaud, Miss Adderstone s'interposa. Elle s'empara de force du pot auquel la cuisinière s'accrochait et déclara dans un grand sourire édenté :

— Laissez-moi faire, Edna... Molly, ma chère, où désirez-vous vous asseoir ?

Et elle l'escorta comme s'il s'agissait d'une princesse de sang royal. Les autres enfants les regardèrent passer en chuchotant. Miss Adderstone arborait ce matin-là une grande culotte en guise de chapeau. Elle portait encore son dentier en sautoir, ainsi que son éternel ensemble en nylon, à cette différence près que ce dernier était lacéré, taillé et troué de partout. On aurait dit la dernière création d'un couturier farfelu, tendance grunge.

— Quelle ravissante tenue, commenta Molly.

— Oh, merci. Merci beaucoup, Molly. C'est

moi qui l'ai faite hier soir, en deux ou trois coups de ciseaux.

Derrière elles, quelqu'un poussa soudain un cri. Miss Adderstone se retourna, l'air aussi mauvais que d'habitude (son attitude envers les autres enfants n'ayant pas changé d'un pouce). Voyant que Hazel s'était renversé son bol de chocolat sur la tête, elle hurla à pleins poumons :

— Qu'est-ce qui vous prend, Miss Hackersly ? ... Excusez-moi, Molly.

Un second cri s'éleva. Cette fois, c'était Roger Fibbin, tout dégoulinant de lait chaud, qui se tapait la tête avec son bol. Tel un homard en colère, Miss Adderstone fondit sur lui en faisant cliqueter ses fausses dents.

— Ça suffit, Roger ! Pour la peine, voici votre punition.

Et, brandissant son dentier, elle lui mordit cruellement l'avant-bras.

— Aouououh ! hurla Roger en roulant des yeux affolés.

Molly chancela. Elle n'avait pas hypnotisé Miss Adderstone pour la rendre déchaînée à ce point. Sur ces entrefaites, Edna s'approcha d'elle et lui murmura à l'oreille :

— J'ai comme l'impression qu'Agnès a pété un câble.

En quittant le réfectoire, Molly nota que Gordon Boils se frappait le crâne avec un croissant.

Au lieu d'aller au catéchisme, Molly resta à se faire chouchouter par Edna et Miss Adderstone. La première lui prépara de délicieux petits toasts à la tomate et à la mozzarella, après quoi la seconde lui massa les pieds, cependant que Pétula ronflait sur ses genoux. Quand midi sonna, Molly était fin prête à relever le second défi de la journée.

Les autres enfants se rendirent en ville à pied, mais Molly opta pour la solution motorisée. Edna lui porta son sac à dos jusqu'au minibus et lui ouvrit avec empressement la portière arrière avant d'aller s'asseoir à l'avant. Miss Adderstone prit le volant. Et c'est ainsi que Molly, tenant toujours Pétula sur les genoux, se fit conduire à Briersville par son chauffeur particulier.

L'hôtel de ville se présentait sous la forme d'une grande bâtisse de style victorien, coiffée d'un dôme en cuivre vert-de-gris et ornée d'un vaste escalier à double révolution qui donnait un air moustachu à sa façade. Ce jour-là, il y avait foule sur les marches. Des enfants pomponnés, costumés de mille façons : tutus, robes à paillettes, hauts-de-forme de magiciens, queues de panthère, nez de clowns et autres déguisements. La plupart des jeunes candidats étaient

accompagnés de leurs parents, lesquels prodi-
guaient des conseils ou des encouragements, rec-
tifiant une mèche de cheveux par-ci, une oreille
de chat par-là.

— Vas-y, Jimmy ! Montre-leur que tu es le
meilleur !

— Sally, n'oublie pas de sourire quand tu
chantes !

— Rappelle-toi, Angelica : tout est dans le
regard !

Ça, c'est bien vrai, songea Molly en se frayant
un chemin parmi tous ces gens. Mais aucun d'eux
ne fit attention à la petite fille maigrichonne qui
montait les marches de l'hôtel de ville. Personne
ne remarqua non plus le minibus avec chauffeur
garé devant l'entrée.

Une fois à l'intérieur, Molly se dirigea vers le
bureau d'accueil, serrant contre elle le sac à dos
qui contenait son livre d'hypnotisme.

— Quel nom ? interrogea une femme avec des
lunettes incrustées de faux diamants.

— Molly Moon.

— Adresse ?

— Orphelinat de Hardwick House.

La femme lui tendit un carton avec son nom
écrit dessus.

— Tenez-vous prête en coulisses dès le début
du spectacle. On vous appellera quand ce sera

votre tour. Et... bonne chance, ajouta-t-elle avec un gentil sourire.

— Merci, j'en aurai besoin.

Molly s'engagea dans un long couloir parqueté de chêne clair et pénétra dans une immense salle de réception où s'étiraient en rangs d'oignons des centaines de chaises tapissées de velours rouge, dont bon nombre étaient déjà occupées. En plein centre, il y avait une sorte d'estrade avec six chaises. Probablement pour le jury.

Molly poursuivit son chemin. Hazel et Cynthia ne purent s'empêcher de faire la grimace en la voyant passer. Tout autour, les candidats se préparaient, faisaient des gammes, s'échauffaient les muscles. Une fois en coulisses, Molly eut l'impression d'entrer dans une cage remplie d'oiseaux exotiques. Ça piaillait, ça gloussait, ça caquetait dans tous les coins. Mères et pères s'affairaient autour de leurs petits prodiges, telles de grosses mouches bourdonnantes. Excitation de dernière minute avant le lever de rideau.

À la vue de tous ces parents attentionnés, Molly éprouva une pointe de jalousie. Elle alla s'asseoir dans un coin, près d'un poste de télévision dont on avait coupé le son. « Après tout, c'est normal que je remporte ce concours, se dit-elle. Par rapport à moi, tous ces gamins ont la belle vie. Il est temps que ce soit mon tour. »

Malgré tout, Molly sentit sa confiance vaciller. Elle tourna son regard vers la télé, histoire de se détendre et d'empêcher ses mains de transpirer.

C'était la pause publicitaire. On voyait un beau jeune homme en train de siroter une canette de Qube. Molly le reconnut immédiatement : c'était lui qui figurait sur l'affiche géante à l'entrée de Briersville. Elle était à la fois contente et rassurée de le voir, comme si elle retrouvait un vieux copain. L'œil collé à l'écran, elle se mit à réciter le dialogue qu'elle connaissait par cœur. « Salut ! Quelle chaleur ! Tu me passes une gorgée de Qube ? » susurrait la sirène en maillot de bain doré qui avançait vers le héros. Puis elle fit écho aux pensées secrètes du jeune Apollon : « Aaah ! Rien de tel qu'un Qube pour voir la vie en rose ! » Ensuite, un timbre de voix viril et sensuel déclarait à l'arrière-plan : « Qube ! Pour étancher votre soif... et bien plus encore ! ! ! »

Molly pensa soudain à Rocky. Séquence nostalgie. Ils s'amusaient toujours comme des fous en imitant la pub Qube. Elle s'imagina avec lui sur cette plage paradisiaque. Si seulement cela pouvait être vrai... Un éternuement explosif annonça l'arrivée de Mrs Toadley et tira Molly de sa rêverie.

— Aaaaaattsssssssshiiiiiioouum !

Mrs Toadley sortit son mouchoir et s'essuya rapidement le nez.

— Je m'étonne de vous voir ici, Miss Moon. À ma connaissance, vous n'avez pas de talent particulier.

— Je crois que je vais vous étonner, répliqua tranquillement Molly.

— Je fais partie du jury, vous savez, poursuivit l'allergique en éternuant de plus belle.

— Oui, je sais. J'ai vraiment hâte de vous montrer de quoi je suis capable, vous savez, enchaîna Molly sur un ton enjoué.

Mrs Toadley la toisa avec dédain, puis s'éloigna en se dandinant. Cinq minutes plus tard, un homme vêtu d'un étincelant gilet rouge entra dans les loges pour distribuer des cartons numérotés.

— Est-ce que je pourrais passer en dernier, s'il vous plaît ? lui demanda Molly.

— Bien sûr.

L'homme lui tendit le numéro 32 et, en échange, prit le carton qui portait son nom.

Le spectacle commença. Comme deux garçons n'arrêtaient pas de se chamailler à propos d'une baguette magique, Molly sortit des loges pour se rapprocher de la scène. Elle se plaça sur le côté, tout près d'une dame assise sur un tabouret. De là, on pouvait voir sans être vu. La dame en question était chargée d'actionner le rideau. À la fin de chaque numéro, elle tirait sur une corde et l'énorme pan de velours s'affalait dans un bruissement sourd, suivi d'un déplacement d'air poussiéreux. L'homme au gilet rouge bondissait alors sur l'avant-scène pour annoncer le numéro suivant.

Debout dans son coin, Molly regardait patiemment évoluer les graines de stars qui la précédaient. Il y en avait pour tous les goûts : danseurs de claquettes, jongleurs, mimes, danseuses classiques, ventriloques, chanteurs, instrumentistes, comédiens, sans compter quelques spécimens paralysés par le trac qui ne lâchèrent ni un son, ni une parole, ni un geste. Certains enfants débarquaient avec des partitions qu'ils remettaient solennellement à l'accompagnatrice assise derrière un grand piano blanc, tout au fond de la scène. Un garçon vint exécuter un interminable solo de batterie. Une fillette se lança dans des imitations de vedettes de la télé plus ou moins réussies. Une fois leur performance accomplie, les candidats quittaient la scène par un escalier latéral avant d'aller s'asseoir dans la salle.

Plus le temps passait, plus Molly se sentait nerveuse. Elle colla son œil au trou aménagé dans le rideau pour voir à quoi ressemblait le public. Au premier rang, elle repéra la bonne grosse

Mrs Trinklebury qui regardait le spectacle avec émerveillement. Mais les projecteurs de la scène n'éclairaient que les deux ou trois rangs suivants. Au-delà, l'assistance se fondait dans l'obscurité. Molly se mit à paniquer. Si elle ne pouvait pas voir le public dans son ensemble, comment être sûre de capter l'attention de tout le monde ? Il suffisait qu'une femme cherche un mouchoir dans son sac ou qu'un membre du jury se penche pour renouer son lacet, et tout était fichu. Qu'une seule personne échappe à son pouvoir hypnotique, et tout le monde découvrirait son secret. Molly se mit à réfléchir à toute vitesse. Solution : hypnotiser le public en ayant recours à la voix seulement. Problème : c'était précisément ce chapitre-là qu'elle n'avait pas pu étudier puisqu'il avait été arraché. Résultat : la situation était désespérée.

— Numéro 27, Hazel Hackersly ! annonça le présentateur.

Hazel entra en scène. Théoriquement, Molly aurait dû se régaler du spectacle. La veille au soir, elle avait eu un « entretien » avec cette chère Hazel. Mais elle demeurait obsédée par le fait de ne pas voir l'assistance entière.

Hazel commença à danser – ou, plus exactement, à trépigner sur place, comme pour enfoncer des milliers de clous dans le plancher. Quand elle ouvrit la bouche pour chanter, on eût dit un chat qu'on égorgeait. Les paroles de sa chanson avaient été légèrement modifiées :

*Désolée si je ne sais pas danser,*
*Désolée si je ne sais pas chanter,*
*Désolée de vous embêter,*
*Que voulez-vous, je ne suis qu'une ratée !*

Sur ce, Hazel sortit de scène en souriant comme si elle venait de décrocher un Oscar. Dans la salle, il y eut un silence consterné, que vinrent troubler quelques applaudissements timides et tardifs.

— Doux Jésus ! Ça m'étonnerait qu'elle obtienne la meilleure note, celle-là, murmura la dame du rideau.

— Numéro 28 ! annonça l'homme au gilet rouge.

Molly sentit son estomac se nouer. Elle avait les nerfs en pelote. Cette salle obscure la remplissait d'effroi. Elle baissa la tête, ferma les yeux et essaya de se concentrer afin d'aiguiser son regard, mais elle était tellement harcelée par le doute qu'elle en fut incapable. Elle ne voyait que du noir et c'était encore pire. C'est alors qu'il lui vint une idée de génie. Restait à croiser les doigts pour que ça marche.

— Numéro 30 !

Molly garda les yeux rivés au sol.

Numéro 30 imitait les oiseaux à la perfection. Ses trilles et ses gazouillis déclenchèrent des Oh ! et des Ah ! d'admiration dans le public. Le numéro 31 se présenta sous les traits d'une fillette déguisée en déesse grecque. Pendant qu'elle chantait son couplet, Molly rassembla son courage et ses esprits. C'était maintenant ou jamais.

Elle s'approcha du présentateur et lui tapa sur l'épaule. Dès que leurs regards se croisèrent, elle le transperça de tout l'éclat de ses yeux et ne le lâcha plus. Puis elle se tourna vers la dame du rideau et fit de même avec elle. Numéro 31 quitta la scène et le présentateur y entra.

— Ladies et gentlemen, voici maintenant le numéro 32. Nous avons gardé le meilleur pour la fin. J'ai nommé... Miss Molly Moon !

Molly s'avança au milieu de la scène. Ses mains n'étaient plus moites : elles ruisselaient littéralement. Le rideau s'ouvrit et les projecteurs se braquèrent sur elle. Elle s'approcha du micro, tremblante, les jambes flageolantes, angoissée à l'idée d'avoir tout oublié, de ne plus savoir comment hypnotiser quoi que ce soit, à plus forte raison une flopée de Briersvilliens. Elle scruta la salle

– un vrai trou noir – et sentit le regard du public, attentif et impatient. On n'entendait rien à part quelques raclements de gorge et deux ou trois éternuements du côté de Mrs Toadley.

— Bonjour, ladies et gentlemen, amorça Molly d'une voix qu'elle aurait souhaitée plus ferme. Je suis contente d'être parmi vous ce soir pour vous donner un aperçu de mon talent... qui est de lire dans les pensées.

Il y eut une rumeur d'intérêt dans les rangs.

— Mais, pour cela, il faut absolument que je puisse vous voir..., vous tous ici présents. C'est pourquoi les lumières vont se rallumer dans quelques instants.

Elle leva la tête en se protégeant les yeux avec la main, puis elle s'adressa à l'éclairagiste :

— Voulez-vous baisser le projecteur et éclairer la salle en grand, s'il vous plaît ?

L'homme actionna deux ou trois manettes, et la lumière se fit. Il y avait vraiment foule. Au premier rang, Molly aperçut Hazel en train de se fouetter le visage avec sa queue de chat.

— Et maintenant, ladies et gentlemen, reprit-elle, nettement plus calme à présent, permettez-moi de me concentrer afin de capter les ondes télépathiques que vous émettez. Je pourrai ensuite vous révéler vos pensées.

Après ce préambule, Molly baissa la tête et

demeura parfaitement immobile, les bras repliés sur sa poitrine à la façon d'une momie égyptienne. Côté public, on se disait que cette gamine pâlotte et malingre interprétait très bien son rôle. Elle en rajoutait certes un peu, mais cela faisait partie du jeu. Car c'était de la comédie, évidemment. Elle devait avoir quelques compères dans le public et, lorsqu'elle s'adresserait à eux, ceux-ci feindraient bien entendu de ne la connaître ni d'Ève ni d'Adam.

Mais, lorsque Molly leva les yeux, les spectateurs se prirent soudain à penser qu'elle avait indéniablement quelque chose de spécial. Cette enfant épaisse comme une gaufrette et longue comme un jour sans pain avait un charme fou qui leur avait échappé à première vue. Ils s'étonnaient d'ailleurs de ne pas l'avoir remarqué tout de suite. Et plus ils la regardaient, plus ils s'abandonnaient, corps et âme, à son regard magnétique.

— Ce ne sera plus long à présent, déclara Molly, parcourant les rangées l'une après l'autre et scrutant systématiquement chaque paire d'yeux écarquillés afin d'y planter les siens – ce qui lui demandait à peine une seconde.

La « fusion émotionnelle » s'intensifiait. Molly était stupéfaite de voir avec quelle facilité l'auditoire – y compris le jury – était tombé en son pouvoir. Avec ses joues flasques et sa mâchoire pendante, Mrs Toadley ressemblait à un vieux crapaud-buffle. Quant à Mrs Trinklebury, elle semblait se dilater de joie. La seule personne qui posait un problème, c'était cette femme au sixième rang.

— S'il vous plaît, madame ? Oui, vous. Pourriez-vous enlever vos lunettes de soleil ?

Quand la dame s'exécuta, Molly découvrit qu'elle était déjà en transe. Un petit garçon qui s'était absenté pour aller aux toilettes faillit passer à travers les mailles du filet, mais elle l'intercepta au moment où il regagnait sa place. En voyant ses yeux s'éteindre rapidement, elle fut convaincue que tous les gens présents dans la salle étaient prêts à lui manger dans la main, si moite qu'elle fût. Même l'éclairagiste était à sa botte.

— Baissez un peu la lumière, maintenant, lui demanda-t-elle.

Cela fait, elle s'adressa à la foule :

— À partir de maintenant, vous – voici – tous – sous – mes – ordres... Oubliez ce que je vous ai dit auparavant. Je ne suis pas montée sur scène pour lire dans vos pensées, mais pour vous montrer ceci.

Et, tandis que l'écho de ses paroles se répercutait dans la grande salle, Molly se mit à danser et à chanter. Le public, fasciné, crut assister à la naissance d'une étoile. Cette fille était remarquablement douée, gracieuse, charismatique. Elle avait une voix d'ange, un visage adorable. Elle se mouvait avec une telle légèreté que ses pieds, semblait-il, ne touchaient pas le sol. Et d'un drôle, avec ça ! Ses blagues étaient irrésistibles. Ils se tenaient les côtes, prêts à exploser de rire.

En réalité, Molly se tenait tout bonnement debout sans rien faire, mais elle leur suggérait les images qu'ils croyaient voir et leur soufflait les paroles qu'ils croyaient entendre. Pour finir, elle s'adressa en particulier à Mrs Toadley :

— Dorénavant, vous clamerez sur tous les toits que vous êtes un prof atroce.

Le crapaud-buffle ouvrit et referma la bouche plusieurs fois de suite – ce qui équivalait sans doute à une approbation.

Puis Molly frappa dans ses mains. Comme un seul homme, tous les spectateurs sortirent alors de leur transe pour applaudir frénétiquement. Ce fut un véritable triomphe. Molly Moon, numéro 32, était sans conteste la meilleure. Les autres candidats ne lui arrivaient pas à la cheville. Elle avait plus de talent dans son seul petit doigt qu'eux tous réunis. Et pourtant, elle ne payait pas de mine avec sa vilaine jupe et son chemisier bleu. Cela prouvait bien que tous ces déguisements, tous ces accessoires et toutes ces paillettes étaient superflus. Molly Moon n'avait pas besoin de ça pour faire éclater son talent. Elle avait une présence extraordinaire. Elle forçait la sympathie. Elle possédait cette aura magique qui caractérise les grandes stars.

Les spectateurs applaudirent jusqu'à s'en faire mal aux mains. Pendant ce temps, Molly saluait, tout sourire et trouvant très agréable d'être adulée de la sorte. Quand elle retourna enfin s'asseoir au premier rang, ses voisins et voisines la félicitèrent avec effusion.

— Ah, Molly ! Tu as été m... m... magnifique, s'extasia Mrs Trinklebury.

Même Hazel lui souriait avec des yeux de merlan frit (expérience dont elle se serait bien passée).

Ensuite, le jury au grand complet s'achemina vers la scène. Le maire de Briersville ouvrait la marche, Mrs Toadley venait juste derrière.

— Je suis un professeur atroce, vous savez, lui glissa-t-elle.

— Oui, je sais, répondit l'homme en se détournant. Mon fils est dans votre classe.

Lorsque le président du jury déclara Molly Moon grand vainqueur du Concours des jeunes espoirs, les autres membres se mirent à dodeliner de la tête, comme ces petits chiens en plastique

qu'on voit parfois sur la plage arrière des voitures.

— ... l'enfant la plus douée que nous ayons
jamais eu le plaisir d'admirer entre ces murs. En
conclusion, je vous demanderai d'applaudir
comme il convient cette jeune citoyenne que
Briersville a nourrie en son sein, notre chère
Molly Moon !

Molly s'avança pour recevoir son prix. Elle
n'arrivait pas à y croire. Quelques jours auparavant, elle avait fait un vœu en contemplant l'immense publicité de Qube du haut de la colline :
devenir belle, riche et célèbre. Et voilà qu'en un
clin d'œil ou presque, ce vœu se réalisait.

— Merci beaucoup, déclara-t-elle avec un air
de sainte nitouche.

Quand elle sentit craquer les billets neufs à travers la grosse enveloppe, elle éprouva subitement
une envie pressante de quitter le lieu du crime.
Aussi s'esquiva-t-elle discrètement après avoir
posé pour quelques photos. Quand on s'aperçut
de sa disparition, elle avait déjà dégringolé les
marches pour s'engouffrer à l'arrière du minibus
qui l'attendait toujours patiemment devant la
mairie.

— Au Grand Hôtel de Briersville, ordonna-
t-elle.

Edna tourna la tête pour lui sourire béatement,

Pétula sauta sur ses genoux, et Miss Adderstone la regarda dans le rétroviseur en disant :

— Bien, Miss Moon.

Puis elle démarra en faisant crisser les pneus sur le macadam.

# 12

Jusqu'à présent, tout se déroulait comme prévu. Molly et Pétula passèrent le restant de l'après-midi dans leur chambre d'hôtel. En dépit de son nom, le Grand Hôtel de Briersville n'était pas un palace – le lit était vieux, le matelas creux, la table de nuit branlante –, mais c'était l'endroit idéal pour se remettre de ses émotions, et Pétula trouva le fauteuil très confortable.

Après avoir ordonné à Miss Adderstone d'attendre dans le minibus en compagnie d'Edna, Molly amorça la seconde phase des opérations. Elle décrocha le téléphone et demanda les renseignements internationaux.

— Je voudrais l'adresse de Mr et Mrs Alabaster. Ils vivent en Amérique, expliqua-t-elle à l'opératrice.

— Désolée, mais il me faut plus de précisions. Dans quel État et dans quelle ville d'Amérique ?

— Polchester ou Pilchester ou Porchester... Pas loin de New York, c'est tout ce que je sais, répondit Molly.

— C'est encore trop vague, s'entêta la standardiste. Il y a des milliers d'Alabaster aux États-Unis... Je ne peux pas passer la nuit à éplucher la liste.

— Est-ce que – vous – vous – sentez – calme et dé-ten-due ? demanda Molly d'une voix suave.

— Qu'est-ce qui vous prend ? Si c'est une blague, ça n'est pas drôle, rétorqua sèchement la femme à l'autre bout du fil.

— Euh... bon, merci de votre aide, dit Molly avant de raccrocher.

De toute évidence, ça n'allait pas être évident de retrouver Rocky.

Malgré sa déception, Molly était tout excitée d'être à l'hôtel. Elle alluma la télévision et s'assit sur le lit pour compter son argent. À l'intérieur de l'enveloppe, il y avait une épaisse liasse de billets retenus par une fine bandelette de papier. Elle la déchira et déploya les billets en éventail, comme un paquet de cartes. Elle n'avait jamais eu le moindre sou, jamais vu un billet de cinquante livres, et encore moins soixante billets de cinquante livres d'un seul coup. Trois mille livres ! Comme c'était beau, comme ça sentait bon, comme c'était agréable au toucher ! Cette fortune lui donnait un sentiment de puissance et de liberté. Elle pouvait partir n'importe où, il suffisait d'acheter le billet d'avion et hop ! en route pour la Chine, l'Inde ou l'Australie. Elle pouvait dépenser toute la somme en bonbons si cela lui plaisait. Des camions entiers de bonbons...

Non, finalement c'était idiot. Mais elle avait quand même envie de s'offrir quelques petits cadeaux. Elle rangea les billets de banque dans sa poche, glissa son livre d'hypnotisme sous son anorak, puis sortit avec Pétula pour aller faire quelques emplettes.

Dix minutes plus tard, elle déambulait dans la rue principale. Pétula trottinait à ses côtés, toute fière du nouveau collier rouge qu'on venait de lui acheter chez Tout pour Toutou. Molly y avait également fait l'acquisition d'un sac de voyage pour chien. Elle s'arrêta devant la vitrine de l'opticien, entra sur un coup de tête et ressortit peu après avec des lunettes noires sur le nez. Elle avait toujours rêvé d'en avoir une paire. De plus, cela lui serait fort utile pour passer incognito maintenant qu'elle était une vedette locale.

Elle continua à descendre la grand-rue. À l'angle d'un pâté de maisons, elle fit halte devant La Malle aux Mille Merveilles. La vieille devanture regorgeait d'antiquités de toutes sortes. On y voyait entre autres des boules de verre mercurisé, des chandeliers tarabiscotés, des verres à pied en cristal, des timbales en argent, un coffret en marqueterie avec des compartiments secrets, des loupes, une ombrelle à manche de perroquet, un corset, un énorme œuf d'autruche, une coupe de fruits en cire, une épée, une longue-vue et des bottes de cheval datant de la reine Victoria. Tout au fond, dans un écrin de velours noir, un petit disque en or gravé d'une spirale attira son attention. C'était un objet magnifique. Elle colla son nez à la vitrine. Malgré la buée, on pouvait voir que le disque était relié à une fine chaîne. Pour Molly, c'était le type même du pendule professionnel.

Elle ôta ses lunettes de soleil et poussa la porte, actionnant par la même occasion une vieille cloche fixée au-dessus du chambranle. Le tintement alerta l'antiquaire, qui était occupé à polir une paire de lorgnons dans l'arrière-boutique. Mr Malmill – c'était son nom – interrompit son activité, s'humecta rapidement le bout des doigts, tortilla la pointe de ses sourcils, qu'il avait fort longs et fort fournis, et accourut au-devant de la cliente. Quand il constata qu'il avait affaire à une gamine mal fagotée accompagnée d'un affreux chien, son empressement se refroidit d'un seul coup.

— Bonjour, dit-il en rajustant son col.

— 'Jour, dit Molly en levant les yeux d'une vitrine remplie de bijoux et d'épingles à chapeau rétro.

— Que puis-je pour vous ?

— Je voudrais voir le pendule qui est en devanture, s'il vous plaît.

Molly avait décidé de se gâter. Elle avait besoin d'un pendule digne de ce nom, et celui-ci semblait le cadeau idéal pour fêter ses récents exploits.

— Un pendule... hmmm... Voyons voir, marmonna l'antiquaire.

Il plongea dans la vitrine pour attraper une vieille boîte qu'il posa sur le comptoir.

— Je crois me rappeler qu'il y a quelque chose de ce genre là-dedans, dit-il en farfouillant parmi les nombreux colliers fantaisie, les chaînes, les médaillons et les pendentifs qui s'accumulaient dans un beau désordre au fond de la boîte.

— Euh... non, précisa Molly. Le pendule dont je vous parle, c'est celui qui est là-bas, dans l'écrin en velours.

Mr Malmill se racla la gorge.

— J'ai bien peur qu'il soit au-dessus de vos moyens, ma petite.

Il alla cependant pêcher l'objet et le fit tourner au bout de sa chaîne, sous le regard émerveillé de Molly. De près, il était encore plus beau. Le métal était usé, mais pas cabossé, et le motif central parfaitement ciselé.

— Combien coûte-t-il ?

— Eh bien... hmmm..., cinq cent cinquante livres. C'est un objet très ancien, en or massif vingt-deux carats. Mais je peux vous montrer un autre modèle plus adapté à votre bourse.

Mr Malmill lui proposa alors un pendentif en étain, qui s'ornait en son centre d'une pierre terne et brunâtre. Elle lui accorda à peine un regard et reporta toute son attention sur le disque d'or. La spirale noire semblait se mettre en mouvement dès qu'on la regardait, c'était fascinant. Molly mourait d'envie d'acheter ce bijou, et maintenant qu'elle était en mesure de s'offrir tout ce qu'elle voulait, elle n'allait pas se priver. D'un geste étudié, elle sortit sa liasse de billets, en compta onze et les allongea sur le comptoir en disant négligemment :

— C'est bon, je le prends.

L'antiquaire ouvrit de grands yeux.

— Ma parole ! Vous avez gagné le tiercé ?

— Non, le Concours des jeunes espoirs.

— Oh ! C'est donc vous la fameuse gagnante ! Ma petite-fille m'a parlé de vous au téléphone. Elle m'a tout raconté. Il paraît que votre numéro était sensationnel !

Le vieil homme n'arrivait pas à dissimuler sa surprise. Ravissante, adorable, super : voilà en quels termes sa petite-fille lui avait décrit l'enfant plutôt quelconque – pour ne pas dire franchement laide – qu'il avait sous les yeux.

— Toutes mes félicitations, dit-il. Permettez-moi de vous serrer la main. (Molly lui tendit une main moite.) Il paraît que tout le monde se tenait les côtes en écoutant vos histoires drôles, ajouta-t-il dans le vague espoir qu'elle lui offrirait un échantillon de ses talents.

— Mmmmmn, fit-elle avec un sourire énigmatique.

L'homme appuya sur le bouton du tiroir-caisse, ting ! et fit prestement disparaître les cinq cent cinquante livres à l'intérieur.

— Si je comprends bien, vous vous faites un petit cadeau pour fêter l'événement.

— Exact.

— Et où avez-vous appris à jouer la comédie comme ça ?

Molly était tellement contente qu'elle ne chercha pas à lui cacher la vérité.

— Dans un vieux bouquin, dit-elle en tapotant son anorak que déformait l'épaisse reliure.

— Vous plaisantez !

— Pas du tout. C'est un livre ancien. Très précieux.

— Voilà pourquoi vous ne vous en séparez jamais ?

— Tout juste.

Mr Malmill enveloppa le pendule dans un papier de soie.

— Voilà. Bonne continuation et merci beaucoup !

— De rien. Au revoir.

— Au revoir.

Au moment où Molly s'apprêtait à partir, la clochette de la porte grelotta et un client entra dans la boutique. Il fonça vers le comptoir, l'air très affairé, manquant de bousculer la fillette au passage et laissant dans son sillage une lourde odeur de cigare.

Une fois dehors, Molly releva le col de son maigre anorak bleu avant de chausser ses lunettes noires. Mr Malmill la suivit du regard, l'air songeur. Son nouveau client s'intercala pour lui boucher la vue.

— J'aimerais revoir la paire de lorgnons que vous m'avez montrée ce matin, lui dit-il d'un ton péremptoire.

— Mais bien sûr, professeur Nockman.

Mr Malmill tira de sa poche les lorgnons qu'il venait de polir et les lui présenta.

— Vous avez vu la gamine qui sort d'ici ? Eh bien, vous ne le croirez jamais, mais elle vient de gagner le Concours des jeunes espoirs de Briersville, déclara-t-il, non sans une certaine fierté.

Le petit homme gras et rougeaud qui faisait face à Mr Malmill se souciait comme d'une guigne de la vie culturelle locale. La seule chose qui l'intéressait, c'était ce qui s'était passé cent ans plus tôt. Depuis qu'il avait appris que le vieil antiquaire connaissait pas mal de choses sur l'autre célébrité de Briersville, à savoir le Dr Logan, il passait souvent le voir, notamment pour s'informer de certains objets ou accessoires ayant appartenu au grand hypnotiseur et que Mr Malmill prétendait avoir achetés puis revendus un jour ou l'autre.

Ce jour-là, le professeur Nockman s'intéressait à une paire de lorgnons ayant paraît-il appartenu au Dr Mesmer en personne. Les verres étaient noirs, avec un curieux motif concentrique blanc en leur milieu.

— Ils sont censés protéger des phénomènes hypnotiques, lui expliqua l'antiquaire. Un accessoire un peu idiot mais amusant, n'est-ce pas ? En tout cas, je suis persuadé que cette pièce rarissime ne déparerait pas dans la collection de votre musée, s'empressa-t-il d'ajouter en bon commerçant qu'il était.

Vu le prix exorbitant de ces lorgnons, Nockman hésitait à les acheter. Il les examina longuement, tout en se grattant la moustache du bout de l'ongle. Mr Malmill se pencha discrètement sur le côté pour regarder la silhouette gracile de Molly, qui continuait à faire du lèche-vitrine sur le trottoir d'en face.

— Et le livre ? questionna soudain son client. Ce livre du Dr Logan dont je vous ai parlé, vous êtes sûr de ne pas l'avoir vu passer ces jours-ci ? Mon musée serait prêt à vous en donner un très bon prix, vous savez. Je dois bientôt organiser une grande exposition sur l'hypnotisme et...

— Non, non..., je regrette, professeur, déclara l'antiquaire, la tête ailleurs. On dit qu'elle danse aussi bien que Ginger Rogers. Ma fille l'a trouvée sensationnelle ! Pourtant, elle ne m'a pas fait un effet bœuf, à moi. Enfin, à chacun ses goûts, n'est-ce pas ?

— Ouais, sans doute, maugréa Nockman en posant les étranges lorgnons sur son gros nez.

— Elle m'a acheté un magnifique pendentif en or, poursuivit Mr Malmill. Pour en faire un pendule, m'a-t-elle dit. Drôle d'idée pour une gamine de cet âge-là, n'est-ce pas ? Espérons qu'elle ne va pas gaspiller tout son argent en bêtises.

Cette information éveilla la curiosité du professeur Nockman.

— Vous avez bien dit un pendule ? Combien d'argent a-t-elle gagné à ce concours ?

— Environ trois mille livres en liquide, d'après ce que j'ai pu voir. C'est incroyable, hein ? Enfin... il ne faut pas juger un livre à sa couverture, comme on dit. D'ailleurs, j'y pense : elle a justement fait allusion à un livre quand je lui ai demandé d'où elle tenait son talent. « Un livre ancien très précieux », selon ses propres termes. Une originale, cette petite, c'est moi qui vous le dis !

Comme un chien flairant la piste d'un lapin, Nockman fronça le nez et demanda brusquement :

— Quel livre ?

— Je ne sais pas... Elle l'avait sur elle, mais elle ne me l'a pas montré.

Le professeur Nockman reposa illico les lorgnons sur le comptoir, puis il s'approcha de la vitrine pour inspecter la rue et ne tarda pas à repérer la fillette en train de lire les petites annonces devant l'agence de presse. Elle tenait un paquet assez volumineux sous son anorak miteux. En la voyant, Nockman se figea. Dire qu'il avait arpenté Briersville en long, en large et en travers dans l'espoir d'apercevoir quelqu'un avec le livre du Dr Logan sous le bras ! La chance lui souriait enfin. Il se remémora rapidement les paroles de l'antiquaire. La gamine avait acheté un pendule en or massif. Elle venait de gagner un paquet d'argent en épatant tout le monde alors qu'elle n'avait rien d'extraordinaire. Et tout cela grâce à un mystérieux livre qu'elle prenait soin de cacher sous son manteau. « Bingo ! » se dit l'Américain.

Entre-temps, Molly et Pétula s'étaient remises en route. Les voyant soudain tourner au coin de la rue, le professeur Nockman faillit se ruer sur la poignée de la porte, mais il se ravisa.

— Et vos lorgnons, combien avez-vous dit qu'ils coûtaient ?

— Étant donné qu'il s'agit d'une pièce unique, ils valent quatre cent cinquante livres.

Nockman savait que le vieux grigou forçait la note, mais il n'avait pas le temps de marchander. D'autant que, si ces lunettes étaient vraiment efficaces, il risquait d'en avoir sacrément besoin.

— Entendu, conclut-il en plaquant l'argent sur le comptoir. Inutile de les envelopper. Et si vous dénichez d'autres objets en rapport avec l'hypnose, n'oubliez pas de m'appeler. Voici mon numéro aux États-Unis.

— Je n'y manquerai pas, professeur. Au revoir et à bientôt !

Mr Malmill était très content. Jamais il n'avait fait un tel chiffre d'affaires en un seul après-midi. « Finalement, c'est une bonne idée de rester ouvert le dimanche », se dit-il en se frottant les mains.

Son client était déjà dehors. Il le vit jeter son cigare par terre et s'éloigner aussi vite que le lui permettait son imposante bedaine. Décidément, le monde était rempli de gens bizarres...

Dans l'intervalle, Molly et Pétula avaient déjà regagné leur hôtel. Sitôt arrivée dans la chambre, Molly rassembla toutes ses affaires dans son sac à dos, puis elle redescendit à la réception pour régler sa note. Deux minutes plus tard, elle grimpait dans le minibus qui l'attendait toujours bien sagement devant l'entrée.

— Où allons-nous, Miss Moon ? demanda la directrice d'une voix caoutchouteuse (elle n'avait toujours pas remis ses dents).

— À l'aéroport, répondit Molly d'un ton décidé.

Elle se renversa sur le siège arrière et flatta les flancs de Pétula.

Le professeur Nockman, qui avait cherché en vain la fillette dans tous les magasins du coin, s'engagea dans l'allée de l'hôtel au moment où un minibus manœuvrait pour en sortir. La femme qui était au volant avait un regard de folle – ce qu'elle devait d'ailleurs être, à en juger par la culotte qu'elle portait sur la tête. Il ne put s'empêcher de la suivre des yeux. À l'instant où la voiture passait près de lui en le frôlant, il entr'aperçut la grande gagnante du concours qui trônait comme une princesse sur le siège arrière. Elle tenait sur ses genoux un gros livre relié en cuir bordeaux et, dans la main, un petit carnet qui n'était autre qu'un passeport.

Déployant toute son énergie, l'Américain obèse s'élança après le minibus, mais il trébucha et reçut les gaz d'échappement en pleine figure. À moitié asphyxié, mais complètement paniqué, il réalisa avec horreur que le livre de l'hypnose – *son* livre – était en train de lui échapper. Or celui-ci était indispensable à la réussite de son plan. Un plan très ingénieux qu'il avait concocté en grand secret et qui devait le catapulter au sommet de la gloire. Mais, au sens propre comme au figuré, l'ouvrage du Dr Logan venait de lui passer sous le nez. Tout portait à croire que cette fille partait pour l'étranger. En désespoir de cause, Nockman rentra précipitamment à l'hôtel.

— Appelez-moi un taxi et préparez ma note, ordonna-t-il tout de go à la réceptionniste.

Et, soufflant comme un bœuf, il se rua dans sa chambre.

— Quel dommage que vous nous quittiez si tôt, professeur ! roucoula la patronne de l'hôtel en le voyant revenir deux minutes plus tard avec sa valise, d'où s'échappaient une ou deux manches de chemise.

Pour tout commentaire, Nockman abattit sa carte de crédit sur le comptoir. Il bouillait d'impatience et son double menton tremblait comme de la gelée. S'il perdait la trace de cette fille, tous ses projets tombaient à l'eau.

— Et mon taxi ? aboya-t-il en signant la facture.

— Vous en trouverez un juste au bout de l'allée, répondit la dame, qui se demandait quelle mouche avait piqué son client. Vous êtes sûr que tout va bien, professeur ?

La question resta sans réponse. Nockman était déjà parti.

— À l'aéroport, vite ! s'écria-t-il en sautant dans le premier taxi de la file.

Le chauffeur replia son journal, mit le compteur en marche, tourna la clé de contact et démarra.

À chaque carrefour, Nockman croisait ses gros doigts pour que le feu ne passe pas au rouge. Il était à bout de nerfs et son front ruisselait de sueur. Ce n'est qu'une fois sorti de la ville et voyant que le taxi roulait à bonne allure qu'il se détendit. Il avait encore une chance de rattraper la fille.

Le livre du Dr Logan était inscrit dans sa destinée. Il suffisait de suivre le même chemin.

# 13

L'aéroport se trouvait à une heure et demie de Briersville. À l'arrière du minibus, Molly caressait Pétula tout en regardant la campagne défiler par la vitre. Elle voulait s'imprégner du paysage, ne sachant pas quand elle le reverrait, maintenant qu'elle avait décidé de rejoindre Rocky en Amérique. Pour l'instant, elle ne se souciait pas du retour. Ça lui était égal de ne pas savoir où elle allait. Elle était riche. Elle se sentait forte, pleine d'audace et impatiente de découvrir le monde.

Miss Adderstone roulait à tombeau ouvert. Une fois à l'aéroport, Edna et elle aidèrent Molly à descendre de voiture. Quand vint l'heure de la séparation, elles se serrèrent l'une contre l'autre, Miss Adderstone dans son ensemble en loques, toujours coiffée de sa culotte, et Edna boudinée dans un imperméable de marque italienne. Elles en étaient presque touchantes. Elles se tamponnaient les yeux avec un mouchoir. Sur le sien, Edna avait brodé la botte de l'Italie.

— Oh, Molly, tu vas sacrément nous manquer, nom d'un chien ! pleurnicha-t-elle.

— Bonne chance, ma petite Molly, renifla Miss Adderstone.

— Merci, répondit Molly avec chaleur.

Pétula, pour sa part, lança un regard noir à son ancienne maîtresse.

— Envoie-nous une carte postale !

— Donnez-nous de vos nouvelles !

Molly hocha la tête. Elle eut soudain envie de leur faire un petit cadeau d'adieu. Elle frappa dans ses mains pour les plonger en état d'hypnose.

— Maintenant, écoutez-moi bien, vous deux, leur dit-elle d'une voix douce et persuasive. Je voudrais vous indiquer d'autres centres d'intérêt pour rendre votre vie plus... euh... palpitante. Miss Adderstone, à partir d'aujourd'hui, vous vous passionnerez pour... (cherchant l'inspiration, Molly regarda en l'air) pour les avions et le pilotage. Oui, c'est ça : vous allez apprendre à piloter, Miss Adderstone. Quant à vous, Edna, vous continuerez à adorer tout ce qui vient d'Italie. Non seulement la cuisine italienne, mais aussi... la mode italienne, les... voitures italiennes et... la langue italienne, bien entendu, que vous apprendrez à parler couramment. Une dernière chose : désormais, vous serez très gentilles avec les enfants de l'orphelinat... avec tous les enfants, sans exception.

Sûre de n'avoir oublié personne, Molly claqua deux fois dans ses mains. Sitôt sorties de leur transe, Miss Adderstone et Edna se remirent à larmoyer.

— Oh, quelle chance vous avez de prendre l'avion, Molly ! geignit la directrice. Moi qui voudrais tant voler !

Avec un sourire en coin, Molly installa Pétula dans son sac de voyage.

— Allez, au revoir ! abrégea-t-elle.

Et elle se dirigea vers le terminal de l'aéroport, tandis que les deux femmes se répandaient en pleurs.

— Je voudrais un billet pour New York, s'il vous plaît.

L'hôtesse se pencha par-dessus le comptoir pour examiner la fillette haute comme trois pommes qui venait de lui faire cette demande.

— Je regrette, ma petite, mais nous n'avons pas le droit de délivrer de billets d'avion aux passagers de moins de seize ans non accompagnés.

Molly enleva ses lunettes noires et regarda l'hôtesse au fond des yeux.

— Mais j'ai seize ans, affirma-t-elle tranquillement tout en lui tendant son passeport et un paquet d'argent.

Tout à coup, l'hôtesse vit en elle une jeune fille qui avait largement dépassé seize printemps.

— Bien sûr, je vous prie de bien vouloir m'excuser... je ne sais pas ce qui m'a pris. Malheureusement, il est trop tard pour que vous preniez le prochain vol. L'avion doit décoller dans vingt minutes et l'embarquement est presque terminé.

Molly lui lança un regard de cent mille volts.

— Oh ! Je suis vraiment désolée, reprit la femme en uniforme bleu pâle. Décidément, je ne sais pas où j'ai la tête aujourd'hui... Notre compagnie est très honorée d'avoir pour cliente une personne de votre importance. Il est évident que nous allons nous arranger pour vous trouver une place. Cela fera quatre cent cinquante livres. Avez-vous des bagages ?

— Non.

Après avoir encaissé l'argent, l'hôtesse rédigea rapidement le billet à la main, puis elle lui tendit une carte d'embarquement en disant :

— Rendez-vous au plus vite à la porte 25. Je vous souhaite un très bon voyage.

Pendant que l'hôtesse se replongeait dans ses papiers, Molly fila dans la direction indiquée. Après avoir franchi le portique de sécurité, elle se présenta à la douane et mitrailla le fonctionnaire de son regard magnétique pour qu'il n'inspecte pas le sac de Pétula. Une fois ces formalités accomplies, elle traversa au pas de course le secteur des boutiques hors taxe et longea un interminable couloir tapissé de gris jusqu'à la porte 25.

Dix minutes plus tard, le professeur Nockman se pointa, suant et haletant, au guichet de l'aéroport.

— Est-ce qu'une jeune fille est venue vous acheter un billet ? questionna-t-il à brûle-pourpoint. Elle a dû vous régler en liquide.

— Oh, vous savez, nous voyons défiler des centaines de personnes par jour, répliqua l'employée. Nous ne pouvons pas...

— Ouais, ouais, l'interrompit grossièrement Nockman. Mais je vous parle d'une fillette... Elle doit avoir dans les dix ans.

— Sir, nous ne délivrons pas de billets aux mineurs. De plus, nous sommes tenus de ne pas divulguer ce genre d'information.

Le téléphone se mit à sonner. Pendant que l'hôtesse se détournait pour y répondre, Nockman en profita pour lorgner par-dessus le comptoir. Il aperçut un double de facture et essaya d'en déchiffrer les différentes mentions à l'envers. Versement en espèces. Destination : New York/20 : 00. Nom : M. Moon.

— Donnez-moi un aller simple pour New York sur le vol de vingt heures, dit-il à l'hôtesse, dès que celle-ci eut raccroché.

La femme consulta rapidement sa liste, la cachant derrière sa main pour la protéger des regards indiscrets du bonhomme, et déclara sèchement :

— Désolée, sir. Pour le vol de huit heures, l'embarquement est terminé.

De fait, les portes venaient de se refermer sur le passage de Molly.

En entrant dans l'avion, la jeune voyageuse tendit son billet de classe économique à l'hôtesse de l'air, puis elle l'épingla de son regard et déclara négligemment :

— Je suis en première classe, je suppose ?

— Bien sûr. Veuillez me suivre, je vous prie.

L'hôtesse escorta sa passagère jusqu'au compartiment des premières. Comme il y avait une place libre à côté d'elle, Molly y installa Pétula, toujours cachée dans son sac.

Pendant que le professeur Nockman trépignait de rage devant le guichet, Molly bouclait tranquillement sa ceinture. Pendant qu'un agent de la sécurité posait une main ferme sur l'épaule du professeur Nockman en le priant de se calmer, une aimable hôtesse proposait à Molly un verre de jus d'orange bien frais. Et pendant que l'avion s'engageait sur la piste de décollage, le professeur Nockman se résignait enfin à prendre un billet pour le prochain vol à destination de New York, cinq heures plus tard.

Dans un rugissement de réacteurs, l'avion s'envola vers le ciel. Molly regarda par le hublot. Il faisait presque nuit. C'était la première fois qu'elle prenait l'avion et elle n'en menait pas large à l'idée d'être coincée dans cet énorme cigare métallique. Mais en voyant avec quel calme les hôtesses prenaient la chose, elle se sentit rassurée. Au fur et à mesure que l'avion prenait de l'altitude, les lumières scintillantes de l'aéroport faiblissaient. Molly regarda vers l'ouest, en direction de Hardwick. Le pensionnat devait se trouver quelque part, tout là-bas en bas. Elle poussa un soupir de soulagement. C'était bon de partir. Hardwick n'avait plus rien à lui offrir. Une fois qu'elle aurait retrouvé Rocky – ce qui pour elle ne faisait pas un pli –, tout irait pour le mieux dans le meilleur des mondes. Elle pourrait toujours hypnotiser la famille Alabaster pour qu'ils l'adoptent elle aussi. Ou bien Rocky s'enfuirait avec elle et ils s'en iraient le nez au vent, d'un hôtel à l'autre, sans jamais défaire leurs valises. Ah, l'Amérique !... Molly ne la connaissait qu'à travers la télévision. Bientôt, elle la découvrirait pour de vrai. Plus besoin de regarder les publicités pour plonger dans un univers de rêve.

Sur ce, Molly commença à s'intéresser au petit écran de télé qui était fixé à l'accoudoir de son siège.

De la terrasse de l'aéroport, le professeur Nockman avait assisté au décollage en fulminant.

— Je finirai bien par t'avoir, M. Moon, gronda-t-il en tripotant machinalement le scorpion d'or accroché à son cou. Tu te crois maligne parce que tu as raflé le livre et que tu as appris quelques tours, mais tu laisses autant de traces derrière toi qu'un escargot baveux. Fais gaffe, la gosse, je te suis de près. Et quand je te choperai, alors là..., tu regretteras d'avoir posé tes sales pattes sur mon livre.

# 14

Il y avait huit heures de vol pour arriver à New York, mais Molly était tellement bien installée dans son grand fauteuil inclinable qu'elle vit à peine le temps passer. Elle regarda deux films et s'amusa à tester sur sa peau tous les échantillons gratuits qu'on lui avait remis dans une jolie petite trousse de toilette. Elle sentait divinement bon. Durant tout le voyage, Pétula fut très sage. Elle suçotait de temps à autre un caillou qu'elle avait ramassé devant l'hôtel de Briersville et n'aboya qu'une fois, lors de l'arrivée de la cassolette de poulet. Heureusement, l'hôtesse pensa que c'était Molly qui avait fait ce bruit. Après avoir savouré son plat, Molly réclama une seconde part, qu'elle glissa subrepticement dans le panier du chien.

Quand l'avion amorça sa lente descente à travers les nuages bas qui couvraient l'aéroport J. F. Kennedy, Molly se mit à réfléchir sérieusement à la situation. Il ne lui restait plus que 1 910 livres sur l'argent du concours. Elle en avait dépensé 5 pour le collier de Pétula et 15 autres pour son sac, 20 pour les lunettes de soleil, 550 pour le pendentif, 50 pour la chambre d'hôtel et 450 pour le billet d'avion. Soit plus de mille livres en tout. C'est fou comme l'argent filait vite. En premier lieu, il lui faudrait changer ses livres en dollars. Ensuite, prendre un train ou un taxi pour... elle ne savait pas encore où exactement, mais n'importe quel hôtel new-yorkais ferait l'affaire. Une fois installée dans sa chambre, elle aurait tout le temps de prendre des dispositions pour la suite.

L'avion toucha le sol à quatre heures du matin.

— Ladies et gentlemen, veuillez retarder vos montres de cinq heures, annonça le pilote. Il est exactement vingt-trois heures à New York et la température au sol est de dix degrés. Nous vous souhaitons une excellente fin de voyage et espérons vous revoir très prochainement sur nos lignes.

Molly était trop excitée pour sentir la fatigue. Après avoir chaussé ses lunettes noires, elle empoigna d'une main son sac à dos et de l'autre celui de Pétula. Vingt minutes plus tard, elle faisait la queue devant une file de taxis jaunes, un paquet de dollars en poche. 2 998 pour être précis. Pendant que Pétula se soulageait dans le caniveau, l'employée de la compagnie de taxis s'avança vers elle et lui demanda avec un accent américain à couper au couteau :

— Quelle destination ?

— New York.

— Okay, ma p'tite, mais quel quartier de New York ?

— Euh... le centre-ville, déclara Molly avec une fausse assurance.

— Ah, Manhattan, alors. Fallait l'dire tout d'suite !

La femme écrivit « Manhattan » sur un bout de papier qu'elle tendit à l'un des chauffeurs, et Molly monta à l'arrière d'un vieux tacot passablement rouillé. Sitôt assise et la portière claquée, une petite voix s'éleva de sous la banquette en skaï :

— Hé, vous ! Ici le maire de New York. Attachez votre ceinture, je n'ai pas envie de vous voir à l'hôpital !

Comme Molly s'exécutait, une seconde voix, nettement plus grave celle-là, lui demanda soudain :

— Quelle adresse ?

Décontenancée, Molly fixa la vitre grillagée qui la séparait du chauffeur, dont elle n'apercevait que le haut du crâne rasé. Un judas muni d'une petite porte coulissante permettait de passer la monnaie. L'homme la regarda dans le rétroviseur.

— Tu es bien petite pour te promener toute seule à une heure pareille. Fais attention, certains quartiers ne sont pas très recommandables.

— Je suis plus vieille que j'en ai l'air, répliqua Molly. Et puis, j'ai l'habitude de voyager seule. Et si vous voulez tout savoir, l'endroit d'où je viens est sans doute le moins recommandable du monde. Je voudrais aller à... oh, zut ! je n'arrive plus à me rappeler le nom de l'hôtel. Après toutes ces heures de vol, vous comprenez...

Avec un bel à-propos, Molly fit semblant de chercher au fond de ses poches.

— Pas de problème : les hôtels, je les connais tous, fanfaronna le chauffeur. Dis-moi à quoi ressemble le tien.

— Eh bien, c'est un des plus grands hôtels de New York... plutôt ancien... Vous voyez ce que je veux dire ? Avec des statues et des tas de trucs en or partout... Très chic.

— Ah ! Le Bellingham ?

— Oui, c'est ça, le Bellingham ! s'écria Molly.

— Entendu, ma p'tite dame. Accrochez-vous, on y va !

Le taxi déboîta et se faufila adroitement dans la circulation pour rejoindre l'autoroute, direction centre-ville, Manhattan. Molly n'avait jamais été aussi secouée en voiture. Elle rebondissait à chaque cahot, et Pétula aussi, mais cela ne l'empêchait pas de regarder le paysage avec des yeux émerveillés. Tout était tellement grand, tellement différent ! Le long de l'autoroute à six voies, d'énormes poids lourds s'acheminaient dans un fracas d'enfer et dans une débauche de phares surpuissants. On aurait dit des monstres venus d'une autre planète. De part et d'autre s'étendaient des banlieues tentaculaires. L'autoroute traversait cette nuit sans lune comme un fleuve de lumière où alternaient l'éclat blanc des phares avant et la lueur rouge des feux arrière.

Une demi-heure et quelques milliers de rebonds plus tard, le chauffeur amorça un virage et annonça soudain :

— Attention, Manhattan : nous voilà !

À travers le pare-brise, Molly vit alors surgir la métropole dans toute sa splendeur. Elle n'avait jamais rien vu d'aussi grand, d'aussi haut, d'aussi impressionnant. Et dire que tous ces gratte-ciel tenaient sur une *île* ! Les pattes appuyées sur la portière, Pétula dévorait la cité de ses gros yeux ronds. Pour ne pas changer, Molly avait les mains moites. Quand le taxi obliqua vers un pont monumental, brillamment illuminé, suspendu entre terre et ciel, elle sentit son cœur s'accélérer. Une fois sur le pont, la taille des buildings qui se dressaient sur l'autre rive lui donna presque le vertige. Des tours de plusieurs *centaines* d'étages, avec des *milliers* de fenêtres encore éclairées malgré l'heure tardive.

— Tous ces gens qui ne sont pas encore couchés ! s'exclama-t-elle.

— Eh oui ! répondit le chauffeur en riant. Manhattan ne dort jamais !

Le taxi tourna juste après le pont, puis continua à longer la berge pendant cinq minutes. Sur la droite, les lumières de la ville se reflétaient dans l'eau ; à gauche, une succession de rues s'échappaient vers le centre. Des rues très étroites, enserrées de hautes murailles de verre, de béton et d'acier.

— Le plan de Manhattan est très simple, expliqua le chauffeur tout en klaxonnant un camion. Les rues sont perpendiculaires ou parallèles les unes aux autres, elles forment un quadrillage, comme sur ton cahier de maths. On s'y retrouve très facilement. Tu vois ? 70$^e$ rue, 71$^e$ rue, 72$^e$ rue... Certaines sont situées à l'est de Central Park, qui, comme son nom l'indique, se trouve au centre de l'île, d'autres à l'ouest. Là, nous sommes à l'est, dans l'« Up Town » – c'est-à-dire aux environs de la 60e à la 80e rue Est. Un quartier chic où vivent les gens riches. Remarque, les riches habitent aussi « Down Town » de nos jours. Ouais, à Manhattan, les loyers sont de plus en plus chers... et la chaussée de plus en plus pourrie.

Comme pour illustrer ses dires, l'homme fit une brusque embardée pour éviter un nid-de-poule. À la hauteur de la 75e rue, il tourna sur la gauche et s'arrêta enfin devant un immeuble majestueux.

— Madame est arrivée. Ça fait trente-cinq dollars.

Un groom en uniforme vert et or s'élança pour ouvrir la portière. Molly paya le chauffeur, le remercia et regarda le taxi s'éloigner en brinque-balant dans la nuit. Puis, gravissant d'un pas incertain les quelques marches qui la séparaient d'une impressionnante porte à tambour en cuivre rutilant, elle pénétra, bouche bée, dans le hall du palace.

Sous un vaste dôme en mosaïque, un énorme lustre en cristal étincelait de mille feux. Le sol de marbre blanc luisait comme une patinoire sous les pattes de Pétula. D'élégantes chaises et tables basses en laque de Chine noire étaient disposées un peu partout. Tout au fond, un luxuriant bouquet de fleurs exotiques s'épanouissait dans un vase géant. Molly surprit son reflet dans un miroir encadré de moulures et de dorures. Elle prit conscience alors à quel point ses vieux vêtements dénotaient dans un endroit aussi luxueux, raffiné et parfumé.

— Hhmmm, toussota le réceptionniste en la toisant par-dessus deux larges narines. Puis-je vous aider ?

Molly s'approcha timidement du bureau d'accueil.

— Je voudrais une chambre, s'il vous plaît.

— Euh... je crains que vous ne soyez un peu trop jeune.

À cause de la fatigue, Molly eut un peu de mal à régler son regard sur le mode « télécommande ». Mais, au bout de quelques instants, l'employé de la réception la considéra comme une cliente d'âge respectable. Il consulta son registre, puis releva la tête en disant :

— Je regrette, mais nous sommes complets.

— Complets ? Avec toutes les chambres que vous avez ici ? !

— Hélas oui. En catégorie standard, nos cent vingt-quatre chambres sont toutes occupées.

— Et en catégorie non standard ?

— Eh bien... nous avons la suite « Lune de miel », au dernier étage.

— D'accord. C'est combien ?

— Trois mille dollars.

— Qu... pardon ? ! Et il faut payer d'avance ?

— Non, vous réglerez la note à votre départ.

Avec les 2 963 dollars qu'elle avait en poche, Molly ne pouvait même pas s'offrir une seule nuit au Bellingham. Mais elle était trop épuisée pour partir en quête d'un autre hôtel.

— C'est bon, je la prends.

— Puis-je vous demander votre passeport ?

Molly n'aimait pas l'idée de révéler son identité – et encore moins son âge.

— Inutile de vous tracasser avec ces formalités, rétorqua-t-elle en maintenant l'homme sous la pression de son regard.

— Comme vous voudrez. Si vous voulez bien me suivre...

Le réceptionniste l'escorta jusqu'à l'ascenseur. Arrivés au vingt et unième étage, ils suivirent un long couloir moquetté de jaune, puis s'arrêtèrent devant la chambre n° 125. Après avoir ouvert la porte, l'homme s'inclina légèrement et, d'un geste courtois, invita la jeune cliente et son chien à pénétrer dans la chambre.

Molly se crut transportée au pays des rêves. C'était absolument fabuleux. La suite se composait de deux immenses pièces, l'une avec des rideaux de soie couleur crème et un magnifique lit à colonnes, l'autre avec deux grands canapés séparés par une table basse à piétement doré.

— Toutes les pièces, y compris la salle de bain, sont équipées de la télévision et d'un système stéréo haute fidélité, lui expliqua le réceptionniste en actionnant plusieurs cloisons coulissantes pour lui montrer les installations. Ici se trouve le minibar et là, la liste de tous les services que nous vous proposons : location de limousine, coiffeur, manucure, promeneur pour chien, et j'en passe. Outre le jacuzzi – d'une utilisation très simple –, vous trouverez une piscine et une salle de mise en forme au dernier étage. Le service d'étage fonctionne vingt-quatre heures sur vingt-quatre, aussi n'hésitez pas à faire appel au personnel si toutefois vous avez besoin de quoi que ce soit. Je vous souhaite un très bon séjour au Bellingham.

Après une dernière courbette, l'homme se retira.

Molly envoya valser ses chaussures et se jeta sur le lit.

— Yaaahouou ! s'écria-t-elle, oubliant d'un coup sa fatigue. Non mais tu te rends compte, Pétula ? C'est fou, non ? Hier à Hardwick House, aujourd'hui au Bellingham. Passer de l'endroit le plus minable de la terre au plus grand palace de New York !

Tandis que le carlin aboyait pour manifester sa joie, Molly se leva pour aller inspecter le minibar. Elle prit une petite bouteille de jus d'orange glacée à souhait et versa de l'eau minérale dans le bol de Pétula. Après quoi elle ouvrit la porte-fenêtre qui donnait sur le balcon. Un torrent de bruit déferla dans la pièce. Un concert de klaxons, de sirènes de police, de sifflements, de grincements, de vrombissements, de cris divers et variés. Toute la ville semblait en effervescence. Molly n'avait jamais vu d'endroit aussi bruyant, aussi bourdonnant de vie. Elle prit Pétula sous le bras et se pencha prudemment par-dessus la balustrade.

Malgré l'heure – il était minuit passé –, il y avait une circulation terrible. Au milieu de cette jungle de gratte-ciel, les voitures et les taxis jaunes ressemblaient à des insectes grouillant dans tous les sens. Molly se demanda combien il y avait d'habitants à New York. Et aussi, l'espace d'une seconde, s'il se trouvait quelqu'un de sa famille parmi ces millions de gens. Et Rocky ? Peut-être était-il quelque part dans les environs. Mais où ? Elle se serra contre son chien.

— Et toi ? Est-ce que tu sais où sont tes parents, ma pauvre vieille ?

En guise de réponse, Pétula lui lécha la main.

— Ouaip... Tu as raison, à nous deux, on forme une famille : je n'ai que toi et tu n'as que moi. Pour le moment, faudra s'en contenter.

Molly laissa errer ses regards sur la ville. Les Américains, songea-t-elle, ne devaient pas être plus difficiles à hypnotiser que les Anglais, les Français ou les Italiens. Son talent avait déjà fait mouche sur le réceptionniste. Mais avec une suite à 3 000 dollars la nuit, il s'agissait de ne pas flancher. Évidemment, il devait y avoir des hôtels plus abordables, mais elle n'avait pas envie de déménager. Le luxe du Bellingham lui convenait parfaitement. De toute manière, elle était trop excitée pour se soucier de ça pour le moment.

Molly regagna sa chambre pour se faire couler un bain. Elle commença par vider tous les flacons de bain moussant dans la baignoire et, quand celle-ci fut remplie de bulles odorantes, elle s'y plongea avec délices. Grâce à la télécommande judicieusement placée à portée de main, elle alluma la télé encastrée dans le mur opposé. Quelle différence avec la salle de bain pouilleuse de Hardwick House... Dire qu'on l'avait punie pour avoir mis plus de dix centimètres d'eau dans la baignoire ! Elle éclata de rire en y repensant.

Il y avait des centaines de chaînes. Elle surfa allègrement de l'une à l'autre. Séries, films, documentaires animaliers, émissions musicales, culturelles, sportives, touristiques, religieuses. Il y en avait pour tous les goûts. Certaines chaînes passaient des publicités toutes les cinq minutes – ce qui réduisait les programmes à trois fois rien. D'autres rabâchaient toujours les mêmes rengaines. « Achetez Truc, achetez Truc... Il vous faut absolument Truc... On ne peut pas vivre sans Truc... »

Molly était frappée par la fréquence de ces coupures. Elle prit conscience pour la première fois que la publicité s'apparentait à l'hypnose. La télé poussait les gens à consommer sans s'en rendre compte. C'était en quelque sorte un lavage de cerveau. À force de s'entendre répéter : « Achetez ci, achetez ça », les gens finissaient par être persuadés qu'ils ne pouvaient pas se passer de ci ou de ça. Tout à coup, le beau blond de Qube apparut à l'image. En le voyant, Molly eut chaud au cœur. Comme la plage de sable blanc lui paraissait proche, à présent ! Elle se mit à chanter tout haut :

— Qube, Qube ! Bienvenue au club Qube ! Aaah ! Rien de tel qu'un Qube pour voir la vie en rose !

Tout sourire, le héros lui adressa un clin d'œil bleu des mers du Sud en susurrant :

— Fais comme moi : sois Qube, et tout le monde t'aimera.

— Pour ça, pas de problème, mec ! hurla Molly en lançant son gant de toilette sur l'écran.

Elle appuya sur le bouton du jacuzzi. L'eau se mit à bouillonner furieusement, la propulsant presque hors du bain. Elle arrêta illico l'engin et la tempête s'apaisa. Pas si terrible que ça, finalement... On aurait dit qu'une dizaine de monstres aquatiques s'étaient mis à péter tous ensemble dans la baignoire. Mais, jacuzzi mis à part, Molly était sûre de s'adapter sans aucune difficulté à ce nouveau style de vie. Il ne restait qu'un seul détail à régler : comment le maintenir à ce niveau ?

Après son bain, elle se glissa entre les draps de satin du baldaquin. Au lieu de réfléchir sérieusement à la question, elle sombra immédiatement dans un profond sommeil, comme Pétula l'avait fait depuis un bon moment.


Nockman n'était plus qu'à quatre heures de l'aéroport J. F. Kennedy. Il se représenta mentalement la fillette qui s'était envolée avec son livre. Cette vulgaire gamine qui, au dire du vieil antiquaire de Briersville, avait ébloui des centaines de personnes en se produisant sur scène. À l'entendre, c'était une fillette adorable, merveilleuse et bourrée de talent. Nockman avait subitement compris la clé du mystère : pour déclencher une telle unanimité, la fillette en question avait dû hypnotiser toute la salle. Le fait qu'une gamine aussi jeune ait pu assimiler aussi vite les leçons du Dr Logan le laissait pantois. Bourrée de talents, sûrement pas ; mais exceptionnellement douée pour l'hypnotisme, cela ne faisait aucun doute. Après ce bref élan d'admiration, sa colère ne tarda pas à reprendre le dessus. Comment cette sale gosse avait-elle osé s'emparer de ce livre ? Il mourait d'envie d'effacer le sourire insolent qu'il avait vu sur ses lèvres. Il voulait l'entendre se confondre en excuses – et, tant qu'à faire, la voir pleurer à chaudes larmes.

Nockman grinçait des dents en songeant à cette M. Moon de malheur. Maintenant qu'il avait flairé sa piste, elle ne pouvait pas lui échapper. Il ne l'avait qu'entr'aperçue mais il la retrouverait, quitte à coller son oreille sur tous les trottoirs de New York comme le dernier des Sioux sur le sentier de la guerre. L'obèse sortit ses lorgnons à spirales et les frotta sur le pan de sa chemise hawaïenne. Il avait lu suffisamment d'ouvrages sur l'hypnotisme pour savoir que, lorsqu'un individu avait « le don », personne ne pouvait résister à son regard ni à sa voix. Or, ces verres spéciaux étaient censés dévier les influx magnétiques. En admettant que ce soit vrai, il ne lui manquait plus qu'une chose : un appareil à distordre les voix. Une fois muni de ces deux accessoires, il n'aurait plus rien à craindre de M. Moon.

Nettement plus calme, le professeur Nockman se renversa dans son siège et, lissant ses moustaches d'un ongle jaunâtre, il se demanda quel prénom se cachait derrière le M. Était-ce Margaret ? Matilda ? Mavis ? Un mince sourire éclaira son visage gras. Après tout, c'était peut-être une bonne chose que cette gamine ait trouvé le livre du Dr Logan. Elle était peut-être beaucoup plus douée qu'il ne le serait jamais. Dans ce cas, il n'avait qu'à se débrouiller pour la contrôler une fois qu'il lui aurait mis la main dessus. Ce n'était qu'une enfant, cela ne devrait pas être difficile... Subitement, l'infâme Nockman comprit que, loin d'être une rivale, cette mystérieuse M. Moon était peut-être la complice idéale de ses propres ambitions. Autrement dit, un cadeau tombé du ciel. Un ticket de première classe pour la réussite et la gloire.

# 15

Le lendemain matin à son réveil, Molly eut un choc en se voyant entourée d'un tel luxe. La moquette beige clair et les lourds rideaux de soie pâle lui donnaient l'impression de figurer dans une publicité pour une crème à la vanille. Elle sauta du lit, ouvrit le miniréfrigérateur, prit une barre Paradis et croqua dedans en chantonnant :

> *Je suis au paradis, le Paradis est en moi, mais oui,*
> *Mais oui ! Je savais bien qu'un jour j'y arriverais...*

Puis elle se rendit dans la salle de bain et décrocha le peignoir blanc pendu derrière la porte. Il était dix fois trop grand pour elle, mais chaud et moelleux comme dans la pub pour Nuage de brise. Elle sortit ensuite sur le balcon pour voir New York en plein jour. Les tours lui parurent encore plus hautes, Manhattan encore plus étendu et le brouhaha permanent encore plus fort que la veille. Sur la façade d'un gratte-ciel, un panneau de plusieurs dizaines de mètres de haut montrait une femme en pantalon et en blouson moulants. Sous la photo, le slogan proclamait sobrement : « Diva Jeans... pour avancer à pas de géant. »

Molly se sentit extrêmement petite. Une soudaine attaque de trac lui tordit l'estomac. Depuis Briersville, elle s'était laissé porter par la vague. Elle avait quitté son pays sur un coup de tête, étourdie par le succès. Là, à la lumière du jour, l'avenir lui paraissait subitement très incertain. Elle ne connaissait rien de New York ni de ses habitants. Comment faire son chemin dans cette jungle urbaine ? Les gens des villes, c'est bien connu, sont moins accueillants qu'à la campagne. Du haut de son vingt et unième étage, elle regarda les minuscules silhouettes qui marchaient à pas rapides et décidés sur le trottoir. À de rares exceptions près, personne ne prenait le temps de flâner ou de s'arrêter. Elle comprit qu'elle avait besoin d'en savoir un peu plus avant de s'aventurer dans Manhattan. Forte de cette résolution, elle décrocha le téléphone pour appeler le service d'étage. Avant toute chose, elle avait besoin d'un bon petit déjeuner.

Un quart d'heure plus tard, un vieux bonhomme tout maigre arriva, poussant devant lui une table roulante recouverte d'une nappe immaculée et présentant tout un assortiment de tasses, sous-tasses, soucoupes et assiettes en porcelaine de Chine, ainsi qu'une batterie de couverts étincelants. Les deux énormes cloches qui abritaient les plats commandés par Molly trônaient entre deux pichets d'argent.

— Voulez-vous signer, s'il vous plaît ? dit le vieil homme en lui tendant une feuille d'une main tremblotante.

Molly parcourut rapidement la note et faillit s'étrangler. Quarante-cinq dollars pour un petit déjeuner ! Elle signa.

Comme le garçon d'étage continuait à piétiner dans l'entrée, elle crut qu'il attendait le signal du départ.

— Oh ! Au revoir et... merci beaucoup ! s'empressa-t-elle d'ajouter.

L'homme se retira sans un mot. Ce qu'il attendait, c'était un pourboire.

Molly jeta encore un coup d'œil à la note et ce fut de nouveau la panique. L'argent lui filait entre les doigts comme du sable fin. Tellement fin qu'il en restait à peine quelques grains. Elle se reprocha d'avoir hypnotisé le réceptionniste pour qu'il lui donne la suite la plus chère de l'hôtel. Comment allait-elle faire pour payer ? Elle n'en avait pas la moindre idée.

Par-dessus le marché, il lui fallait aussi de l'argent pour les dépenses courantes, sans compter les petits extra : chewing-gums, glaces, bonbons et magazines. Elle ne pouvait quand même pas hypnotiser tous les commerçants de Manhattan... Tôt ou tard, quelqu'un s'apercevrait de son stratagème, ce qui ne manquerait pas de lui attirer de gros ennuis.

La veille, les trois mille livres qu'elle avait gagnées lui avaient paru une véritable fortune. À présent, sa tirelire était à sec et elle ignorait de quelle façon la remplir.

Outre ce dilemme, de violentes crampes d'estomac vinrent lui rappeler qu'elle n'avait rien mangé depuis la veille. Bon. « Autant faire honneur à ce plateau, on avisera ensuite », se dit-elle. Elle souleva la première cloche et découvrit une saucisse perdue au milieu d'une grande assiette blanche. Ça, c'était pour Pétula. Elle souleva la seconde cloche. Quatre sandwiches au ketchup. Parfait. Le plus petit pot contenait du jus d'orange concentré, le plus grand du chocolat chaud. Molly se servit un verre de l'un, une tasse de l'autre et, tandis que Pétula se régalait de sa saucisse, elle attaqua les sandwichs.

Malheureusement, ce petit déjeuner – si délicieux fût-il – ne résolut rien au problème. Tout en mordillant ses lèvres rouges de ketchup, Molly s'efforça d'analyser froidement la situation. La télévision allait sans doute lui donner de l'inspiration. Après avoir mis ses lunettes de soleil, elle s'installa confortablement face à l'écran et se lança dans un marathon télévisuel, accordant une attention toute particulière aux publicités.

Celles-ci se révélèrent très instructives. On y voyait, entre autres, une mère de famille blonde comme un citron qui vantait une marque de beurre de cacahuète agrémenté de gelée de groseille. Sous les yeux gourmands de sa fille, elle en étalait une généreuse couche sur une tranche de pain de mie.

— Dans notre famille, cette tradition se transmet de génération en génération ! clama la maman. Je m'en régalais déjà quand j'étais petite fille...

— ... et j'en donnerai moi aussi à mes enfants !

gazouilla la gamine en croquant dans la tartine. Tout le monde est fou de la pâte Grannydoux !

— Berk, fit Molly. Pas moi. Ça me donne envie de vomir.

Elle prit une gorgée de jus d'orange, changea de chaîne et tomba sur un documentaire animalier. Sur l'écran, on voyait un nid avec trois oisillons qui criaient famine en ouvrant un large bec. L'un d'eux était nettement plus gros et plus bruyant que les autres.

— Ce jeune coucou a éclos dans un nid de rouges-gorges..., commenta le narrateur.

La mère rouge-gorge revint au nid avec un ver. Le bébé coucou se jeta dessus avant que les deux autres aient le temps faire ouf.

— Curieusement, la femelle rouge-gorge ne semble pas faire la distinction entre ses propres petits et le jeune intrus, poursuivit la voix.

Quand sa mère nourricière fut envolée, le coucou se mit à sautiller en rond dans le nid. Tout à coup, il éjecta brutalement le premier bébé rouge-gorge. Le second ne tarda pas à subir le même sort.

Molly avait suivi le drame avec stupéfaction. Ainsi, c'était vrai. Les petits coucous poussaient leurs faux frères et sœurs hors du nid. La berceuse de Mrs Trinklebury lui revint en tête et elle éprouva une certaine gêne. Qui était-elle ? Un jeune rouge-gorge ou un jeune coucou ? Vu la façon dont elle avait raflé le premier prix à Briersville, elle se sentait plutôt coucou. Les paroles de la chanson n'avaient jamais eu beaucoup de sens pour elle. À présent, elle n'y comprenait plus rien du tout. Elle haussa les épaules et changea de programme.

À midi, Molly décida de faire une petite pause. À force de naviguer sur toutes les chaînes, ses yeux n'étaient plus ronds, mais rectangulaires. En trois heures, elle avait appris pas mal de choses sur le mode de vie des Américains, mais rien sur l'art et la manière de se procurer de l'argent. Quant à Rocky, elle ignorait toujours par où commencer les recherches. Son moral commençait à baisser. De noirs nuages de doute se condensaient dans son cerveau. C'était de la folie d'être venue en Amérique. Du pur délire de s'être aventurée à New York. Bref, Molly craignait d'avoir eu les yeux beaucoup plus gros que le ventre.

Elle se leva et ouvrit le minibar pour faire son choix parmi les nombreuses boissons : whisky, gin, vodka, jus de fruits, eau gazeuse, Qube.

« Sois cool, bois Qube ! » entendit-elle en écho dans sa tête. Comme elle avait sérieusement besoin de se calmer les nerfs, elle prit une canette et tira sur la languette.

Dès la première gorgée, une ribambelle de

bulles fruitées et mentholées lui picotèrent le nez. À la dernière gorgée, la pub Qube réapparut sur l'écran de la télé. La coïncidence l'amusa. C'était la première fois qu'elle s'offrait une boîte entière de Qube, et voilà qu'au même moment la plage et les cocotiers surgissaient comme par miracle.

— Aaah ! Rien de tel qu'un Qube pour voir la vie en rose ! déclara son héros dans un sourire éclatant de blancheur.

— D'ac, mac ! lui répondit-elle en faisant le V de la victoire avec ses doigts.

Tout à coup, les nuages noirs se dissipèrent, la vie lui parut plus belle et l'avenir aussi souriant que le beau jeune homme de la plage. Pendant quelques secondes, elle se sentit Qube à cent pour cent. Puis elle rota et reprit brusquement contact avec la réalité. La publicité suivante vantait les mérites d'un vernis à bois. Molly se retrouva avec sa boîte vide à la main et des milliards de bulles dans le ventre.

Elle était désarçonnée. Elle avait cru dur comme fer qu'une canette de Qube allait l'aider à résoudre ses problèmes. Qu'avec les gens de Qube à ses côtés, elle se sentirait sûre d'elle et capable de séduire le monde entier. Au lieu de ça, elle était triste et découragée. En quelque sorte, les gens de Qube l'avaient trahie. Elle s'était bêtement entichée d'eux et de ce qu'ils représentaient. C'était ridicule, elle s'en rendait compte à présent. Ces gens-là n'étaient que des acteurs, des marionnettes. Ils n'appartenaient pas à la vraie vie.

La publicité suivante portait sur une marque de sparadrap. Elle mettait en scène un petit garçon qui venait de s'écorcher le genou. En le voyant, Molly se dit qu'elle pourrait peut-être se faire engager comme actrice. Vu le nombre d'enfants que consommait la pub, il ne devait pas manquer de travail dans ce secteur. Elle pourrait même tourner dans un spot pour Qube, qui sait ? Elle caressait cette idée lorsque le programme recommença.

Un homme en costume orange était assis sur un canapé rose, un micro chapeauté d'un gros bonnet de mousse à la main. Derrière lui, le titre de l'émission s'étalait en lettres clignotantes : « Le Show de Charlie Chat ». Pour avoir une voix aussi grave, le Charlie Chat en question devait se gargariser avec des gravillons tous les matins.

— Oui, ladies et gentlemen ! Comme promis, nous l'avons parmi nous aujourd'hui ! Je vous demande d'applaudir très fort pour accueillir la nouvelle star de Broadway... Davina Nuttel !

Molly s'apprêtait à changer de chaîne, mais elle changea d'avis en voyant Davina Nuttel arriver sur le plateau. C'était une petite fille d'environ

219

huit ou neuf ans, très blonde et très maquillée. Le public lui fit une véritable ovation et, quand elle prit place sur le canapé rose, Charlie Chat s'exclama :

— Salut, Davina ! Je suis rrrrravi de te voir ici !

— Merci, Charlie. Moi aussi, je suis très contente d'être avec vous, répondit Davina d'une voix en sucre d'orge.

— Alors, Davina, allons droit au but : quel effet ça fait d'être la star d'une superrrr comédie musicale ?

— C'est fantastique, minauda Davina. J'adore les chansons, j'adore la chorégraphie et je trouve l'histoire formidable. Je m'entends merveilleusement bien avec les autres comédiens. J'adore être sur scène et j'adore Manhattan.

— Dis donc, tu dois avoir un cœur gggrrrros comme ça pour aimer tant de choses à la fois ! tonitrua le présentateur aux cheveux roux.

Toute la salle éclata de rire.

— J'espère que tout le monde viendra voir mon spectacle, il est vraiment trop bien, reprit Davina.

Elle se tourna vers le public avec un sourire extra-large et Molly eut un choc. Cette fille ressemblait vaguement à Hazel.

— Et si on en regardait tout de suite quelques extraits ? suggéra Charlie Chat.

La séquence s'ouvrit sur la façade d'un célèbre théâtre de Broadway, où le titre *Stars sur Mars* brillait en lettres de néon. Une interminable limousine noire vint se garer devant l'entrée des artistes. Davina Nuttel en sortit, enveloppée d'un manteau de fourrure blanche. La caméra la suivit jusque dans les coulisses, et le reportage enchaîna sur une série d'extraits. Le décor représentait la planète Mars. C'était un opéra spatial. Au milieu d'un chaos de rochers rouges, Davina Nuttel, en tenue d'astronaute, chantait et faisait des claquettes. Un autre tableau montrait quatre abominables Martiens en train d'attaquer l'héroïne. Devant ces créatures monstrueuses, Pétula cracha son caillou pour gronder.

La caméra revint sur le plateau de Charlie Chat et le public se mit à applaudir à tout rompre. Molly fut parcourue d'un délicieux frisson au souvenir de son propre triomphe à la mairie de Briersville.

— Brrrravo, c'était forrrrmidable ! Tu es vrrrraiment splendide ! s'exclama Charlie.

— Merci, répondit modestement Davina. Mais je tiens à dire que je dois tout à mes parents. Sans leur amour et leur soutien, je n'en serais sûrement pas là aujourd'hui.

— Aaaaahhh..., se pâma l'assistance.

— Je voudrais aussi en profiter pour remercier Barry Bragg, mon impresario.

— Justement, le voici ! brailla Charlie.

— Salut, Barry ! gloussa Davina.

— Mon cher Barrrry, il y a une question que tout le monde se pose ici : comment avez-vous découvert Davina ?

— Eh bien, elle est venue me voir dans mon bureau de Derry Street un beau matin... et j'ai été immédiatement conquis, déclara l'impresario avec fougue. C'est une artiste accomplie, comme vous avez pu le constater. Dès qu'elle s'est mise à danser et à chanter devant moi, j'ai compris qu'elle avait l'étoffe d'une star. Je l'ai tout de suite présentée au directeur du théâtre et..., une demi-heure plus tard, l'affaire était dans la poche !

Davina agita gracieusement ses boucles d'or.

— Ma bonne étoile devait veiller sur moi ce jour-là, dit-elle en se tournant vers le présentateur. Barry connaît absolument tout le monde dans le show-business !

L'émission se poursuivit et Molly continua à la regarder, fascinée par le va-et-vient des vedettes qui se succédaient sur le plateau. Elle avait plus que jamais envie de se lancer dans le spectacle. En revanche, la publicité ne la tentait plus. C'était tellement superficiel, comparé au fait de monter sur les planches et de jouer devant un public en chair et en os. Le succès qu'elle avait obtenu sur la scène de Briersville l'avait fait vibrer. Elle rêvait de revivre cette expérience. « En plus, je parie que cette Davina Nuttel gagne un maximum d'argent, songea-t-elle. Je ferais peut-être bien d'aller trouver Barry Bragg ? » C'était un pari osé, mais, grâce à ses nouveaux talents, elle était sûre de se montrer à la hauteur de la situation. Que lui avait dit Rocky, déjà ? Qu'elle ne tentait jamais rien ? Eh bien, elle allait lui prouver qu'il se trompait sur toute la ligne.

Pétula sauta du lit et s'étira longuement. Molly en fit autant. Elle avait enfin trouvé la solution. Elle savait que Barry Bragg avait ses bureaux dans Derry Street. Il ne restait plus qu'à trouver l'adresse exacte.

Tout en s'habillant, elle se mit à fredonner le thème principal de *Stars sur Mars* – un air qui vous entrait dans la tête comme une mouillette dans un œuf à la coque. Décidément, ce devait être très amusant de jouer dans une comédie musicale. Après avoir mis son vieux T-shirt, son pull miteux et sa jupe grise usée jusqu'à la trame, elle se brossa les cheveux et s'inspecta dans la glace en plissant le nez. Puis elle enferma le livre du Dr Logan dans le coffre-fort de la penderie, décrocha son anorak et siffla Pétula.

— En route, ma vieille ! Il est temps de se bouger.

C'est ainsi que Molly Moon partit à la conquête de New York, laissant derrière elle ses soucis et le souvenir de son meilleur ami.

# 16

C'était effrayant de quitter le cocon de l'hôtel pour les rues bruyantes et sales de Manhattan. Dehors, ça sentait le hot-dog, les oignons, les bagels, les cacahuètes grillées, le café, les bretzels, le hamburger et les pickles. Il y avait du mouvement partout – sur les trottoirs, sur la chaussée. Molly n'avait jamais vu un tel mélange de population. Des gens de toutes les couleurs, de toutes les tailles, de toutes les conditions ; les gens les plus gros du monde côtoyant de véritables squelettes ambulants. Apparemment, les New-Yorkais s'habillaient n'importe comment, sans se soucier du regard des autres. Molly vit passer un grand gaillard déguisé en cow-boy qui avançait en chaloupant, façon John Wayne. Juste après, elle croisa une femme immense avec des collants roses à paillettes, maîtrisant parfaitement ses quinze centimètres de talons. Molly se prit à sourire en imaginant Mrs Toadley dans cette tenue. En tout cas, Miss Adderstone aurait pu déambuler sans problème dans les rues de Manhattan avec son tailleur lacéré et sa culotte sur la tête, personne n'y aurait trouvé à redire. Peut-être même aurait-elle lancé une nouvelle mode, qui sait ?

Étourdie par le spectacle de la rue, Molly se sentait fragile et minuscule. Heureusement, le portier du Bellingham s'avança à point nommé pour lui demander si elle désirait un taxi.

— Euh... oui, s'il vous plaît, répondit-elle.

L'homme en uniforme vert et or lui ouvrit la portière d'un taxi jaune tout aussi déglingué que celui de la veille, mais cette fois-ci le chauffeur avait le type mexicain.

— Où va-t-on, *señorita* ?

— Derry Street, déclara Molly d'un ton ferme.

Elle s'installa à l'arrière avec Pétula, et une autre voix préenregistrée parut sortir de la banquette :

— Miaaaoouu ! Les chats ont sept vies, mais pas vous, alors, bouclez votre ceinture !

Vu la façon dont l'homme conduisait, Molly obtempéra vite fait. À l'angle de la rue, le taxi bifurqua brusquement vers l'une des grandes artères qui traversait Manhattan du nord au sud. Molly eut le temps d'apercevoir son nom sur la plaque : Madison Avenue. Le Mexicain continua à slalomer comme s'il était dans un jeu électronique, riant comme un fou chaque fois qu'il manquait de rentrer dans une autre voiture. Pendant ce temps-là, Molly s'agrippait à la poignée et Pétula avait les griffes plantées dans le siège.

Partout autour d'elles, de gigantesques tours s'élançaient à l'assaut du ciel. Au niveau du sol, des nuages de vapeur jaillissaient de temps à autre des grilles encastrées dans le trottoir. Molly étudia le plan scotché derrière le siège du conducteur. Elle nota que la plupart des rues de Manhattan étaient désignées par un numéro, mais que, dans la partie basse de l'île, donc au sud, elles portaient des noms comme dans une ville normale.

Dix minutes et treize dollars plus tard, le taxi s'engagea dans un dédale de ruelles pour déposer sa jeune cliente dans celle qui s'appelait Derry. Par leur modeste taille, les immeubles de grès brun rappelaient ceux de Briersville, mais en nettement plus sophistiqué. Molly commença à remonter lentement la rue, examinant les noms qui figuraient à côté des sonnettes. Elle tomba enfin sur une plaque de cuivre bien astiquée qui annonçait : *Agence Barry Bragg*. Molly était contente d'avoir trouvé si facilement, mais cela signifiait qu'elle ne pouvait plus reculer. Elle tira sur sa jupe, prit une profonde inspiration et appuya sur le bouton.

— Bonjououour, susurra une voix de femme à travers l'interphone. C'est à quel sujet ?

— Je viens voir Barry Bragg.

— Cinquième étage.

Un léger grésillement et la porte s'ouvrit. Molly et Pétula pénétrèrent dans un hall assez sombre orné de grands miroirs. Un discret parfum d'orange et de vanille flottait dans l'air. Molly se dirigea vers le vieil ascenseur en cage qui se trouvait tout au fond et qui la déposa quelques instants plus tard au cinquième étage du bâtiment. Derrière son bureau, la secrétaire ressemblait à une poupée Barbie grandeur nature.

— Bonjour, dit-elle en dévisageant Molly de haut en bas.

Puis elle avisa Pétula et ajouta avec un lourd battement de cils :

— Ah, je vois... c'est pour un numéro de chien savant ?

— Non.

La jeune femme consulta l'agenda.

— C'est curieux, je n'ai noté personne à cette heure-ci. Vous êtes sûre que vous aviez rendez-vous ?

Molly repensa aux circonstances qui l'avaient conduite à tenter sa chance auprès de l'impresario.

— Oui, mentit-elle avec aplomb. J'ai pris personnellement rendez-vous avec Mr Bragg, pas plus tard que ce matin.

— Ah, bon..., fit la secrétaire, qui n'avait pas l'air d'avoir inventé la poudre. Asseyez-vous, je vous prie. Mr Bragg est actuellement occupé, mais il sera à vous dans un instant.

Molly prit place dans un fauteuil et Pétula aussi. La secrétaire sortit alors de son tiroir une trousse de maquillage grande comme une boîte à outils et elle passa les dix minutes suivantes à se peindre la bouche et les yeux, sous le regard fasciné des deux visiteuses. Soudain, une porte s'entrouvrit et l'on entendit la voix rocailleuse de Barry Bragg :

— Eh bien, merrrci de votre visite !

Molly n'apercevait de lui qu'une manche de veste violette prolongée d'une grande main, laquelle ouvrit largement la porte pour livrer passage à un jeune garçon et à ses parents. Tous trois affichaient un sourire épanoui. Le garçon tenait dans ses bras une marionnette représentant un gros canard.

— Merci à vous de nous avoir si gentiment reçus, dit la mère. Quand puis-je vous rappeler ?

— Eh bien... Votre fils est merveilleux, formidable, fantastique ! Mais je préfère vous rappeler moi-même... disons dans... quelques jours, d'accord ?

— Merci beaucoup, dit le gamin.

— Bershi meaucoup ! cancana le volatile.

— Oh, Jimmy, tu es incorrigible ! gloussa le père avec fierté.

— C'est bien vrai ! renchérit Barry Bragg avec un rire forcé. Eh bien, au revoir et... continue à t'entraîner, Jimmy !

Après le départ des visiteurs, Barry desserra le nœud de sa cravate.

— Ppfffff ! Tu parles d'une épreuve ! soupira-t-il.

S'avisant soudain de la présence de Molly, il fronça les sourcils et se tourna vers sa secrétaire en marmonnant :

— C'est pour moi ?

— Euh... oui, elle m'a dit qu'elle avait rendez-vous, balbutia la secrétaire, qui commençait à avoir des doutes.

Molly hocha vivement la tête et s'arma de courage pour la suite.

— Tu es venue seule... je veux dire, sans tes parents ? interrogea l'impresario.

— Oui, Mr Bragg.

— Ah, quel bonheur ! Tu veux que je te dise ? Ce qu'il y a de pire, dans mon boulot, c'est les parents. Ils m'empoisonnent l'existence. Ils s'imaginent tous avoir pondu un génie, c'est infernal ! Mais les enfants non accompagnés sont toujours les bienvenus, entre, petite.

— Merci, Mr Bragg.

Pour la première fois de sa vie, Molly se félicita d'être orpheline. Elle s'avança dans une grande pièce violet et or. Avant d'aller s'asseoir à son bureau, l'impresario tourna autour d'elle et l'examina avec l'œil d'un connaisseur.

— Alors c'est quoi, ta spécialité ? Un truc à la Cendrillon, c'est ça ? En tout cas, bravo pour le déguisement ! Très authentique, tout ça, ajouta-t-il en détaillant la triste jupette et le vieil anorak.

L'impresario tendit la main vers un coffret en bois dont le couvercle s'ouvrit sur l'air de *Ah si j'étais riche !* Après avoir choisi un cigare gros comme un barreau de chaise, il en croqua le bout, le cracha discrètement sur le tapis, puis il l'alluma à l'aide d'un briquet de table (une statuette de Charlot qui crachait du feu par le chapeau). Barry Bragg tira rapidement quelques bouffées, souffla avec volupté et reprit dans un nuage de fumée bleue :

— OK, petite, vas-y, montre-moi ce que tu sais faire.

Quand l'écran de fumée fut dissipé, l'homme remarqua que Molly tenait entre ses doigts un pendule qu'elle faisait osciller lentement, de gauche à droite et de droite à gauche.

— Re-gar-dez, Mr Bragg, dit-elle avec douceur.

— Oh, je vois... c'est un numéro d'hyp...

Incapable de terminer sa phrase, Barry Bragg s'absorba dans la contemplation du superbe objet qu'il avait sous les yeux. La spirale centrale semblait vouloir l'aspirer tout entier.

— C'est magnif...

Là encore, le mot mourut sur ses lèvres sans qu'il parût s'en soucier. Molly ralentit le mouvement et rempocha son pendule en disant calmement :

— Maintenant, regardez-moi dans les yeux.

Et, en l'espace de quelques secondes, Barry Bragg tomba sous le charme envoûtant de ces grands yeux verts. Son regard devint vitreux et Molly se mit au travail.

— Vous êtes désormais sous mes ordres, Barry. À partir de maintenant, vous ferez exactement ce que je vous dis... Est-ce que c'est compris ?

L'homme acquiesça de la tête et Molly sourit.

— Bien. Pour commencer, vous allez éteindre ce cigare...

Une demi-heure plus tard, Barry décrochait son téléphone.

— Tu peux me croire, Rixey, elle est fabuleuse ! Il faut absolument que tu viennes la voir !

Attirée par le portrait mirifique que venait de lui brosser le dénicheur de talents, la productrice de *Stars sur Mars* sauta dans un taxi et débarqua peu après dans les bureaux de Derry Street. Rixey Bloomy comptait parmi les personnages les plus en vue de Broadway. C'était une femme de trente-six ans et Molly n'avait jamais vu quelqu'un avec une telle fortune de vêtements sur le dos. Veste et pantalon de cuir souple, bottines en peau de zèbre et sac assorti. Avec ses yeux outrageusement bleus et ses cheveux vaporeux, elle avait l'air de sortir d'une publicité pour un shampooing. Ses lèvres pulpeuses (récemment gonflées à bloc par le meilleur chirurgien esthétique de New York) amorcèrent une moue déçue lorsqu'elle abaissa son regard sur Molly. Elle se tourna ensuite vers Barry et lui glissa à voix basse :

— Dis-moi, chéri, je sais que c'est toi qui m'as apporté Davina sur un plateau d'argent, mais franchement, cette fille-là ne paie pas de mine... Tu as vu ses jambes ? On dirait de la mortadelle ! Si tu veux mon avis, mon chou, il te faut de nouvelles lunettes.

— Mais elle est fan-tas-tique, je te dis ! insista Barry Bragg sans se démonter. Je sais bien que Molly n'a rien d'une reine de beauté – d'ailleurs elle le reconnaît elle-même –, mais elle a quelque chose de spécial... Il émane d'elle une sorte de... magie. C'est ça : elle est magique !

Barry Bragg s'emballait tellement qu'il commençait à transpirer. Rixey Bloomy ne l'avait jamais vu dans un état pareil.

— Voulez-vous voir ce que je sais faire ? suggéra Molly.

En moins de temps qu'il n'en faut pour tailler deux crayons, Rixey et Barry se retrouvèrent cloués par son regard.

— Alors voilà, je veux un rôle dans une grande comédie musicale ou dans une pièce à succès, ici, à New York, déclara-t-elle. Un rôle très bien payé, bien entendu. Vous avez quelque chose à me proposer ?

— Non – rien, répondit Rixey Bloomy en balançant mollement la tête. Nous – n'avons – que – des – rôles – pour – adultes.

Cette information contraria Molly au plus haut point. Elle se mit à réfléchir à toute allure. Il devait quand même bien y avoir quelque chose pour elle dans tout Broadway ! Non seulement elle voulait un rôle, mais il lui en fallait un de toute urgence. Pour la simple et bonne raison qu'elle avait furieusement besoin d'argent.

C'est alors qu'elle remarqua la photo de Davina Nuttel épinglée au mur. De nouveau, elle ne put s'empêcher de faire le rapprochement avec Hazel. Elles avaient toutes les deux la même lueur de mépris dans le regard. Elle repensa automatiquement à tous les tours de cochon que Hazel lui avait joués.

— Dans ce cas, je prendrai le rôle de Davina Nuttel dans *Stars sur Mars*, décréta-t-elle.

Il y eut un silence.

— C'est sûrement possible, n'est-ce pas ?

— Oui – si – tu – veux, articula Rixey.

— Alors, c'est entendu. On m'apprendra les chansons, les danses et tout ce qu'il faut. Oh, pendant que j'y pense, je voudrais aussi un rôle pour mon chien.

— Il n'y – a – pas – d'animaux – dans – la – pièce, souligna la productrice.

— Eh bien, il n'y a qu'à en créer un pour Pétula, voilà tout. Avec un joli petit costume d'astronaute sur mesure, évidemment.

En entendant citer son nom, Pétula remua la queue comme pour approuver.

— Je compte sur vous pour régler ma note d'hôtel, poursuivit Molly. Et j'exige d'être payée deux fois plus que Davina. Ça fera combien, au fait ?

— Quarante – mille – dollars – par – mois.

— Gloups, fit Molly en apprenant le montant faramineux de son futur cachet. Eh bien... c'est entendu. Comme vous pouvez le voir, mes vêtements sont un peu fatigués, il me faudra donc une nouvelle garde-robe... et une voiture avec chauffeur pour m'accompagner dans tous mes déplacements. Une Rolls-Royce, tant qu'à faire. Ah ! J'allais oublier : je veux des sucreries à volonté. Je vous donnerai la liste de mes bonbons préférés plus tard. Et maintenant, écoutez bien ce qui va suivre, c'est très, très important. Avant de commencer à répéter, je veux rencontrer chacun de mes partenaires séparément, ainsi que tous les gens qui travaillent pour la pièce. Le régisseur, les techniciens, le balayeur..., tout le monde, c'est compris ?

Les deux New-Yorkais hochèrent benoîtement la tête.

— Dernière chose : pas question de croiser Davina Nuttel dans les couloirs. Est-ce que vous pouvez la caser dans un autre spectacle ?

— Non.

— Eh bien, tant pis...

Molly se renversa dans le fauteuil et contempla fièrement ses deux pantins.

— Et pourquoi dois-je absolument tenir le premier rôle dans *Stars sur Mars* ? leur demanda-t-elle.

— Parce que tu es un génie, débita Barry dans un soupir extatique.

— Parce que tu es la meilleure, ajouta Rixey Bloomy, le regard fondant.

# 17

« Trop facile ! »

Voilà ce que Molly se disait ce jour-là, à quatre heures de l'après-midi, dans la somptueuse suite du Bellingham. Elle passait d'une pièce à l'autre en dansant sur l'un des airs de *Stars sur Mars* et mâchait des caramels mous tout en fredonnant les paroles des chansons – qui étaient d'une simplicité enfantine.

Dans sa chambre, il y avait des dizaines de paquets débordant de papier de soie, d'où s'échappaient des vêtements dernier cri que Rixey Bloomy avait sélectionnés exprès pour elle. Elle les lui avait fait parvenir par coursier, et

Molly avait passé des heures à essayer des robes, des jupes, des pantalons et des chaussures. La table basse était devenue un grand présentoir à bonbons. On y trouvait de tout (y compris des marshmallows), joliment disposé dans des coupelles multicolores.

Pendant ce temps-là, Pétula patrouillait sur le balcon. Féroce, elle aboyait après tous les pigeons qui osaient s'y risquer.

À la fin du dernier morceau, Molly rembobina la cassette et s'allongea sur le lit. Elle avait enfilé son nouveau jean et opté pour un T-shirt noir orné d'un croissant de lune argenté. « Ah ! si seulement quelqu'un pouvait me voir », se dit-elle, en pensant bien entendu à Rocky. Peut-être avait-il téléphoné à l'orphelinat pour donner sa nouvelle adresse ? Il était cinq heures de plus en Angleterre – donc vingt et une heures. Miss Adderstone n'était sûrement pas couchée. Molly décrocha le téléphone et composa le numéro. Au bout de six sonneries, une petite voix familière répondit :

— Allô ! ici l'orphelinat de Hardwick.

— Bonsoir, Gerry, dit Molly.

— Molly ! ? Mais où tu es ? Adderstone nous a dit que tu avais pris l'avion. C'était bien ?

— C'était super, Gerry. Je t'appelle de New York, précisa-t-elle, prenant soudain conscience de la distance qui les séparait. Écoute... est-ce que tu pourrais me passer Adderstone ?

— Non, elle est partie.

— Ah... Je parie qu'elle est encore allée se faire soigner ses cors aux pieds. Tu sais à quelle heure elle rentrera ?

— Elle ne rentrera pas, elle est partie pour toujours et Edna aussi, chuchota Gerry dans l'appareil. Elles ont dit qu'elles devaient être gentilles avec les enfants, qu'elles ne voulaient plus nous commander et qu'à partir de maintenant, on pouvait faire *tout ce qu'on voulait*.

— Pourquoi parles-tu tout bas, Gerry ?

— ... cause de Hazel... je viens de l'entendre au bout du couloir... c'est elle le chef maintenant, tu comprends... Bon, faut que je te quitte, salut !

Et il raccrocha. Molly essaya de rappeler, mais la ligne était occupée. Elle était horrifiée à l'idée que Hazel soit à la tête de l'orphelinat, mais elle se tranquillisa en se disant que Mrs Trinklebury devait garder un œil sur tout le monde. Quant à Miss Adderstone et à Edna, où avaient-elles bien pu passer ? Molly se sentait responsable de leur départ. Les savoir lâchées dans la nature n'était pas des plus rassurants. Elle imagina Miss Adderstone en train de taillader les vêtements des passants à grands coups de ciseaux, et

Edna en train de taper sur tous ceux qui ne partageaient pas son amour de l'Italie.

Mais le pire, dans tout ça, c'était que Molly ne savait pas comment retrouver Rocky. À moins qu'il ne cherche à la joindre en appelant directement Hardwick House... Molly redécrocha le téléphone, refit le numéro et retomba sur Gerry.

— Salut, c'est encore moi.

— Oh, salut, Molly, répondit Gerry dans un murmure à peine audible. Le problème, c'est que je n'ai pas le droit de répondre au téléphone... Faut pas que je traîne, sinon je vais me faire gronder par Hazel.

— Attends, Gerry ! Ce ne sera pas long. Je veux juste te donner mon numéro à New York au cas où Rocky appellerait. C'est très important, Gerry. Tu as de quoi écrire ?

— Euh... oui, je dois avoir un crayon au fond de ma poche, attends... Non, Scouic, reste tranquille, c'est pas l'heure de sortir... Excuse-moi, Molly, ma souris a failli s'échapper mais... ça y est, j'ai le crayon et... oui, un bout de papier.

— Bon, tu es prêt ? Alors, écoute-moi bien.

Malgré la friture qu'il y avait sur la ligne, Molly parvint à dicter ses coordonnées à Gerry.

— Si Rocky appelle, donne-lui ce numéro, tu as bien compris ? Et donne-le aussi à Hazel.

Comme ça, si c'est elle qui l'a au bout du fil, elle pourra...

— Il faut que je raccroche, Molly ! Hazel est de mauvais poil aujourd'hui et je n'ai pas envie de me faire attraper. Au revoir !

Il y eut un déclic.

— Au revoir..., murmura Molly dans le vide.

Elle ignorait si le petit garçon transmettrait le message, mais ce souci s'envola rapidement à la vue de tous les habits neufs éparpillés dans la chambre. Une fois encore, Molly s'émerveilla de la rapidité avec laquelle elle était passée du rêve à la réalité. Elle allait bientôt être riche, célèbre... et même belle comme une déesse aux yeux de ses admirateurs.

Pétula passa la tête à travers la balustrade en pierre pour admirer les lumières de la ville en ce mois de novembre. Si elle avait eu des yeux laser capables de transpercer les murs, elle aurait pu voir, une vingtaine de blocs plus loin, un gros bonhomme vautré sur un lit dans une chambre sordide. Cet homme, c'était Nockman. Il avait élu domicile dans un immeuble miteux, tout près d'une voie ferrée. Chaque fois qu'un train passait, l'unique ampoule qui pendait au plafond se mettait à trembloter. Le lit et le plancher étaient jonchés de journaux, car il savait que tôt ou tard on y parlerait des exploits d'une certaine M. Moon. Tel un bouledogue, il se tenait prêt à se lancer sur sa piste sitôt qu'il l'aurait flairée. Il passait donc ses journées à éplucher la presse. Il avait également tenté de fureter dans différents hôtels avec l'espoir d'y glaner quelques informations, mais chaque fois on l'avait mis à la porte comme un malpropre (ce qu'il était bel et bien).

Dans ses rêves, il lui arrivait fréquemment de revoir la fillette assise à l'arrière du minibus, le livre d'hypnotisme sur les genoux et un affreux carlin à ses côtés. Alors, Nockman grognait dans son sommeil comme un loup enragé.

Sur le balcon, Pétula huma l'air avec nervosité. Quelque part dans cette cité, il y avait quelqu'un qui pensait à elle, elle le sentait. Et cela ne lui plaisait pas. Elle aboya à deux ou trois reprises et réintégra la chambre en quatrième vitesse. Puis elle sauta sur le lit de Molly, glissa son nez sous les couvertures et rampa jusqu'au fond pour trouver un des petits cailloux qu'elle y avait déposés en cachette.

Cette nuit-là, Molly fit un cauchemar. Elle rêva qu'elle était un gros coucou gris, solitaire et sans ami, au milieu d'une immense forêt. L'écho de la berceuse de Mrs Trinklebury résonnait à travers les branches, comme si les arbres eux-mêmes se joignaient à la chanson :

> *Petits oiseaux, pardonnez au coucou*
> *Qui vous a poussés hors du nid.*
> *C'est sa maman qui lui a appris,*
> *Au gros coucou gris,*
> *Qu'il faut faire son trou dans la vie.*

Les autres oiseaux l'évitaient comme la peste. Certains d'entre eux avaient la tête des plus jeunes pensionnaires de Hardwick House. Quand elle tentait d'aller vers eux, ils s'enfuyaient à tire-d'aile. Molly-coucou se sentait affreusement seule. Elle cherchait Rocky partout, hurlait son nom à la cime des grands arbres. Mais tout ce qui lui sortait du bec, c'était un cri rauque et inarticulé.

Le lendemain matin, Molly chassa rapidement le souvenir de ce mauvais rêve. Une journée chargée l'attendait. Elle avait du pain sur la planche et un gros cachet à toucher. La répétition de *Stars sur Mars* allait bientôt commencer ; ce n'était pas le moment de pleurnicher après Rocky.

# 18

Ce jour-là, le théâtre où se jouait *Stars sur Mars* resta fermé au public et les journalistes ne purent obtenir aucune explication sur le pourquoi de la chose. Derrière les portes closes, Davina Nuttel venait de se faire renvoyer et toute l'équipe avait juré de garder le secret. Pour en arriver là, Molly avait passé la matinée en entretiens privés. Elle avait rencontré – et hypnotisé – chaque personne qui travaillait pour le spectacle : le chef d'orchestre, les musiciens, les caissières, les ouvreuses, le régisseur, les éclairagistes, les maquilleuses, les autres comédiens et le balayeur. Tout le monde s'accorda à dire que la remplaçante de Davina était merveilleuse. La répétition commença.

À sa grande surprise, Molly trouva cela très amusant et elle ne ménagea pas ses efforts. De toute façon, on la félicitait quoi qu'elle fasse. Et, quand il lui arrivait de chanter à contretemps ou de faire un faux pas, personne ne bronchait. Son numéro de claquettes était d'une affligeante médiocrité, mais tout le monde le trouva parfait.

Pétula avait l'air ravie de participer au spectacle. Elle était à croquer dans sa petite combinaison de cosmonaute. Elle se joignit aux danseurs, faisant des bonds désordonnés pour le plus grand plaisir du metteur en scène. En revanche – et cela n'avait rien de surprenant –, Pétula n'appréciait pas du tout les Martiens. Des créatures monstrueuses, pareilles à d'énormes poivrons rouges montés sur pattes. Quand ils entrèrent en scène, agitant leurs longues antennes, elle se mit à aboyer sauvagement. Selon elle, ce genre d'énergumènes ne présageaient rien de bon. Quand elle les vit s'approcher de Molly, son sang ne fit qu'un tour. Elle se rua sur le premier poivron qui passait à sa portée... et planta ses crocs dans le mollet du malheureux acteur dissimulé à l'intérieur. Dès lors, on estima plus prudent de tenir Pétula à bonne distance des Martiens, sur scène comme en coulisses.

Les répétitions démarraient tous les matins à dix heures précises et se prolongeaient tard dans l'après-midi, après une courte pause pour le déjeuner. Au fil des jours, Molly apprit à se placer correctement sur scène, à poser sa voix, à chanter et à danser en rythme. Cependant, la troisième journée fut marquée par un événement inattendu.

Molly était en train de se préparer dans sa loge, lorsqu'elle entendit soudain hurler dans le couloir :

— OÙ EST-ELLE ? ? ?

— Elle est là, Miss Davina, l'informa une danseuse avec un gracieux sourire. Ne soyez pas fâchée... Quand vous la verrez, vous comprendrez tout... Je suis sûre que vous allez l'aimer...

— L'AIMEEEER ? vociféra l'intruse. Vous vous fichez de moi ou quoi ? Elle a ruiné ma carrière ! Elle m'a volé *mon* rôle ! Qu'est-ce qui vous arrive à tous, Rixey, Barry et les autres ? Ce spectacle repose uniquement sur moi, et vous le savez parfaitement. Mais je vous préviens : je n'ai pas l'intention de me laisser faire !

— Écoutez, Davina, je suis désolée, mais...

Coupant court aux timides protestations de la danseuse, Davina entra comme une furie dans la loge de Molly.

— Dis donc, toi, tu te prends pour qui ? attaqua Davina, bille en tête.

Elle s'avança en martelant le plancher, se planta face à Molly et la toisa d'un air incrédule en disant :

— C'est toi, *Molly Moon* ?

De son côté, Molly dévisagea l'enfant prodige avec stupeur. Vue de près, la fameuse starlette dont tout Manhattan s'était entiché ne cassait pas trois pattes à un canard. Sans son maquillage de scène, elle était d'une pâleur presque maladive. Elle avait les cheveux blonds, mais ternes et raplapla. Ses yeux légèrement globuleux étaient soulignés de cernes grisâtres. Seuls ses vêtements avaient de la classe : un ensemble en velours rouge agrémenté d'un collier de pierres vert émeraude, et des bottes à talons hauts en daim violet.

— Mais... t'as rien de terrible, lâcha Davina, complètement éberluée.

— Toi non plus, rétorqua Molly sur le même ton.

Davina ne songea même pas à s'offusquer de la remarque.

— Je ne comprends vraiment pas ce qu'ils te trouvent, poursuivit-elle. Ils sont tous là à dire que tu es fabuleuse, qu'ils n'ont jamais vu quelqu'un d'aussi exceptionnel... Mais t'es banale à pleurer, ma pauvre fille ! Comment oses-tu reprendre mon rôle, avec tes genoux cagneux et ton gros nez en patate ?

Davina Nuttel s'interrompit un bref instant, puis elle serra les dents, fit un pas en avant et, pointant l'index sur la splendide combinaison de cosmonaute que Molly venait juste d'enfiler, elle cracha avec haine :

— C'est mon costume, rends-le-moi. Et plus vite que ça !

Molly, impassible, se contenta de soutenir son regard. C'est alors qu'elle s'aperçut que les pupilles de Davina étaient immenses. Troublantes, même. On aurait dit deux puits au fond desquels tourbillonnait une eau noire. Elle éprouva un vague malaise, comme si le sol se dérobait sous ses pieds. Elle s'empressa de se ressaisir et se concentra pour faire usage de son pouvoir hypnotique. Mais, à mesure qu'elle augmentait l'intensité de son regard, les pupilles de Davina exerçaient en retour une forte attraction sur elle. Du coup, Molly fut obligée de puiser dans ses dernières réserves pour ne pas perdre pied.

Cette découverte lui causa un choc : Davina savait chanter et danser, mais, par-dessus le marché, elle possédait le don ! Son magnétisme n'était peut-être pas aussi affiné que le sien, mais il était clair qu'elle s'en servait pour influencer et charmer son entourage. Pour un peu, Molly lui aurait offert son amitié. Elle lui aurait appris à se perfectionner et à canaliser son pouvoir. Au lieu d'être rivales, elles seraient devenues partenaires. À elles deux, elles formeraient une équipe imbattable ! Mais les paroles de Davina lui firent renoncer à ce doux projet :

— Tu es si ordinaire..., si moche, pour tout dire, que personne ne viendra te voir sur scène. C'est perdu d'avance, tu ferais mieux de lâcher l'affaire. Tu n'as pas l'étoffe d'une star, pas le moindre charisme, ça crève les yeux. Et ton chien n'arrange rien : il est franchement repoussant.

Pétula poussa un gémissement et Molly intensifia le voltage de son regard. Davina la fusilla du sien. Alors s'engagea une lutte acharnée. La guerre des prunelles, les vertes contre les bleues. Molly avait les mains moites. Elle était tellement concentrée sur son regard qu'elle ne songea pas une seule seconde à utiliser sa voix. L'issue de la bataille lui parut soudain incertaine et cette pensée négative l'ébranla profondément. Que se passerait-il si Davina réussissait à l'hypnotiser et à la priver de tous ses moyens ? Molly s'imagina errant dans les rues de New York, la tête vide, réduite à l'état de clocharde. Cette perspective était tellement horrible qu'elle lui donna un coup de fouet. Rassemblant toute son énergie, elle décocha un regard foudroyant à son adversaire et la tension claqua soudain comme un élastique trop tendu. Le combat était terminé. Les prunelles vertes avaient gagné.

Davina détourna les yeux.

— Je ne sais pas comment tu fais, dit-elle d'une voix tremblante. Mais même si tu réussis à mettre tout le monde dans ta poche, tu ne m'auras pas. Pour moi, tu ne seras toujours qu'une pauvre plouc !

Sur ce, elle éclata en sanglots et quitta précipitamment la loge.

Pendant un bon moment, Molly resta sans réaction. Cette confrontation l'avait épuisée. Elle n'avait jamais pensé que quelqu'un d'autre puisse avoir le don et elle s'en voulait de ne pas s'y être préparée. Pourtant, elle aurait pu se douter qu'elle n'était pas la seule. Combien étaient-ils dans le même cas à New York ? Combien y avait-il de gens qui, à l'instar de Davina, utilisaient plus ou moins inconsciemment leur magnétisme pour arriver à leurs fins ? Et combien étaient-ils à posséder ce pouvoir et à l'exploiter en toute connaissance de cause ? Le livre du Dr Logan n'avait sûrement pas été tiré à un seul exemplaire. Combien y en avait-il en circulation ? Toutes ces questions sans réponse tourmentaient Molly au plus haut point. Trois petits coups frappés à la porte vinrent la tirer de ses sombres réflexions.

— Prête pour la répétition, Molly chérie ? lui demanda Rixey Bloomy en passant son visage siliconé dans l'entrebâillement.

Ce soir-là, le *New York Herald Tribune* titrait à la une :

## COUP DE THÉÂTRE À BROADWAY
*Davina Nuttel évincée par une mystérieuse rivale*

Le professeur Nockman se rua sur le journal et dévora l'article au coin de la rue. Ainsi, elle s'appelait Molly Moon et elle tenait la vedette d'une comédie musicale. Fantastique ! Désormais, fini de chasser à l'aveuglette, la piste était balisée. Maintenant que cette Molly Moon était sous le feu des projecteurs, il ne risquait plus de la rater. Bouillant d'impatience à l'idée de la rencontrer, il plia soigneusement son journal.

Il ne lui fallut pas longtemps pour découvrir que Miss Moon logeait au Bellingham. Ni une ni deux, il sauta dans sa vieille camionnette et fonça vers l'hôtel. Après s'être garé sur le trottoir d'en face, il resta assis au volant et se mit à guetter sa proie tout en se rongeant les ongles.

Quand Molly se décida enfin à sortir de son trou, Nockman avait les ongles ratiboisés. Il avait passé toute la nuit dans sa camionnette pourrie, pelant de froid malgré sa veste en peau de mouton et le petit chauffage d'appoint qu'il avait branché sur l'allume-cigare. Il n'avait dormi que par intermittence, obsédé par la surveillance de l'hôtel.

À l'heure où tout un chacun partait au travail, une somptueuse Rolls-Royce argentée s'arrêta sous l'auvent du Bellingham. D'un rapide coup de manche, Nockman essuya la vitre pour enlever la buée, puis il se tint sur le qui-vive. Quelques secondes plus tard, le portier s'empressa au-devant d'une cliente. Nockman reporta toute son attention sur elle. Pas de doute, c'était bien Molly Moon. Il la vit se diriger vers la Rolls, emmitouflée dans un manteau de vison blanc à capuche et chaussée de bottes beiges à talons plats. Pour compléter le tableau, elle tenait sous son bras un petit chien au museau aplati. Une vraie starlette ! À cent lieues de la gamine loqueteuse qu'il avait croisée dans Briersville.

L'obèse ne put s'empêcher d'éprouver un certain respect pour cette petite provinciale. Il était impressionné par la rapidité avec laquelle elle avait fait son chemin. Elle avait assurément des talents exceptionnels. Et il était le seul à connaître son secret.

Dès lors, Nockman ne lâcha plus Molly d'une semelle. Il la suivait dans les magasins pendant qu'elle faisait son shopping, escortée par deux gardes du corps qui croulaient sous les paquets. Il se postait devant les galeries de jeux vidéo où elle dépensait régulièrement une fortune en jetons. À l'heure des repas, il patientait sur le trottoir pendant qu'elle s'initiait aux saveurs du monde entier dans les grands restaurants, en compagnie de Rixey Bloomy ou de Barry Bragg. Et plus il l'observait, plus il était convaincu du pouvoir prodigieux de l'hypnotisme. De toute évidence, cette Molly Moon menait tout le monde par le bout du nez.

Cela faisait déjà plusieurs années que Nockman s'intéressait à la science de l'hypnose – plus précisément depuis le jour où il avait fait la connaissance d'une très riche et très vieille dame dans un salon de thé. Comme elle était d'humeur bavarde, elle lui avait confié qu'elle était parente avec le Dr Logan, et qui plus est l'héritière de tous ses biens. La nonagénaire lui avait ensuite longuement parlé du fameux livre de l'hypnose, qu'elle n'avait malheureusement plus en sa possession. Lorsqu'il l'avait raccompagnée chez elle, elle lui avait montré une lettre fort intrigante qui émanait de la bibliothèque de Briersville et qui donnait un descriptif précis du livre en question.

— Si ce livre venait à tomber en de mauvaises mains, avait chevroté la vieille dame, le pire serait à craindre.

Depuis ce jour, Nockman avait nourri l'espoir que ces mauvaises mains-là pourraient être les siennes. Il était persuadé que, s'il parvenait à retrouver le livre du Dr Logan, il serait capable de réussir le plus gros coup de sa carrière. Car Nockman ne s'intéressait pas à l'hypnotisme par pure curiosité scientifique ou intellectuelle. Il n'était pas du tout le professeur qu'il prétendait être. C'était un professionnel du crime. Avec un beau palmarès d'escroqueries à son actif.

À présent, durant les longues heures d'attente que lui imposait la filature de Molly Moon, Nockman avait tout le temps de cogiter à son ambitieux projet. Finalement, ses efforts n'avaient pas été vains et c'était une bonne chose que le livre d'hypnotisme soit tombé entre les mains de cette fille. S'il arrivait à la choper, il se propulserait du même coup au sommet de la gloire. Il se lécha les lèvres avec gourmandise, sachant qu'il deviendrait bientôt le roi de l'arnaque.

À moitié assoupi dans sa camionnette, Nockman évalua, *grosso modo*, combien Molly Moon gagnait d'argent. Après un grommellement approbateur, il sombra dans un sommeil peuplé de fantasmes. Il était doté de pouvoirs hypnotiques qui le rendaient surpuissant, il avait des visions de lui en tenue de golf, devant un immense manoir, avec une bonne qui venait lui apporter à boire et à manger sur un plateau d'argent. Il se vit en train de voguer sur un yacht luxueux mené par un équipage de dix matelots en uniforme, puis en train de dormir sur un matelas de dollars, ses gros doigts tendrement posés sur le livre du Dr Logan.

Quand Nockman s'éveilla au petit matin, des colleurs d'affiches s'affairaient déjà sur la façade d'un gratte-ciel, non loin de l'hôtel Bellingham. Peu à peu, les silhouettes de Molly Moon et de son carlin se déployèrent sur trente-cinq mètres de haut, chacune dans un costume d'astronaute rouge vif. Nockman partit d'un grand rire. Décidément, cette fille était géniale ! Et plus elle ferait de progrès, mieux ce serait pour lui.

# 19

Après l'épisode de Davina, Molly exigea qu'on interdise l'entrée du théâtre à toute personne étrangère au spectacle. Bien entendu, ses instructions furent suivies à la lettre.

Dès qu'elle sortait du théâtre ou de son palace, des hordes de photographes se précipitaient pour la mitrailler de leurs flashes. Derrière ses lunettes noires, Molly leur accordait un sourire énigmatique avant de s'engouffrer dans sa Rolls, mais elle ne leur parlait jamais.

Dans toute la ville, les potins allaient bon train pour savoir qui était cette Molly Moon et d'où elle venait. Le mystère qui l'entourait augmentait l'intérêt qu'on lui portait, et tous les curieux voulaient voir sa photo dans les quotidiens. Un journaliste l'avait surnommée « le Coucou », parce qu'elle avait chipé le rôle à Davina. Différentes chaînes de télévision envoyèrent une équipe pour tenter de l'interviewer, mais ce fut peine perdue.

En revanche, Davina Nuttel accepta volontiers de passer à la télévision afin de se plaindre haut et fort de la façon dont on l'avait traitée.

De son côté, Charlie Chat harcelait Barry Bragg pour obtenir une interview exclusive de Molly Moon dans son émission. Au bout du millième coup de téléphone, Barry répondit que la chose était envisageable... à condition d'y mettre le prix.

Nockman commençait à trouver le temps long. Il n'arrêtait pas de tirer des plans sur la comète à l'intérieur de sa vieille camionnette, et sa figure et son cou se couvraient de vilaines plaques rouges à mesure que son impatience grandissait.

Le problème, c'est que Molly était impossible à approcher. Intouchable. Où qu'elle aille, il y avait toujours des gens autour d'elle. C'était exaspérant. Il ne pouvait rien faire à part attendre le bon moment. Après la première représentation en public, Molly Moon accorderait sûrement des interviews, espérait-il. Il suffirait alors de se faire passer pour un journaliste.

Nockman rongeait son frein mais c'était un grand nerveux. Cette situation le rendait fou. Et si quelqu'un d'autre venait à découvrir le secret de Molly ? Assis au volant, fumant cigarette sur cigarette et ingurgitant des quantités industrielles de biscuits au fromage ou autres cochonneries, il jetait des regards soupçonneux aux voitures garées dans les parages. Sa camionnette était devenue une véritable poubelle, pleine d'emballages vides et de barquettes où moisissaient de vieux restes. Lui-même commençait d'ailleurs à sentir de plus en plus mauvais. À l'odeur de friture et de tabac froid qu'il dégageait habituellement, venait maintenant s'ajouter un parfum d'after-shave bon marché dont il s'aspergeait pour masquer les relents de transpiration. De temps à autre, il regagnait sa chambre près de la voie ferrée, histoire de faire un brin de toilette. Mais il s'abstenait d'y aller trop souvent, par crainte de rater l'occasion qu'il guettait depuis si longtemps.

Nockman pensait tellement à Molly que cela tournait à l'obsession.

Il éprouvait des sentiments mitigés à son égard. Il était jaloux d'elle, non seulement parce qu'elle avait dégoté le livre du Dr Logan avant lui et qu'elle avait donc pu apprendre les secrets de l'hypnotisme, mais aussi parce qu'elle menait une vie de pacha alors qu'il croupissait dans sa vieille bagnole. Par ailleurs, il admirait son talent. Et, depuis qu'il considérait Molly Moon comme sa propriété personnelle, sa rapide ascension le réjouissait sincèrement. Afin de rester sain d'esprit (à défaut d'être sain de corps), il tripotait souvent son scorpion d'or tout en récitant à la manière d'un mantra :

> *Plus ça marche pour elle, plus c'est bon pour moi*
> *Plus ça marche pour elle, plus c'est bon pour moi*
> *Plus ça marche pour elle, plus c'est bon pour moi*
> *Plus ça marche pour elle, plus c'est bon pour moi*

Quant à son chien, il le détestait. Non content de partager son luxueux train de vie, cet affreux carlin hargneux et teigneux ne la lâchait pas d'une semelle. Nockman en était vert de jalousie. Dire que Molly Moon avait pour partenaire et meilleur ami un animal de cet acabit ! Elle lui passait tous ses caprices, elle était sûrement prête à tout pour...

Soudain, Nockman se mit à suinter de plaisir. Une idée venait de germer dans son cerveau machiavélique. Pourquoi n'avait-il pas pensé plus tôt à tirer parti de ce chien ? Molly Moon en était folle ! Souriant froidement, il malaxa son double menton. Puis il gratta sa nuque couverte de plaques d'eczéma. Ce faisant, il décolla une croûte qu'il envoya valser d'une chiquenaude sur le tableau de bord. Il écrasa le vilain bout de peau avec son gros pouce (sans doute en pensant à Molly) et élabora rapidement un odieux stratagème. Les choses allaient enfin avancer.

# 20

Novembre céda la place à décembre et la température chuta brusquement à New York. L'hiver venait de planter ses dents dans la Grosse Pomme. Grisée par la réussite et l'argent, Molly n'avait pas le temps de penser à Rocky. En dehors des répétitions auxquelles elle travaillait dur, elle passait ses heures de loisir à se promener dans New York, toujours escortée de ses deux anges gardiens qui la protégeaient des journalistes et des importuns. Elle faisait les magasins, allait au cinéma, visitait les musées et les monuments célèbres. Elle s'était offert une nouvelle coupe de cheveux dans un grand salon de coiffure et fréquentait assidûment l'esthéticienne du Bellingham, qui lui bichonnait la peau à grand renfort de masques purifiants, de crèmes et autres huiles essentielles. Ses mains avaient toujours une fâcheuse tendance à transpirer, mais ses ongles ressemblaient maintenant à de ravissants petits coquillages nacrés grâce aux séances de manucure. Entre la pauvre orpheline de Hardwick House et la Molly d'aujourd'hui, c'était le jour et la nuit.

Molly adorait sa nouvelle existence. Elle aimait être l'objet de toutes les attentions, elle aimait le regard que les gens portaient sur elle, elle aimait la déférence avec laquelle on la traitait. Elle n'arrivait plus à envisager un autre style de vie. Tout était si simple quand tout le monde vous adorait ! Et plus le temps passait, plus Molly estimait qu'elle méritait ce succès. Qui plus est, elle commençait à subodorer que les gens ne l'admiraient pas uniquement parce qu'elle les avait hypnotisés, mais parce qu'elle avait véritablement l'étoffe d'une star. Et si ceux de Hardwick House ne l'avaient pas remarqué, c'est qu'ils étaient trop incultes, voilà tout.

Après deux semaines de répétitions acharnées, la première représentation de *Stars sur Mars* nouvelle version eut enfin lieu. En néon rose, on pouvait lire au-dessus de l'entrée du théâtre :

## STARS SUR MARS

### AVEC

## MOLLY MOON

### ET

### LE CARLIN PÉTULA

Dans sa loge, Molly tournait comme un lion en cage. Elle était vêtue d'une combinaison spatiale argentée et portait une épaisse couche de fond de teint spécialement étudié pour résister à la chaleur des projecteurs. Un long trait d'eye-liner noir faisait ressortir ses yeux et quelques touches de fard à joue habilement disposées affinaient les contours de son visage. Pétula était habillée comme elle. Auparavant, on l'avait shampouinée, toilettée, pomponnée. Son poil – de même que les cheveux de sa maîtresse – étincelait sous une myriade de paillettes. Les différents costumes de scène – tenue de plongée intergalactique, justaucorps sidéral, équipement stratosphérique, etc. – attendaient sur un long portant métallique. Des vases débordant de fleurs garnissaient la pièce jusque dans les moindres recoins, modestes offrandes de tous les adorateurs de Molly Moon. Soudain, Rixey passa la tête par la porte en disant :

— Lever de rideau dans vingt minutes, Molly. Comment te sens-tu ?

— Ça va, ça va, mentit Molly.

— Bon, je te souhaite bonne chance, même si c'est superflu. Tu es une star, Molly, une étoile resplendissante, et le public de ce soir va s'en rendre compte immédiatement. Tu vas faire craquer tout New York !

— Merci, répondit Molly, au bord de la nausée.

Rixey Bloomy s'en alla.

— Bon sang, dans quoi je me suis embarquée, Pétula ? se lamenta Molly.

Faire fortune en montant sur les planches ne l'amusait plus du tout. Elle avait encore plus le trac qu'au concours de Briersville. Malgré ce qu'avait dit Rixey, le public de ce soir la terrorisait. Il y aurait là le gratin new-yorkais, l'élite cosmopolite de Manhattan. Des critiques, des sceptiques, des vaniteux ; bref, une clientèle difficile à satisfaire. Molly savait qu'elle aurait du mal à les dérider... et encore plus à les hypnotiser. Il suffisait de voir combien ç'avait été dur avec Davina. Peut-être y aurait-il des professionnels de l'hypnose dans la salle, comme ceux qui aident les gens à s'arrêter de fumer ? Molly essaya de se secouer. Qu'allait-elle imaginer ! Elle n'avait rien à craindre : elle était la meilleure. Et la tâche serait d'autant plus facile qu'elle avait apporté quelques modifications au scénario, y compris de nouveaux accessoires.

— Lever de rideau dans quinze minutes ! annonça le régisseur.

Molly sortit son pendule et fixa la spirale noire. « J'y arriverai, j'y arriverai », se répéta-t-elle pour se donner du courage. Puis elle embrassa le médaillon et le remit dans la poche de sa combinaison.

Après avoir traversé les coulisses, elle monta sur l'arrière-scène. De l'autre côté du rideau, on entendait le brouhaha des spectateurs dans la salle pleine à craquer. Molly se mit à transpirer des mains, et son cœur à cogner fort.

— Bonne chance ! Bonne chance ! lui lançait-on dans son entourage. Elle s'avança vers la navette spatiale rutilante qui occupait le milieu de la scène, puis elle s'installa au poste de pilotage.

— Plus que dix minutes, lui murmura-t-on.

Son estomac se tordit en huit. Difficile de se concentrer dans de telles conditions.

L'orchestre entama l'ouverture, à savoir un pot-pourri des thèmes qui allaient être chantés et développés tout au long du spectacle. Molly avait la tête vide, les jambes en coton. « Allez ! tu peux le faire ! » s'exhorta-t-elle à voix basse.

L'orchestre s'arrêta de jouer. Molly aurait voulu que le temps s'arrête aussi. C'est alors que le rideau se souleva dans un lent bruissement.

Le silence se fit dans la salle et tous les regards convergèrent sur Molly Moon, alias le Coucou. On la voyait enfin en chair et en os, la mystérieuse star. Elle était assise aux commandes d'une navette argentée, son inséparable carlin en guise de copilote.

Une voix profonde s'échappa soudain des haut-parleurs.

— Tour de contrôle au commandant Wilbur, vous m'entendez ? Êtes-vous prêt à décoller ? Terminé.

Le commandant Wilbur, les yeux clos, répondit d'une voix ferme :

— Paré au décollage, terminé.

Le capot transparent du cockpit s'abaissa lentement. Ce n'était pas une vitre ordinaire, mais une lentille grossissante extrêmement puissante que Molly avait fait ajouter au décor. Cette énorme loupe – qui soit dit en passant avait coûté une fortune à la production – avait été fabriquée tout spécialement par la NASA, l'agence spatiale américaine. À travers elle, Molly avait l'air d'une géante. Tout en gardant les paupières closes, elle se pencha légèrement en avant de manière à placer ses yeux en plein centre.

Cette entrée en matière parut plaire au public new-yorkais. Après un murmure d'approbation, les spectateurs retinrent leur souffle en attendant la suite. Une nuit artificielle tomba sur la scène. Un seul et unique projecteur demeura braqué sur les yeux clos de Molly. La voix du contrôleur spatial grésilla de nouveau :

— Dix... neuf... huit...

— Contact, déclara le commandant Wilbur.

— Sept... six... cinq...

— Mise à feu.

— Quatre... trois... deux... un... Go !

Un vrombissement assourdissant emplit le théâtre et un jaillissement de lumière orangée embrasa l'espace autour du cockpit. Alors, Molly ouvrit les yeux. Ses prunelles, grossies quatre-vingts fois, balayèrent l'assistance comme deux rayons laser. Du premier au dernier rang de l'orchestre et des balcons, chaque spectateur se trouva pris sous le feu de son regard ensorcelant, puis aspiré dans le gouffre noir de sa pupille démesurée.

Un violent choc électrique fit tressaillir Molly des oreilles aux orteils. La fusion émotionnelle venait de s'opérer. Mais à grande échelle. De nouveau, elle parcourut lentement la salle de gauche à droite, scruta les derniers rangs et revint se poser sur les premiers. À mesure que la fusion s'amplifiait, Molly prenait de l'assurance. Elle éprouvait un incroyable sentiment de puissance. Nul n'avait échappé à sa frappe, elle en était sûre et certaine. Et, comme les ouvreuses avaient reçu l'ordre de ne laisser entrer personne après le début du spectacle, elle n'avait pas à craindre d'éventuels retardataires.

— Regardez-moi, dit-elle, au cas où quelques-uns se seraient laissé distraire malgré tout. Re-gardez-moi biiiiieeeen...

Sa voix agissait comme un aimant sonore. Pour faire passer son message, Molly avait composé une sorte de poème musical qu'elle entonna sur un ton lancinant, sans aucun accompagnement :

*Mon spectacle va vous éblouir,*
*Par moi vous vous laisserez séduire,*
*Je chante et danse si bien*
*Que vous applaudirez avec entrain.*
*Mes blagues déclencheront des fous rires,*
*À vous faire défaillir de plaisir.*
*Et vous reconnaîtrez avec joie,*
*Que la plus grande des stars, c'est MOI.*

Molly fit claquer ses doigts devant le micro, et le rugissement des réacteurs retentit à nouveau dans la salle.

— Attention au décollage ! annonça Molly.

Et la comédie musicale commença pour de bon.

Deux heures durant, l'assistance demeura en extase. Molly Moon dansait et chantait comme une déesse. Danse classique ou moderne, claquettes, jazz ou hip-hop, elle avait tous les dons. Elle s'élançait dans les airs, légère comme une plume, glissait sur le sol avec une grâce infinie. Quand elle chantait, on avait la chair de poule, on se sentait tout chose. C'était un ravissement de chaque instant. Molly Moon était tout simplement divine.

En réalité, Molly s'agitait maladroitement sur scène. Son numéro de claquettes était lamentable, la séquence hip-hop ne valait pas mieux, elle smurfait comme une patate, virevoltait avec la grâce d'un chou-fleur et chantait à contretemps, mais tout le monde s'en fichait et elle s'amusait follement. Surtout pendant la scène de bataille avec les Martiens. Les autres comédiens étaient formidables. Ils venaient à son secours lorsqu'elle oubliait son texte, ce qui n'avait d'ailleurs aucune espèce d'importance. Quoi qu'elle fasse, le public était ravi. Il était également conquis par les charmes de Pétula, même quand celle-ci partait s'allonger dans un coin avec l'air de s'ennuyer ferme.

Pendant ce temps, les cornets de glace dégoulinaient lentement dans la main des spectateurs béats et passifs.

À la fin du spectacle, ce fut un tonnerre d'applaudissements. Quand Molly s'avança pour saluer, toute l'assistance se leva comme un seul homme pour lui faire une ovation. Sur scène, il pleuvait des fleurs. Et aussi des montres, des bijoux, des foulards... Les gens lui lançaient tout ce qui leur tombait sous la main en guise d'offrandes. On n'avait jamais vu pareil spectacle ni pareil triomphe à Broadway. Le rideau s'abaissa et se releva cinquante fois de suite. À chaque rappel, la foule en délire applaudissait sans mollir.

Le rideau se baissa définitivement. Molly était sur le toit du monde. Tout avait marché comme sur des roulettes.

Une seule personne était passée à travers les mailles du filet : un petit garçon qui était resté plongé dans sa bande dessinée avec une lampe de poche et qui était bien trop passionné par Superman pour s'intéresser à une comédie musicale. Quand il leva la tête, cinq minutes avant la scène

274

finale, il fut le seul à porter un regard lucide sur le talent de Molly.

— Elle est pas géniale, m'man, je t'assure, dit-il à sa mère en sortant du théâtre. Dans mon école, j'en connais des qui sont dix fois meilleures qu'elle, tu sais.

Mais la maman était sous le charme.

— Comment peux-tu dire ça, Bobby ? Elle est sensationnelle ! Et belle comme un cœur ! Je suis sûre que tu n'oublieras jamais cette soirée. Tu viens d'assister à la naissance d'une étoile, Bobby, tu te rends comptes ? !

Ils continuèrent à discuter tout le long du chemin, et la mère de Bobby arriva à la triste conclusion que son fils avait besoin de lunettes, ou d'un appareil auditif, ou d'une visite chez le psychanalyste.

Pour sa part, Nockman n'avait pas assisté au spectacle. Il ne tenait pas à se montrer en public avec ses lunettes antihypnotiques sur le nez et à courir le risque qu'on l'oblige à les ôter. Pour la bonne marche de son plan, il valait mieux qu'il se tienne dehors, près de la sortie des artistes.

Comme il commençait à pleuvoir, il alla se poster dans l'ombre d'un recoin, à quelques mètres de là. L'eau de la gouttière éclaboussait copieusement son crâne dégarni et ruisselait le long de ses longs cheveux gras avant de lui dégouliner dans le cou. Son nez gouttait comme un vieux robinet et sa veste en peau de mouton se transformait peu à peu en éponge.

Peu après vingt-deux heures trente, une foule de gens vint s'agglutiner autour de la sortie des artistes dans l'espoir d'obtenir un autographe. Vingt minutes plus tard, les portes s'ouvrirent et Molly Moon fit son apparition, souriante et encadrée de deux gardes du corps solidement charpentés. Distraite par les acclamations, Molly ne songeait pas à surveiller son chien.

Malgré la pluie, Pétula se faufila dehors et s'éloigna de la foule, histoire de respirer un peu d'air frais et d'aller lever la patte au pied d'un réverbère qui lui parut tout à fait accueillant. Soudain, une intéressante odeur de mouton lui chatouilla la truffe. Frétillante, elle s'en approcha. À peine fut-elle dans la zone d'ombre qu'une main gantée s'abattit sur elle. Tandis qu'on lui maintenait la gueule fermée, on la recouvrit d'une couverture, et elle se trouva roulée comme un saucisson sous le bras d'un homme qui empestait la friture et la sueur. L'homme s'engouffra rapidement dans une rue transversale. Sentant qu'elle s'éloignait de plus en plus de sa maîtresse, Pétula se débattit et se tortilla frénétiquement. Mais l'homme avait une poigne d'acier.

Arrivé à sa camionnette, Nockman souleva le

hayon et jeta son remuant paquet dans une cage qu'il referma brutalement. Sans perdre une seconde, il sauta derrière son volant et démarra en trombe.

# 21

Après avoir signé, lui sembla-t-il, un bon millier d'autographes, Molly siffla son chien. Comme Pétula ne répondait pas, elle pensa qu'elle était retournée à l'intérieur pour échapper à la cohue. Mais non. Molly eut beau inspecter ses coins préférés – le coussin sous la coiffeuse où elle gardait sa réserve de gravillons, le panier à linge sous la table des accessoires, le profond fauteuil en velours bleu –, Pétula demeura introuvable. Y compris dans les toilettes et la loge des Martiens. Bientôt, la troupe entière se mobilisa pour la retrouver. On ouvrit toutes les penderies, toutes les armoires, tous les placards, on chercha derrière les rideaux, dans les décors, dans le foyer, derrière le bar et même à l'intérieur des guichets. Rien. Pétula était bel et bien perdue. Le cœur serré, Molly imagina le pire. Elle envoya le gardien explorer les caniveaux du quartier, au cas où la petite chienne aurait été renversée par une voiture, mais il rentra bredouille. On en arriva donc à l'horrible conclusion que Pétula avait été enlevée.

Molly était en plein désarroi. Qui donc aurait pu faire une chose pareille ? Elle frémit à la pensée de sa pauvre chienne, emprisonnée dans une maison sinistre, seule et terrorisée.

— Inutile de paniquer, la rassura Barry Bragg. Celui qui a fait le coup est probablement quelqu'un qui adore les chiens. C'est parce qu'il trouvait ta Pétula merveilleuse qu'il l'a enlevée, il ne lui veut sûrement aucun mal, crois-moi.

En son for intérieur, l'impresario songeait déjà à la publicité qu'il allait pouvoir tirer de cette affaire.

— Tu sais quoi ? poursuivit-il. Nous allons lancer un avis de recherche à la télévision. Quelqu'un l'aura forcément vue dans un quartier ou un autre. Les gens sont tout de suite au courant quand leurs voisins ont un nouveau chien... Et puis un carlin, ça ne passe pas inaperçu, pas vrai ?

La police arriva sur les lieux. Molly insista pour

avoir un entretien en tête à tête avec le brigadier-chef et le persuada, hypnose à l'appui, qu'il s'agissait d'une enquête de la plus haute importance. Le brigadier-chef convoqua alors le commissaire, lequel réquisitionna une équipe de vingt hommes et femmes pour leur confier la « Mission Pétula », leur ordonnant de déployer tout leur flair et toute leur sagacité afin de retrouver le carlin de Molly Moon.

Le lendemain matin, à la première heure, Molly se présenta dans les studios de Sunshine TV. On la maquilla, puis on la fit asseoir face à une batterie de projecteurs et de caméras. Pour l'interviewer, on avait fait appel à Charlie Chat. Le producteur de l'émission l'avait dérangé en pleine soirée, alors qu'il se trémoussait dans la dernière boîte de nuit à la mode. Il n'avait même pas eu le temps de se changer – ce qui expliquait sa tenue quelque peu inadaptée à la circonstance.

Bouleversée par la disparition de son chien, Molly avait du mal à se concentrer pour déclencher son regard hypnotique, mais elle fit de son mieux pour se montrer charmante et persuasive. Il y allait de la vie de Pétula.

Le dimanche matin, à l'heure où tous les New-Yorkais avalaient leur muesli, leurs crêpes ou leurs pommes de terre sautées, la télé diffusa l'interview de Molly Moon par Charlie Chat.

— Quel dommage que votre triomphe d'hier soir ait été gâché par cette catastrophe, commença le présentateur avec un vibrato d'émotion dans la voix. Que votre chien, votre compagnon de toujours, vous ait été cruellement enlevé. Car tout porte à croire qu'il s'agit d'un kidnapping, n'est-ce pas ?

Sur toute la côte Est des États-Unis, les spectateurs dévoraient des yeux la jeune vedette éplorée et écoutaient son appel au secours d'une oreille attentive.

— Si l'un d'entre vous a aperçu un petit carlin qui ressemble à ceci... (Molly présenta à la caméra une photo de Pétula dans sa combinaison spatiale.) À condition, bien sûr, de l'imaginer sans son costume... C'est la seule photo que je possède d'elle, on l'a prise pendant le spectacle. Elle aime sucer des petits cailloux et... Si vous l'avez aperçue, ou si vous avez des renseignements à nous donner, je vous en prie, mettez-vous immédiatement en contact avec le théâtre. J'offre une récompense de vingt mille dollars à quiconque pourra me dire où elle se trouve. Vous comprenez, je connais Pétula depuis ma plus tendre enfance... Sa mère l'a abandonnée lorsqu'elle était toute petite. Elle n'a que moi comme amie et... je n'ai qu'elle, moi aussi. Nous sommes perdues l'une sans l'autre...

Molly s'interrompit en repensant subitement à Rocky. S'il était à New York ou dans les parages, était-il en train de suivre l'émission ?

— Je voudrais en profiter pour dire bonjour à Rocky, s'il me regarde en ce moment. C'est mon seul ami du genre humain. J'aimerais beaucoup le revoir et... Mais ce message est avant tout consacré à Pétula. Elle est peut-être en danger, alors, je vous en supplie, aidez-moi si vous le pouvez.

Devant leur petit écran, les téléspectateurs éprouvèrent un formidable élan de compassion pour Molly. Il faut dire qu'elle était arrivée à faire passer une partie de son pouvoir sur les ondes, et tout le monde se sentit étrangement attiré par cette fillette, au demeurant assez banale, mais qui dégageait un charme étrange. Ce jour-là, des millions d'Américains sortirent de chez eux avec la vision de Molly Moon imprimée sur leur rétine, attentifs au moindre aboiement et à tous les chiens qui ressemblaient de près ou de loin à un carlin.

L'émission passa plusieurs fois dans la matinée. Dans toute la ville, des centaines de gens bien intentionnés (et bien alléchés par la prime) se mirent en quête de Pétula. Certains n'hésitaient pas à ravir les chiens des mains de leurs maîtres pour les conduire en toute hâte à la police. Bientôt, ce fut la panique dans tous les commissariats. Au milieu des aboiements déchaînés des carlins de tout poil, les propriétaires se plaignaient à grands cris, tandis que les enquêteurs du dimanche continuaient d'affluer, chacun se targuant d'être le sauveteur de Pétula. Les policiers, complètement débordés, ne savaient plus où donner de la tête. Ils passèrent des heures à examiner chaque animal, chaque renseignement, mais aucun carlin ne se révéla être celui de Molly.

Après l'interview, Molly reprit la direction du Bellingham, étant donné qu'elle ne pouvait rien faire de plus pour le moment. Comme le théâtre faisait relâche le dimanche, elle se trouva bien seule et désœuvrée dans sa somptueuse suite. Elle se remémora toutes les aventures qu'elle avait partagées avec Pétula et regarda des photos d'elle prises pendant la représentation. Pétula en combinaison rouge vif, Pétula en tutu rose, Pétula en jaquette noire, Pétula et son scaphandre argenté... Sa gorge se serra. Qu'allait-elle faire sans elle ? Elle avait trop envie de lui caresser les oreilles, de sentir sous ses doigts la douceur de son poil. Pour la cinquantième fois, elle se reprocha sa négligence et sa vanité. Au lieu de signer des autographes à tour de bras, elle aurait mieux fait de surveiller son chien. Tout à coup, le téléphone sonna.

— Allô ? fit-elle, pleine d'espoir.

— J'ai votre chien, lui annonça une grosse voix à l'autre bout du fil.

— Qu... comment ? Où... où est-elle ? Oh, merci ! Est-ce qu'elle va bien ? Est-ce que...

— Écoutez-moi, la coupa Nockman. Si vous tenez à revoir votre clébard, va falloir m'obéir. Premièrement, je veux pas vous entendre. Au premier mot, je raccroche, compris ? Répondez juste par oui.

Sachant que Molly était capable de l'hypnotiser par téléphone, Nockman préférait prendre ses précautions.

— Euh... oui, murmura Molly.

Elle était tombée sur un fou. Mieux valait ne pas le contredire.

— Si vous faites pas exactement ce que je vous dis, je tue ce sale cabot, pigé ?

— Oui, souffla Molly, soudain glacée jusqu'à la moelle.

— Bon, reprit l'homme. Rendez-vous à six heures et demie dans Central Park, près du kiosque à musique de l'Armée du Salut. Je viendrai sans le chien, mais je vous apporterai son collier pour vous prouver que je plaisante pas. Je compte sur vous pour venir seule. Et vous avisez pas à mettre la police dans le coup, sinon c'est la mort de votre cador. D'accord ?

— Oui.

Molly fixa le mur sans le voir. Le mot « mort » résonnait à ses oreilles comme une funeste alarme. Elle tremblait si fort que le combiné du téléphone cognait contre sa tempe. Elle refusait de croire à la réalité de ce cauchemar.

— Je vous donnerai mes conditions plus tard, poursuivit Nockman. Si vous les acceptez, je vous rendrai le chien. Compris ?

— Oui, répéta Molly machinalement.

La communication fut coupée. En état de choc, elle se mit à mordiller le récepteur tout en essayant de digérer ce qu'elle venait d'entendre. De tous les gens cruels qu'elle avait rencontrés dans sa vie, aucun n'était aussi sinistre et menaçant que l'inconnu qui se cachait derrière cette voix. Elle se sentit stupide. Elle aurait dû se montrer plus prudente et se préparer à ce genre d'agression. New York n'avait rien d'une tranquille bourgade. Sous la peau de la Grosse Pomme vivaient toutes sortes de créatures dangereuses, tordues et malfaisantes. À la perspective d'en rencontrer un spécimen d'ici peu, elle frissonna. Puis elle se secoua. Pourquoi s'inquiéter ? Après tout, elle pouvait l'hypnotiser. Grâce à cet atout, elle ne courait aucun risque. Elle se rappela soudain la résistance de Davina et le doute l'envahit de nouveau. « Allons, se raisonna-t-elle, ce type est un vulgaire malfrat. S'il avait le magné-tisme de Davina, il n'en serait pas réduit à voler des chiens. »

Elle jeta un œil sur la pendulette. Déjà cinq heures moins dix. Central Park n'était pas loin, mais comment s'y rendre sans attirer l'attention ? Elle ouvrit la porte-fenêtre et se pencha par-dessus la balustrade. En bas, quatre photographes faisaient le guet devant le Bellingham. Elle réfléchit à toute allure.

En fouillant dans la penderie, elle retrouva son jean râpé, son pull gris et son vieil anorak, dont elle ne s'était heureusement pas débarrassée. Avec ça sur le dos, elle risquait moins de se faire remarquer. Une liasse de billets dans une poche, son pendule dans l'autre, elle sortit de l'appartement et se dirigea vers la buanderie située au bout du couloir. Elle avait souvent vu les femmes de chambre y entrer avec des draps plein les bras, qu'elles envoyaient directement au sous-sol par une espèce de toboggan. Il ne restait plus qu'à suivre le même chemin... Elle pénétra dans le conduit ténébreux et se laissa glisser.

Dix secondes plus tard, elle atterrit brutalement sur une pile de linge sale. Du bout des doigts, elle enleva la chaussette puante qui lui était tombée sur la tête, puis elle inspecta les lieux. Personne en vue. Elle quitta le local en toute hâte et parvint sans encombre jusqu'à l'entrée des fournisseurs. Par chance, un livreur avait laissé sa bicyclette juste devant la porte. Molly voulut grimper dessus, mais, comme l'engin était trop grand pour elle, et elle trop nerveuse pour trouver son équilibre, elle s'érafla le mollet sur la chaîne et tomba à deux reprises avant de s'éloigner du Bellingham en pédalant le plus vite possible. Cheveux au vent, les traits tirés par l'angoisse, elle traversa Madison Avenue, puis continua vers l'ouest. Tandis que le macadam défilait sous les roues du vélo, elle essaya de se mettre en condition pour affronter la suite des opérations. Inutile d'avoir peur. Tout se passerait bien. Ce sale type lui obéirait au doigt et à l'œil, elle en ferait ce qu'elle voudrait, comme les autres. Donc, inutile de s'inquiéter : elle reverrait bientôt Pétula.

Molly remonta ensuite la Cinquième Avenue, qui longeait Central Park. Plus elle approchait du but, plus elle sentait vaciller son bel optimisme. Elle s'arrêta devant l'entrée, et c'est d'un doigt tremblant qu'elle suivit les sentiers tracés sur le plan. Heureusement, le kiosque de l'Armée du Salut n'était pas très éloigné. Prenant son vélo et son courage à deux mains, elle pénétra dans l'immense jardin. Elle savait qu'une faune peu recommandable venait y rôder, la nuit tombée. L'inconnu qui lui avait fixé rendez-vous en faisait partie. Molly se tint donc sur ses gardes, prête à fusiller du regard le premier qui s'approcherait d'elle. Tout était dans l'anticipation. Tant qu'elle parviendrait à capter les yeux d'un éventuel agresseur, elle serait tranquille.

Le parc était magnifique, mais il y régnait une atmosphère étrange. La lune venait d'émerger des nuages et les arbres dénudés baignaient dans une clarté argentée. Une nappe de brume opaque flottait au ras du sol. Molly avançait comme dans un rêve, sans voir le bout de ses pieds. Elle décida de remonter en selle et se mit à pédaler lentement, scrutant sans cesse les alentours afin de ne pas se laisser prendre par surprise – ce qui ne l'empêchait pas de tressaillir au moindre bruissement dans les branches ou les taillis. Elle poursuivit son chemin le long des allées désertes – hormis deux ou trois joggers et quelques skaters qui la doublèrent sans même lui jeter un regard. Lorsqu'elle arriva aux abords du kiosque à musique, il n'y avait personne en vue. Elle posa son vélo, puis monta les marches et se posta sur la plate-forme verglacée. Le carillon d'une église vint rompre le silence. Six heures et quart. Puis la demie. Molly attendit, attendit. Elle s'efforçait de rester calme, mais son cœur battait si fort qu'il lui semblait sur le point d'exploser.

Tout à coup, une silhouette massive et trapue surgit de l'ombre, zigzaguant d'un buisson à l'autre. Après avoir inspecté les parages avec circonspection, l'individu prit le chemin du kiosque.

## 22

Morte de peur, Molly regarda l'homme approcher. Elle se mit à claquer des dents et serra les mâchoires de toutes ses forces. Mais c'en était trop, sa tête persista à trembloter comme une noix sèche au bout d'une branche. Une brusque rafale hivernale lui souffla l'odeur de l'individu au visage. Un mélange écœurant de graisse rance, de sueur et de tabac froid. Alors qu'il montait les marches, elle remarqua qu'il portait un casque sur les oreilles et de curieuses lunettes noires avec une spirale blanche en plein centre. « Vraiment louche, ce type », songea-t-elle. Malgré le malaise qu'elle éprouvait en sa présence, elle se concentra pour régler au maximum l'intensité de son regard hypnotique. Dès qu'il s'avança dans le halo blafard de l'ampoule, elle braqua ses yeux sur lui en articulant un « Bon-soir » envoûtant, destiné à le plonger dans une profonde transe.

Mais, au lieu de s'immobiliser net sous l'impact de son regard et de sa voix, l'inquiétant personnage fit un pas de plus en tendant un micro devant lui.

— Désolé, Miss Moon, mais ça marche pas sur moi. Grâce aux lunettes du Dr Mesmer en personne, ton regard ne m'atteint pas. Et je ne succomberai pas au charme vénéneux de ta voix grâce à l'ingénieux dispositif que tu vois là. Dès que tu ouvres la bouche, j'ai l'impression d'entendre Minnie Mouse.

Molly demeura interloquée. Elle remarqua soudain qu'il portait autour du cou un scorpion doré dont l'œil de diamant étincelait sous les rayons de la lune. C'est seulement alors qu'elle le reconnut. Cet homme n'était autre que l'enragé de la bibliothèque de Briersville.

À cet instant précis, aussi étonnant que cela puisse paraître, Molly cessa d'avoir peur. Elle était soulagée de voir qu'il s'agissait du professeur Nockman, elle qui s'attendait à tomber sur un dangereux maniaque. Cela lui faisait plaisir de rencontrer quelqu'un qui connaissait sa ville natale. En quelque sorte, elle avait l'impression de retrouver une ancienne connaissance. « Soyons logique, se dit-elle en s'efforçant de raisonner rapidement. Étant donné que le professeur Nockman et le ravisseur de Pétula ne peuvent pas être la même personne, c'est donc que le vrai kidnappeur rôde dans les parages. Je ferais peut-être mieux de prévenir le professeur... À moins qu'il ne sache quelque chose ? » Voyant qu'elle débouchait sur une impasse, elle ne savait plus que penser. Elle se rappela soudain la scène qui s'était déroulée à la bibliothèque et elle eut une vision affreusement nette dudit professeur en train de vitupérer comme un forcené. Il réclamait un ouvrage écrit par le Dr Logan. Autrement dit, le livre qu'elle avait volé. Elle contempla de nouveau l'invraisemblable attirail du volumineux bonhomme. En moins de temps qu'il n'en faut pour attraper un escargot endormi, elle comprit qu'elle était mal partie.

— Allons droit au but, reprit Nockman. Je connais tes tours, Molly Moon. Ou plutôt « Miss Coucou ». Je sais exactement comment tu opères, d'où tu viens et ce que t'as fait. Le livre que t'as trouvé m'appartient. Je l'avais payé d'avance. Il est à moi et rien qu'à moi. Tu portais encore des couches quand j'ai entendu parler des travaux de Logan.

À l'abri derrière ses lunettes à spirales, Nockman prenait plaisir à dévisager Molly. Pour tout dire, il était épaté. Contrairement à tous ceux qu'elle subjuguait artificiellement, il était véritablement ébloui. Il l'avait vue à l'œuvre et il avait été profondément impressionné. Son talent forçait le respect. Selon lui, Molly avait toutes les qualités requises pour devenir une criminelle de haut vol. La considérant comme une future collègue, il lui parla sur un ton plus aimable.

— Comme tu peux t'en douter, cette histoire m'a beaucoup contrarié. Je me suis décarcassé pour te retrouver, je te cours après depuis des semaines, et ma patience a été mise à rude épreuve, crois-moi. À l'heure qu'il est, je suis plutôt fatigué. Tu comprendras, j'en suis sûr, que j'exige un petit dédommagement pour tous ces... désagréments.

Molly, de plus en plus nerveuse, se demandait où il voulait en venir. Du coin de l'œil, elle inspecta les alentours. Si seulement quelqu'un avait la bonne idée de passer par là, elle pourrait appeler à l'aide.

— Si tu tiens à revoir ton chien, je te conseille de te tenir tranquille, déclara brusquement Nockman, comme s'il avait lu dans ses pensées. Tu l'aimes bien, ton chien, tu voudrais pas qu'il lui arrive des malheurs, pas vrai ?

Molly secoua tristement la tête. Nockman s'assit sur le banc et fouilla dans ses poches.

— Tiens, voilà déjà son collier ! dit-il en lui lançant la laisse de cuir rouge. Tu vois que je suis un homme de parole.

Elle se mordit la lèvre.

— Bon, passons aux choses sérieuses, reprit le gros poussah. Ce que j'ai à te demander n'est pas bien méchant. À vrai dire, ça risque même de t'amuser. Mais il faudra faire exactement ce que je dis. Si tu m'obéis pas au doigt et à l'œil, je te le répète, tu reverras jamais ton carlin. En plus, je me débrouillerai pour divulguer ton secret dans tout New York. Tu vois le tableau ? Ça m'étonnerait que les gens soient contents d'apprendre que t'as triché pour arriver au sommet. Sans parler des poursuites judiciaires. Devant un tribunal, tu serais accusée pour fraude et imposture. Et si t'es reconnue coupable, ça pourrait te coûter cher. Étant donné ton âge, on ne t'enverra pas en prison, non, bien sûr, mais dans un centre de redressement pour jeunes délinquants. J'ai entendu dire que ce genre d'établissement n'était pas des plus confortables... Le pire des orphelinats est un paradis, à côté, souligna Nockman avec une sinistre lueur dans le regard.

— Mais... P-Pétula, elle va bien ? bredouilla Molly.

— J'y arrive, deux secondes.

— Que voulez-vous à la fin ? explosa Molly. De l'argent ? J'en ai des tonnes, dites-moi la somme.

— De l'argent ! ricana Nockman. Dans un certain sens, oui, c'est ce que je veux. Mais j'ai surtout besoin de ta collaboration pour une certaine affaire.

Il ouvrit alors son porte-documents et, de sa main gantée, lui tendit une grande enveloppe.

— Tu trouveras toutes les instructions là-dedans. J'ai besoin de tes talents, Molly Moon. Rien que pour une journée... Une bagatelle comparée à tout ce que mon livre t'a rapporté.

Molly s'empara de l'enveloppe comme d'une bombe à retardement.

— Qu'attendez-vous de moi ?

— Eh bien... premièrement, que tu me rendes le livre de Logan, ça va de soi. Ensuite... que tu m'aides à dévaliser une banque, tout simplement.

# 23

— Dévaliser une banque ?

Devant la surprise de Molly, Nockman ricana avec condescendance.

— Cette idée ne t'a jamais effleurée, ma jolie ? Pendant que tu gigotais sur scène pour gagner du pognon, tu t'es jamais dit qu'un petit tour à la banque pourrait te rapporter des milliards d'un seul coup ?

— Non, répondit Molly en toute sincérité.

— Allons ! Fais pas ta timide. T'es la reine de l'escroquerie, ça crève les yeux. Tu devrais en être fière.

— Mais jamais je n'irais dévaliser une banque !

— Oooh que si, Miss Moon ! À mon avis, quand tu liras ce qu'il y a à l'intérieur de cette enveloppe, tu seras impressionnée.

Molly nota au passage que Nockman avait l'air fort content de lui.

— J'ai concocté un plan infaillible. Le coup du siècle ! poursuivit-il en soufflant comme un phoque. Je veux que tu attaques la Shorings Bank. Je suppose que ça te dit quelque chose ? Dans la 46e rue, au cœur du quartier des bijoutiers. C'est là que tous les joailliers entreposent leurs pierres précieuses. Là aussi que tous les amateurs de bijoux gardent leurs plus belles pièces de collection. Des coffres bourrés de saphirs, de diamants, de rubis. Sans parler des émeraudes, des perles et du reste. Une véritable montagne de trésors ! Contrairement aux autres banques, la Shorings n'est pas une grosse tirelire. Sa spécialité, c'est pas l'argent, mais les bijoux. Et pourquoi est-ce que tout le monde lui confie ses trésors ? Parce que c'est un endroit sûr, une forteresse imprenable. Essayer d'y entrer par effraction, c'est comme tenter un voyage au centre de la Terre, si tu vois ce que je veux dire. Braquer la Shorings ! C'est le rêve de tous les grands criminels. J'y pensais déjà quand j'étais môme.

— Pourtant, vous êtes professeur ! s'exclama Molly, comme si c'était forcément un gage d'honnêteté.

— Ho là, Moonie, ouvre les yeux ! Je suis pas prof... Ou alors si : professeur d'escroquerie, ajouta-t-il, riant de son trait d'humour. Une spécialité qui demande de longues études, c'est vrai. Mais revenons à la Shorings. Une banque imprenable ? Ouais, mais pas pour un génie comme moi. Ça fait des années que je planche sur ce coup-là. Je me suis fait engager comme agent d'entretien et j'ai pris mon boulot à cœur, histoire de pas me faire virer. Tous les jours, je lavais le carrelage de la Shorings, j'aspirais la moquette de la Shorings, je vidais les corbeilles de la Shorings, je récurais les cabinets de la Shorings. Pendant ce temps-là, j'en profitais aussi pour étudier les lieux. Au bout du compte, j'ai fini par connaître tous les rouages de la machine. Le problème, c'est que je savais toujours pas comment m'y prendre. C'est alors que j'ai entendu parler des expériences du Dr Logan. Je comptais mettre la main sur son fameux bouquin... et je suis tombé sur toi.

Molly avait écouté la tirade bouche bée.

— Au départ, j'avais l'intention de braquer la banque moi-même, continua Nockman, mais comme tu m'as grillé l'herbe sous le pied, j'ai décidé de te confier l'affaire.

— C'est vraiment trop gentil de votre part, murmura Molly.

— Alors voilà, à toi de jouer, t'as déjà tous les éléments en main, conclut Nockman en relevant son col en peau de mouton. C'est un sacré privilège, tu sais : tu vas être associée au plus grand hold-up de tous les temps. Tu vas entrer dans l'Histoire, Molly Moon !

Sur ce, le pseudo-professeur tourna les talons. Il était euphorique. Il n'avait jamais eu l'occasion de parler de la nature de son travail et de ses ambitions. C'était bon de pouvoir se confier à quelqu'un.

— Je t'appellerai en temps voulu, lança-t-il en se retournant rapidement. Et pas de bêtises, hein ? Surtout pas un mot aux flics. N'oublie pas que j'ai ton chien...

Ceci mit fin à l'entretien. Une fois seule, Molly fixa l'enveloppe avec effroi. Elle n'avait jamais rien volé à l'étalage, pas même un malheureux bonbon. Alors dévaliser une banque, non, c'était complètement fou. Mais si elle refusait, c'était la mort de Pétula. Elle prit conscience avec angoisse qu'elle ne contrôlait plus du tout la situation.

Elle quitta le kiosque à musique et alla rechercher sa bicyclette, qui, au demeurant, n'était pas à elle. En y pensant, elle se mit à culpabiliser. « Je n'aurais jamais dû la prendre, c'est du vol », songea-t-elle en remontant lentement l'allée. Puis elle se remémora les paroles de Nockman. Condamnée pour fraude et imposture. Oui, c'était tout à fait ça. Les trois mille dollars qu'elle avait gagnés au Concours des jeunes espoirs de Briersville, c'était de l'escroquerie pure et simple. Quant à Davina Nuttel, elle lui avait chipé sa place grâce à des méthodes peu catholiques. Une véritable imposture, il n'y avait pas d'autre terme pour désigner ce genre de manœuvre. Molly était anéantie. Sa conduite la consternait. Davina avait beau être une arriviste, une pimbêche pourrie gâtée, elle avait quand même travaillé dur pour décrocher le premier rôle dans *Stars sur Mars*. Alors qu'elle, Molly Moon, avait filouté dur pour en arriver là. Bref, elle était mal placée pour critiquer Nockman lorsqu'il parlait de braquer une banque. Pour la bonne raison qu'elle ne valait guère mieux que lui.

Elle envisagea alors ce qui se passerait si elle s'attaquait à la Shorings Bank. Elle se ferait prendre, c'était clair. Une banque, ce n'est pas un théâtre. On n'y entre pas comme dans un moulin. L'endroit était sûrement blindé d'alarmes, de caméras et de dispositifs ultra-sophistiqués. Une fois arrêtée, on la traînerait devant la justice et on l'enverrait dans une prison pour enfants. La presse s'emparerait de l'affaire. Elle voyait déjà sa photo s'étaler à la une de tous les journaux. Le public la rejetterait. Pour peu que la nouvelle parvienne jusqu'à Briersville, tout le monde là-bas serait au courant de ses agissements. Elle imagina Mrs Trinklebury en train de pleurer à chaudes larmes, le sel de la honte tombant goutte à goutte dans sa pâte à gâteau. Elle se vit elle-même dans une cellule en béton, assise sur une paillasse, solitaire, ne recevant jamais aucune visite. Mrs Trinklebury habitait trop loin pour venir la voir, et on ne laisserait pas entrer Pétula. Et Rocky ? Est-ce qu'il se déplacerait ?

Ses yeux la brûlaient. Elle avait besoin d'un ami à qui se confier. Rocky lui manquait terriblement. Elle se représenta son visage et, pour la première fois depuis des semaines, ses yeux s'embuèrent de larmes. Elle se sentait lamentable d'avoir oublié son ami. Si elle n'avait pas été obnubilée par elle-même, il y a longtemps qu'elle aurait retrouvé sa trace. Au lieu de ça, elle avait couru après la fortune et la gloire. Ce qui était bien peu de chose, comparé à la précieuse amitié qui la liait à Rocky. Elle l'aimait comme un frère et souffrait affreusement de son absence à présent.

En pleurs, Molly s'arrêta près du vieux puits où les promeneurs ont coutume de jeter une pièce en faisant un vœu. Les paroles d'une vieille chanson lui revinrent à l'esprit : « Tu comprendras la valeur de l'eau le jour où ton puits sera tari. » Pour elle, le puits de l'amitié était complètement à sec.

Elle tira le pendule de sa poche et l'examina. Même dans le noir, il brillait. Un bel objet, très cher, tape-à-l'œil, et tout compte fait inutile, comme toutes les choses qui lui avaient fait tourner la tête depuis qu'elle était à New York. Elle se prit à regretter le pendule qu'elle s'était fabriqué avec un vieux morceau de savon.

Elle soupesa le pendentif, le fit tourner entre ses doigts et, d'un geste brusque, le jeta dans le puits en souhaitant de tout son cœur retrouver Rocky et Pétula. Le disque d'or heurta la surface de l'eau avec un plouf discret, puis coula instantanément.

Molly rentra au Bellingham en pédalant sous la pluie. Elle n'arrêtait pas de retourner le problème dans sa tête. Si elle refusait de dévaliser la banque, Nockman la dénoncerait et elle finirait en prison. Mais, le pire, c'est qu'il se débarrasserait de Pétula. Elle imagina sa chienne mourant de faim au fond d'une cave, balancée dans la rivière avec une pierre autour du cou ou bien jetée du haut d'un gratte-ciel. Visions de cauchemar. Ce Nockman était un personnage ignoble, méprisable, détestable. C'est lui qu'elle aurait voulu pousser du haut d'une tour ou matraquer à coups de pelle. Entre son inquiétude pour Pétula, sa haine de Nockman et son désir de revoir Rocky, c'était la confusion totale.

Molly contourna la façade du Bellingham afin de passer par l'entrée de service, après quoi elle réintégra sa luxueuse suite. Grelottante, trempée jusqu'aux os, elle était dans un état lamentable, tant physiquement que moralement. Elle alla s'asseoir sur son lit et décacheta l'enveloppe. La première feuille qui en sortit était un plan. Un plan des locaux de la Shorings Bank. On y voyait d'un côté l'agencement du rez-de-chaussée, de l'autre celui du sous-sol. C'est à ce niveau-là que se trouvaient les coffres et les chambres fortes. Nockman avait écrit en rouge : « À vider entièrement. » D'après la légende, l'une des salles était destinée aux « Dépôts personnels et privés ». Molly pensa aux braves petites vieilles qui conservaient là leurs bijoux et leur argenterie de famille. C'était la crise cardiaque assurée quand elles apprendraient qu'on leur avait tout volé. La faute à qui ? À Molly. « Non, je ne peux pas faire ça », se dit-elle. En bas de page, Nockman avait ajouté le commentaire suivant :

Le travail est simple : il s'agit de rafler tous les bijoux, joyaux et pierres précieuses. J'ai un inventaire détaillé et je vérifierai. Laisse tomber les lingots d'or et l'argent liquide.

Molly sortit le reste des documents de l'enveloppe. Il y avait la liste de tous les gens qui travaillaient à la Shorings et à quel poste. Une autre feuille, intitulée « Opération hypnobanque », précisait la marche à suivre :

1. Hypnotiser tous les membres du personnel : caissiers, secrétaires, directeur, agents de sécurité, etc.

2. Hypnotiser tous les clients présents dans la banque.

3. Ordonner au directeur de fermer la porte principale et de débrancher les systèmes d'alarme et de vidéosurveillance.

4. Accéder aux chambres fortes (sous-sol).

5. Vider les coffres.

6. Porter la marchandise au garage et charger le tout dans le camion de la Shorings.

7. Effacer tout de la mémoire des employés et des clients.

8. Hypnotiser un convoyeur de fonds et se rendre

directement à l'entrepôt (adresse communiquée ultérieurement).

Et où serait Nockman pendant tout ce temps-là ? À des kilomètres, bien sûr, histoire d'échapper à tout soupçon. Molly continua la lecture. Elle était censée accompagner le chauffeur de la Shorings Bank jusqu'au point de rendez-vous (pour l'heure inconnu), où l'attendrait un camion marron. Toujours sous hypnose, le chauffeur transvaserait le butin d'un véhicule à l'autre, après quoi Molly le congédierait en lui racontant une histoire à dormir debout. Nockman n'aurait plus qu'à se pointer pour prendre livraison de la marchandise et repartir au volant du camion marron.

Quand je serai arrivé en lieu sûr et que j'aurai vérifié qu'il ne manque rien, je téléphonerai à l'entrepôt pour te donner l'adresse où le chien te sera rendu sain et sauf.

Molly grogna. Et si ce sale type décidait de garder Pétula pour l'obliger à commettre un second braquage ? S'il s'évanouissait dans la nature avec le butin sans jamais la rappeler ? Elle faillit se ruer sur le téléphone pour alerter la police, mais la menace de Nockman gronda de nouveau à ses oreilles : « Pas un mot aux flics, sinon je tue ton chien »...

Elle se leva pour aller dans la salle de bain et se passa de l'eau fraîche sur le visage. Au-dessus de la double vasque en marbre rose, le miroir lui renvoya son reflet. Elle se regarda au fond des yeux afin de s'hypnotiser et de se représenter sous les traits d'une fille sûre d'elle, dominant parfaitement la situation. Mais, contrairement à ce qui s'était produit lors des expériences précédentes, aucune métamorphose ne s'opéra. Pas le moindre fourmillement dans les jambes annonçant l'amorce de la fusion émotionnelle. Elle eut beau insister, c'était toujours la malheureuse Molly aux yeux rougis qui lui apparaissait dans la glace. Pas moyen d'évoquer la vision d'une Super-Molly prête à relever n'importe quel défi. Elle se rendit compte qu'elle était déboussolée au point d'avoir perdu ses pouvoirs. C'était la fin de tout.

Fuyant le miroir, elle retourna dans sa chambre. C'est seulement alors qu'elle remarqua que le voyant lumineux du répondeur clignotait. Quelqu'un avait laissé un message. Probablement Nockman, pour lui communiquer l'adresse de l'entrepôt. D'un doigt tremblant, elle appuya sur la touche « Play » de l'appareil.

— Salut, trrrésor ! ronronna la voix de Barry

Bragg. C'est juste pour te dire que tu as été géniale, hier soir ! Absolument fabuleuse ! Rappelle-moi vite, tu connais mon numéro.

*Biiiiip...*

— Molly ? Ici le commissaire Osman. C'est au sujet de votre chien. Nous avons eu d'autres idées pour retrouver sa trace. J'aimerais vous en parler. Merci de me rappeler au 713 7889.

*Biiiiip...*

— Bonjour, Miss Moon, ici Mrs Philpot. Je vous appelle de la part de Barry Bragg. Il se trouve que j'ai une portée d'adoraaaables petits carlins. Si cela vous intéresse, contactez-moi au 678 2356.

*Biiiiip...*

— Salut ! Devine qui c'est ?

Molly se laissa tomber sur le lit.

— Eh oui, c'est moi, Rocky. Figure-toi que je suis en bas, dans le hall du Bellingham. Mais, apparemment, tu n'es pas là. J'attendrai jusqu'à huit heures moins le quart. Après ça, il faudra que je retourne à mon hôtel. Appelle-moi au 975 3366.

Molly consulta la pendulette. Huit heures moins vingt ! Elle se rua dans le couloir, appela l'ascenseur et atterrit quelques secondes plus tard au rez-de-chaussée. Alors que la porte coulissait dans un doux chuintement, elle parcourut le hall des yeux pour tâcher de repérer Rocky parmi la foule. Soudain, elle aperçut une tignasse noire et bouclée qui dépassait d'un fauteuil.

— Rocky ! C'est toi ?

Elle n'arrivait pas à y croire. Rocky tourna la tête avec surprise et se leva d'un bond.

— Molly !

Les deux amis tombèrent dans les bras l'un de l'autre. Molly en oublia momentanément tous ses soucis, elle était trop heureuse de le revoir. C'était comme une partie d'elle-même qu'elle retrouvait.

Ils s'assirent face à face et se contemplèrent, incrédules. Tous deux avaient craint de ne plus jamais se revoir. Molly dévorait Rocky des yeux. C'était un véritable rayon de soleil. Il s'était fait couper les cheveux et portait un nouveau jean, mais, à part cela, il n'avait pas changé. Pendant quelques minutes, ils restèrent là à se regarder avec un sourire émerveillé. Puis Molly entraîna son ami vers l'ascenseur en disant :

— Viens, on sera plus tranquilles là-haut.

Une fois dans la cabine, elle murmura :

— Tu ne peux pas savoir comme je suis heureuse de te voir. Je te jure, tu ne peux pas...

— C'est réciproque, dit Rocky.

— C'est vrai ? Oh, Rocky ! J'ai tellement de choses à te raconter. Comment tu as fait pour me retrouver ? Franchement, tu ne pouvais pas mieux tomber. C'était mon vœu le plus cher. Dire que tu es là ! Je n'en reviens pas. Mais comment as-tu appris que j'étais ici ? C'est Gerry qui te l'a dit ?

— Gerry ? Non. Je t'ai vue *à la télé* ce matin, quand tu as annoncé la disparition de Pétula au monde entier. Et tout à coup, tu m'as fait signe, c'était surréaliste ! Je ne pouvais pas croire que tu étais là, sous mes yeux. Et à New York, en plus ! J'étais fou de joie. Depuis mon départ, impossible de savoir où tu étais passée. J'ai téléphoné vingt fois à Hardwick House, mais Miss Adderstone n'était jamais là et je tombais toujours sur Hazel, qui ne savait rien. Au fait, elle m'a dit que tu avais remporté le premier prix au Concours des jeunes espoirs, félicitations ! Il va falloir me raconter ça...

— Oui, oui, plus tard, l'interrompit Molly, espérant qu'il ne la jugerait pas trop sévèrement quand il apprendrait de quelle façon elle avait gagné.

Ils sortirent de l'ascenseur, bras dessus, bras dessous.

— Si tu m'avais vu, reprit Rocky, j'étais là, tranquille, en train de prendre mon petit déjeuner devant la télé... Quand je t'ai reconnue, j'ai failli m'étrangler et j'ai carrément recraché mon café sur la table. Tu parles d'un choc !

— Je suis vraiment désolée, dit Molly en riant.

L'ascenseur s'immobilisa au vingt et unième étage.

— ... j'ai dû me pincer pour y croire : c'était bien toi, ma vieille Molly Moon, en gros plan sur l'écran !

— *Waouh* ! C'est *fabuleux* ! s'écria Rocky à la vue de la suite supersonique qu'occupait Molly. Allez, raconte-moi tout. Qu'est-ce qui t'est arrivé ? Je veux dire, c'est vraiment dingue tout ce luxe ! Et tu habites seule dans cet immense appartement ?

— Mmmmm... Enfin, non. Avant, je le partageais avec Pétula.

Rocky ramassa la petite combinaison argentée qui traînait sur un fauteuil.

— T'en fais pas, on la retrouvera, lui dit-il d'un ton réconfortant. À l'heure qu'il est, tout le monde est à sa recherche. Tu t'es montrée très convaincante, tu sais. Mes parents adoptifs t'ont trouvée charmante... Ils n'arrêtaient pas de dire des trucs du genre : « Qu'elle est mignonne, cette Molly Moon ! Quelle adorable fillette ! Aussi jolie que Shirley Temple ! »

Un horrible doute s'insinua soudain dans l'esprit de Molly. Se pouvait-il que Rocky ait été hypnotisé à distance ? Qu'il ait succombé à son charme artificiel, comme tous les téléspectateurs qui avaient suivi le programme ce matin-là ?

— Écoute, Rocky, s'empressa-t-elle de dire, je ne veux surtout pas que tu te fasses une fausse opinion de moi. Laisse-moi d'abord te raconter ce qui s'est passé, comment j'en suis arrivée là, pourquoi j'ai décroché le premier rôle de *Stars sur Mars*, tout ça. Ensuite, ce sera à toi de juger. Je te préviens, tu risques d'être drôlement déçu en apprenant ce que j'ai fait. Mais il faut que je te dise la vérité, sinon tu ne sauras jamais qui je suis réellement, tu comprends ?

— C'est bon, calme-toi, je t'écoute, dit-il tranquillement.

Il prit place sur le canapé et piocha un marshmallow dans la coupelle en cristal.

— D'accord, je te promets d'être calme, reprit Molly. Mais, avant tout, j'ai quelque chose à te montrer... (Elle alla ouvrir la penderie.) C'est le point de départ de tout, une découverte qui a bouleversé ma vie...

Elle tourna la molette du coffre-fort et la porte blindée s'ouvrit avec un discret déclic. Elle en sortit un paquet plat enveloppé dans du papier de soie blanc et le tendit à son ami en disant :

— Voilà, si je suis ici aujourd'hui, c'est à cause de ce livre. Je ne plaisante pas, tu sais. C'est un bouquin très spécial. C'est la clé de ma réussite...

et aussi la raison de tous mes malheurs d'aujour-d'hui.

Pendant que Rocky déballait le livre, Molly alla chercher deux canettes de Qube dans le minibar. Puis elle s'assit en face de lui et commença à conter son incroyable aventure, depuis le jour où ils s'étaient fâchés jusqu'au moment où elle avait entendu sa voix sur le répondeur, c'est-à-dire un quart d'heure plus tôt. Pour finir, elle lui montra les instructions de Nockman, ainsi que le collier rouge de Pétula.

— Voilà, tu sais tout, conclut-elle en affrontant bravement le regard de son ami. Mais, le pire, dans cette histoire, c'est que je t'ai oublié. Pendant tout ce temps, je n'ai pensé qu'à moi et à mes ambitions. Je me suis laissé aveugler par l'argent, la frime, le succès. C'est quand j'ai perdu Pétula que j'ai réalisé à quel point c'était affreux de ne pas avoir d'ami. Je suppose que tu vas t'en aller maintenant. Mais j'avais besoin de te dire tout ça.

L'air pensif, Rocky se mit à triturer un papier de chocolat pour en faire une petite boule dorée.

— Qu'est-ce que tu peux être bête ! Pourquoi voudrais-tu que je parte alors qu'on vient à peine de se retrouver ? Tu es ma meilleure amie, Molly. Tu crois que tu ne m'as pas manqué ? Si tu savais comme j'ai eu peur de ne jamais te revoir...

Rocky continua à jouer avec sa boulette ; il la

faisait rouler entre ses doigts en clignant de l'œil pour observer ses reflets à la lumière.

— D'accord, tu es un peu givrée et tu as peut-être fait des choses qui ne se font pas, poursui-vit-il. Mais est-ce que c'est une raison pour te lais-ser tomber ? Regarde cette jolie petite boule, par exemple. Si c'était la chose la plus précieuse que tu possèdes, si tu ne t'en étais jamais séparée, est-ce que tu la jetterais à la poubelle en voyant qu'elle a un petit point de rouille ? Franchement, tu ferais ça ?

Molly secoua la tête et contempla la boulette.

— Ne t'inquiète pas, ma vieille, je ne vais pas m'enfuir en courant. J'ai l'intention de rester là, à côté de toi, OK ? Alors, détends-toi... Relax...

Molly se laissa aller. Cela faisait des siècles qu'elle ne s'était pas sentie aussi bien. Rocky était revenu, c'était merveilleux. Elle n'entendait même plus ce qu'il disait. Elle se contentait d'écouter le timbre chaud et apaisant de sa voix. Cette voix connue depuis toujours lui procurait une incroyable sensation de bien-être, comme quand on rentre enfin chez soi après un long voyage. Il restait cependant une ombre au tableau.

— Qu'est-ce que je vais faire pour Pétula, Rocky ? À cause de moi, la voilà retenue en otage. Elle doit être terrorisée, la pauvre. Sans cette histoire, elle serait encore chez Adderstone, en train de s'empiffrer de biscuits au chocolat. Et ça vaudrait cent fois mieux pour elle. Parce que, à l'heure actuelle, elle est en danger de mort et je ne vois pas comment la sortir de ce piège. Nockman fait du chantage et il n'hésitera pas à l'abattre, je le sais. Si seulement j'étais restée tranquillement à Hardwick House au lieu de me lancer comme une idiote dans cette course folle ! J'aurais continué à me faire mal voir de tout le monde, c'est sûr, mais au moins je ne serais pas à la veille de dévaliser une banque ! Si tu savais comme je regrette d'avoir trouvé ce livre stupide... Je voudrais pouvoir revenir en arrière et tout effacer.

Tout à coup, Rocky frappa dans ses mains et fffft ! le Bellingham disparut comme par magie. À la place, il y avait un bois. Ou, plus exactement, les bois de Briersville. Rocky et Molly étaient assis sur un banc, comme l'après-midi de leur dispute. Ils étaient tous deux en tenue de sport. La pluie tombait et ils étaient trempés.

# 24

Molly crut qu'elle était devenue folle. Elle regarda autour d'elle, complètement paniquée. Elle était réellement sous la pluie, tout près de la piste de cross qui traversait les bois de Briersville.

— Qu-qu'est-ce qui se passe ? Où est ma chambre ? Et New York ?

Rocky la regarda en souriant. Un coup de tonnerre éclata juste au-dessus d'eux.

— Tu n'es jamais allée à New York, lui annonça-t-il calmement. C'est une pure invention de ton imagination... et de la mienne.

— Mais... mais... comment ça ? bredouilla Molly, encore sous le choc.

— Je t'ai hypnotisée, ma chère.

— Hein ? Toi ! ?

— Eh oui...

— Hypnotisée ? Mais où, quand, comment, pourquoi ?

L'averse redoubla d'intensité et Rocky la regarda en soupirant, moitié amusé, moitié confus.

— Ici même, il y a quelques minutes. Tu venais de me dire que tu détestais cet endroit, que tu aurais voulu être à des milliers de kilomètres, que ta vie ici était un enfer.

— J'ai dit ça, moi ? Ça m'étonnerait, je m'en souviendrais, répliqua Molly.

— Si, c'est exactement ce que tu as dit à la fin de notre dispute, soutint Rocky.

— Mais de quoi parles-tu, à la fin ? demanda Molly, complètement déroutée.

— C'est vrai, excuse-moi, je vais reprendre les choses depuis le début. Ce matin, tu étais en rogne parce que Mrs Toadley a été vache avec toi après le contrôle d'orthographe. Et aussi parce que tu as récolté plein de punitions cette semaine à cause de Miss Adderstone. La vaisselle, récurer les toilettes à la brosse à dents...

— Oui, oui, je sais, le coupa Molly. Mais je ne comprends pas ce qui... c'est incroyable...

Les mots lui manquaient.

— Bref, reprit Rocky, tu étais hors de toi. Tu m'as dit que tu haïssais Briersville, que tu aurais voulu être n'importe où sauf ici, qu'il n'y avait pas pire endroit au monde. Alors je t'ai hypnotisée pour te prouver le contraire. C'est comme ça que tu t'es retrouvée dans un New York imaginaire et dans une situation bien pire qu'ici.

— Alors, ça signifie que tout va bien pour Pétula ? s'écria Molly, qui commençait vaguement à retrouver ses repères dans l'espace et dans le temps.

— Oui. À l'heure qu'il est, elle doit ronfler sur les genoux de Miss Adderstone.

— Et Nockman, il existe ou non ?

— Non.

— Et Adderstone ? Elle est toujours à Hardwick House ?

— Hélas oui !

— Elle ne se promène pas en jouant des castagnettes avec son dentier ?

— Non !

— Et tu n'as pas été adopté ?

— Non.

— Et moi, je suis toujours cette pauvre cloche de Molly Moon que tout le monde déteste ?

— Exact.

— Waouh, fit Molly avec un immense soulagement.

Plus de souci à se faire pour Pétula, plus question de dévaliser une banque. Ses nerfs se détendirent. Elle se sentait libérée d'un énorme poids.

— Waouh, répéta-t-elle, encore sous le coup de ces révélations. Mais où as-tu appris à hypnotiser les gens ? Et cette histoire délirante, c'est toi qui l'as inventée ?

— Moi-même en personne, répondit Rocky.

— Eh bien, avec le talent que tu as, je suis sûre que tu iras loin ! Tu es trop fort, Rocky. Je m'y croyais, à New York. J'ai vraiment l'impression d'y avoir passé des semaines et des semaines. Dire que je pensais hypnotiser les gens, alors que c'est toi qui étais derrière tout ça !

— Mmmmm, fit Rocky, tandis que les gouttes de pluie ricochaient sur le bout de ses baskets.

— C'est dingue, quand même, poursuivit Molly en se repassant rapidement les différents épisodes de son aventure imaginaire. Le concours, le départ pour l'Amérique, le spectacle, le succès, tout me semblait tellement réel. Et Nockman. Brrr ! Quand j'y repense, j'en ai froid dans le dos. Quel sale type ! J'étais vraiment folle d'inquiétude après l'enlèvement de Pétula. Tu y es allé un peu fort, Rocky. Mais où as-tu été pêcher tout ça ? J'ai encore du mal à croire que tu aies pu inventer une histoire pareille... Depuis quand es-tu capable d'hypnotiser les gens ? C'est grâce au livre du Dr Logan ? Pourquoi tu ne m'en as jamais parlé ? Est-ce qu'il existe, au moins, ce bouquin ?

Elle jeta un regard soupçonneux à son ami.

— C'est la première fois que tu m'hypnotises ou bien tu l'as déjà fait avant ?

— On ferait mieux de rentrer, dit Rocky. Je me demande ce qu'on aura pour le dîner.

— Probablement du poisson à la sauce au fromage et aux noix, grimaça Molly en repensant aux délicieux petits plats du Bellingham. De ce côté-là, je dois admettre que tu as bien fait les choses. Ma chambre d'hôtel était magnifique et la vue époustouflante ! Tu m'as gâtée, Rocky, merci. C'est drôlement agréable de se faire servir, on s'y habitue très vite... Il n'y a pas à dire, c'est super d'être riche, ajouta-t-elle en riant. Et puis, tu sais, ça m'a beaucoup plu de jouer dans *Stars sur Mars,* même si ce n'est pas très chic de ma part d'avoir éjecté Davina. Et New York. Ah ! New York... j'ai adoré. Ce serait génial si c'était vrai. À part Nockman. Il a tout gâché, celui-là. Il faudrait supprimer son rôle et l'histoire serait parfaite. Cela dit, je commençais à culpabiliser de feinter à tout bout de champ. La reine de l'imposture, comme disait Nockman. Mais sans ça, c'était... vraiment super.

Molly se mit à rire doucement. Il y eut un éclair et Rocky frappa de nouveau dans ses mains.

# 25

Un éclair déchira le ciel de Manhattan. Molly se retrouva de nouveau au vingt et unième étage du Bellingham.

— Hé, Rocky ! Qu'est-ce que ça veut dire ? Pourquoi on est ici ? À quoi tu joues au juste ?

— Où était la réalité, où était la fiction ? Impossible de le savoir. Cette situation n'avait rien d'agréable.

— Rocky, reprit-elle en s'efforçant de garder son calme. J'aimerais comprendre... Qu'est-ce qui est vrai : New York ou Briersville ? Je veux dire, est-ce que nous étions vraiment dans les bois, il y a deux minutes, ou bien est-ce que j'ai rêvé ?

— Tu as rêvé. Tu es à New York.

— Sûr ?

— Certain. La réalité, c'est ici. Et tout ce qui s'est passé depuis ton arrivée est vrai.

Molly demeurait perplexe.

— Tu me le jures ?

— Mais oui, je te jure ! Si tu veux savoir, je t'ai hypnotisée en te parlant... et aussi un peu grâce à ça, lui expliqua-t-il en montrant la boulette de papier doré. J'ai voulu te faire croire que nous étions encore sur le parcours du cross et que tout ça (il engloba d'un geste la suite, le mobilier raffiné et la ligne des gratte-ciel qu'on apercevait par la baie vitrée), c'était dans tes rêves.

— Mais je me sentais vraiment *mouillée*, sous cette fausse pluie. Tout semblait si vrai...

— Simple pouvoir de suggestion.

— Mais pourquoi tu as fait ça ?

— Excuse-moi, mais... Quand je t'ai entendue dire que tu regrettais d'avoir trouvé le livre du Dr Logan, j'ai voulu te faire comprendre que c'était au contraire une chance fantastique. Et, par la même occasion, te montrer que moi aussi, j'avais des talents d'hypnotiseur.

— Incroyable ! s'exclama Molly, à la fois prise de vertige et sidérée par les pouvoirs de son ami. Alors toi aussi... Eh bien, bravo ! Comment as-tu appris ?

— Devine, répondit Rocky avec un sourire malicieux.

— Je n'en sais rien. Tes parents adoptifs font partie d'un club d'hypnose ?

— Non...

— Je donne ma langue au chat.

— Attends, je vais te donner un indice...

Il sortit de la poche arrière de son jean deux petits paquets enveloppés d'une serviette en papier.

— Tu reconnais ça ? dit-il en tendant le plus petit des deux à son amie.

Molly déplia le mouchoir. À l'intérieur, un minuscule fragment de cuir bordeaux. Elle le retourna au creux de sa paume pour l'examiner de l'autre côté. C'est alors qu'apparut une lettre majuscule. Une seule et grande lettre dorée :

H

— Le H qui manquait !

Elle déposa délicatement le petit morceau de cuir sur le dos du livre. La majuscule coïncidait parfaitement et le titre retrouva une orthographe correcte. Rocky tendit alors le second paquet. Il contenait plusieurs feuilles jaunies, soigneusement pliées en quatre. Molly les déplia.

— Je rêve ! Alors, c'est toi qui as volé les chapitres 7 et 8 ?

— Je n'ai pas pu résister, confessa Rocky. « Se

servir uniquement de sa voix » et « Hypnose à distance », ce sont mes deux spécialités.

— Et dire que j'avais des remords ! Tu es encore pire que moi, Rocky Scarlet.

— Mmmm... Tu comprends, c'est moi qui ai découvert ce livre en premier. Comme il faisait partie des ouvrages à consulter sur place, ça m'a pris un temps fou pour le lire. Dès que j'avais une heure de libre, je filais à la bibliothèque pour me replonger dedans, et pas parce que je cherchais à te fuir, contrairement à ce que tu pensais. En fait, je voulais m'initier à l'hypnose parce que j'avais un plan pour nous sortir de Hardwick House. Je comptais hypnotiser les éventuels clients à l'adoption pour les convaincre que tu étais l'enfant idéale. Tout le monde était si méchant avec toi... j'avais envie qu'on te dise que tu étais une fille formidable, histoire de te redonner confiance en toi, tu comprends ? C'est pour ça que je n'ai pas voulu te parler de ce livre. Mais un jour que j'étais en train de lire, j'ai fait tomber ce petit morceau de couverture. Je l'ai ramassé et je l'ai mis dans ma poche, machinalement... C'est ensuite que j'ai eu l'idée de... d'emprunter ces quelques pages. D'ailleurs, je crois qu'il est temps de les remettre en place, non ?

Du plat de la main, Rocky étala soigneusement

les pages des chapitres 7 et 8, puis il feuilleta le livre et les inséra au bon endroit.

— Et voilà, au bercail ! Maintenant, il est complet, dit-il en rendant le livre à Molly.

— À part le H, mais on le recollera plus tard, répondit-elle en allant ranger le précieux ouvrage dans le coffre-fort.

Ce faisant, elle s'imagina Rocky en train de potasser les leçons du Dr Logan, tout comme elle l'avait fait elle-même.

— Tu as déjà hypnotisé un animal ? interrogea-t-elle.

— Oui, une fois. Une souris qui passait par là, à la bibliothèque.

— Sans blague ?

— Je t'assure ! Si tu l'avais vue se rouler par terre pendant que je lui parlais, c'était trop drôle.

Molly partit d'un éclat de rire.

— Et des humains ?

— Là, j'ai eu un peu plus de mal, admit Rocky. Au début, je n'y arrivais qu'à moitié. Tu te souviens du jour où tu étais de corvée de vaisselle et qu'Edna l'a faite à la place ?

— Oui, comme si c'était hier.

— Eh bien, c'est parce que je l'avais hypnotisée. Mais mon pouvoir n'était pas assez fort pour lui faire faire autre chose. Et tu te rappelles la grimace que je t'ai faite, le jour où on s'est disputés ? Tu m'as dit que j'avais l'air d'un poisson globe...

— Oui, je m'en souviens, tu avais l'air complètement crétin !

— En fait, j'essayais de t'hypnotiser pour te calmer et te rendre de meilleure humeur.

— C'était plutôt raté, répliqua Molly en riant. Quand as-tu commencé à faire des progrès ?

— Le jour où les Alabaster sont venus à Hardwick House. Il y a eu comme un déclic. Quand j'ai réalisé qu'ils étaient en transe, j'étais scié. Ils sont repassés le lendemain matin en disant qu'ils voulaient m'adopter sur-le-champ. La mère Adderstone était trop contente de me voir partir. Elle a tout fait pour accélérer les choses et je n'ai pas eu le temps d'intervenir auprès des Alabaster pour les persuader de t'emmener aussi.

— Mais peut-être que tu leur plaisais vraiment, souligna Molly.

— Mmmouais... peut-être bien. Mais laisse-moi finir. Je voulais absolument te dire au revoir et t'expliquer que je reviendrais bientôt pour te tirer de là. Et les quatre petits aussi, par la suite. J'avais déjà tout prévu, c'était un super plan ! Le problème, c'est que tu étais coincée à l'infirmerie. Miss Adderstone n'a pas voulu me laisser monter, sous prétexte que tu dormais et que tu étais très contagieuse, et je ne pouvais pas l'hypnotiser, c'était un trop gros morceau pour moi à cette époque. Là-dessus, les Alabaster ont fait remarquer qu'il n'était pas question que j'attrape tes microbes, étant donné qu'on allait prendre l'avion et tout. C'était l'horreur. Je savais que tu serais bouleversée si je partais sans te dire au revoir, mais je ne voulais pas faire de scandale, de peur que les Alabaster décident de repartir sans moi. Alors je t'ai écrit un mot... Mais, apparemment, on ne te l'a jamais donné. Oh, Molly, comme tu as dû m'en vouloir ! Je te demande pardon...

Rocky s'arrêta pour prendre une gorgée de Qube.

— Ne t'en fais pas, dit Molly, je me doutais bien qu'il y avait une embrouille quelque part.

— N'empêche que je suis devenu rudement bon en hypnotisme, reprit Rocky avec un sourire roublard. Mon point fort, c'est la voix. Ça marche à tous les coups – ou presque.

— Mmm-mmm, je vois, fit Molly d'un air entendu. Pour ma part, je n'ai jamais réussi à maîtriser complètement cette technique. Et pour cause : il me manquait les leçons correspondantes. Ma spécialité à moi, poursuivit-elle sur un ton d'expert, c'est le regard, avec un zeste de baratin. Quand tu m'as vue à la télé, tu as deviné que j'avais trouvé le livre ?

— Tu parles, bien sûr que oui !

Molly se cala entre les gros coussins du canapé. Elle était aux anges. Rocky était de retour. C'était super de pouvoir compter sur quelqu'un.

— Tu sais, Rocky, il n'y a rien de mieux qu'un véritable ami. L'argent, le succès, ce n'est rien à côté. Je suis heureuse que tu m'aies retrouvée. Mais... qu'est-ce qu'on va faire pour Pétula ? Et Nockman ? Et le braquage ? Je suis coincée.

Rocky hocha la tête, pensif.

— La situation est différente à présent, dit-il. Nockman ne sait rien de moi.

— J'espère que non.

— Quand crois-tu qu'il te demandera de dévaliser la banque ?

— Va savoir ! Il est tellement rapace... Demain, peut-être ?

— Si tôt que ça ? Ça nous laisse à peine le temps de nous retourner, mais j'ai une idée. Pour tout dire, c'est un peu risqué mais... ça peut marcher.

# 26

Un violent éclair illumina la pièce. Pétula avait horreur des orages, surtout quand elle était seule. Elle alla se blottir dans un coin de la cellule où on la retenait prisonnière.

Après l'enlèvement, Nockman avait roulé un bon moment à travers les rues de la ville, puis il s'était arrêté pour dormir. Pétula avait passé la nuit en cage à l'arrière de la camionnette et, à travers les barreaux, elle avait longuement observé l'inconnu qui ronflait à côté d'elle, la bouche grande ouverte, vautré comme un éléphant de mer. Il dégageait une drôle d'odeur et portait un drôle d'animal doré autour du cou. Que lui voulait-il ? Pourquoi l'avait-il enlevée ? Du bout des griffes, elle avait réussi à attraper un reste de sandwich au pâté qui traînait à proximité de la cage. Son appétit plus ou moins calmé, elle avait fini par s'endormir.

Au petit jour, Nockman avait repris le volant pour se rendre dans un hangar désaffecté. Il s'était garé à l'intérieur, le long d'un gros camion, et avait transporté la cage dans le sous-sol humide où Pétula se trouvait encore à présent. Après avoir tiré le loquet, il lui avait brusquement ôté son collier, puis il l'avait abandonnée à son triste sort. Un tuyau qui fuyait goutte à goutte lui avait permis de ne pas mourir de soif. En revanche, il n'y avait strictement rien à manger.

Pétula se mit à tourner en rond sur le canapé boiteux qui traînait au fond de sa prison. Elle finit par s'installer tant bien que mal, la peur et la faim au ventre. Même pas le moindre petit caillou à sucer. Et cet orage qui n'en finissait pas !

Au même moment, Nockman se pressait à travers les rues sombres qui l'éloignaient de Central Park. Depuis qu'il avait quitté le kiosque, quelque dix minutes auparavant, la pluie avait redoublé et de violents éclairs zébraient le ciel par intermittence. Il avait les pieds trempés à force de patauger dans les flaques d'eau, mais cela ne l'empêchait pas de jubiler intérieurement. Il avait manœuvré en beauté. Un véritable coup de maître ! Molly Moon était coincée, elle allait céder au chantage, c'était sûr et certain. D'ici un jour ou deux, il serait riche à milliards. Ah ! Comme il aimait cet affreux carlin.

De temps en temps, le gras personnage s'arrêtait dans l'embrasure d'une porte pour reprendre son souffle et tendre l'oreille, histoire de s'assurer que la police n'était pas à ses trousses, puis il repartait au pas de course sous la pluie battante, choisissant exprès les passages les plus obscurs et les ruelles les plus désertes pour regagner son repaire. Il y arriva un quart d'heure plus tard, pantelant, en nage, et d'une main fébrile farfouilla dans la serrure avec son trousseau de clés. Une fois à l'intérieur, il s'écroula sur une chaise. Il n'était guère taillé pour le marathon et l'épreuve l'avait exténué. Au bout de quelques minutes, il se leva pour aller se servir un whisky bien tassé. Cinq verres plus tard, il s'endormit comme une masse.

À six heures du matin, il émergea d'un sommeil agité, la bouche pâteuse et la tête comme une pastèque à cause du whisky de la veille. Tout en promenant un regard hagard autour de lui, il réalisa qu'il se trouvait à l'abri dans son hangar et que personne ne l'y avait suivi. Cela suffit à le remettre d'aplomb. À huit heures, il sortit pour téléphoner à Molly à partir d'une cabine publique. Par prudence, il s'était muni de ses écouteurs et de son engin à déformer les voix.

Molly décrocha dès la première sonnerie.

— Bonjour, entonna Nockman sur un ton faussement jovial. Et félicitations : t'as pas fait de bêtises, à ce que je vois. Je tiens à te dire que ton chien va bien.

Du canapé où il avait dormi, Rocky ouvrit un œil. Molly lui fit de grands signes pour lui faire comprendre qu'elle avait Nockman au bout du fil.

— Je suppose que t'es d'accord pour faire le boulot ? poursuivit Nockman en collant le micro au récepteur.

— Oui, pépia la voix de Molly déformée par l'appareil.

— Bon ! T'as de quoi écrire ?

— Oui.

— Alors, voici l'adresse de l'entrepôt où tu devras te rendre avec le *camion de la banque*, après l'avoir bien rempli. La porte sera grande ouverte.

Molly nota l'adresse en question. C'était à l'ouest de Manhattan, dans la 52$^e$ rue, non loin des docks. Un quartier sordide où ne subsistaient que des bâtiments à moitié en ruine.

— Donc, c'est là que je dois amener le camion de la Shorings après avoir hypnotisé un convoyeur de fonds, dit Molly. Et... ensuite ?

— Bon sang ! T'as qu'à suivre les instructions que je t'ai données, rétorqua Nockman avec agacement. Je commence à me demander si tu seras à la hauteur...

— Oui, oui, s'empressa-t-elle de répondre. Excusez-moi, je suis un peu nerveuse, c'est tout.

— Eh bien, tu ferais mieux de te calmer, ma petite. Les nerfs, c'est mauvais pour les affaires. Si tu loupes ton coup, moi, je louperai pas ton chien.

— Non, je vous jure que j'ai tout compris ! protesta Molly. Le chauffeur videra le camion de la banque pour transporter les bijoux dans votre camion à vous, ensuite je lui dirai de retourner à la Shorings après lui avoir raconté des salades, vous viendrez prendre livraison de la marchandise et puis vous repartirez avec votre camion et, à votre arrivée, vous me téléphonerez pour me dire où est Pétula.

— C'est bon, tu connais ta leçon. Mais rappelle-toi que j'ai la liste du contenu de tous les coffres. Je t'appellerai seulement après avoir vérifié qu'il ne manque rien, du premier diamant jusqu'à la dernière perle.

— Et... quand voulez-vous que je passe à l'action ?

— Ce matin.

— Quoi ? !

— T'as parfaitement entendu, Molly. Ce matin.

Nockman préférait mettre la pression avant qu'elle ne change d'avis. S'il lui laissait trop de temps, elle risquait de le prendre en filature ou de trouver le moyen de contrecarrer ses plans. De plus, il piaffait d'impatience à l'idée de plonger à pleines mains dans les pierres précieuses.

— Maintenant, écoute bien les dernières consignes, reprit-il. Je veux que tu maintiennes les gens de la banque en transe jusqu'à deux heures et demie. Je veux pouvoir repartir de la 52e rue avec mon chargement avant le signalement du vol. J'arriverai à l'entrepôt à deux heures moins le quart.

— Cet après-midi ? Mais... Bon, entendu, répondit Molly avec résignation.

Après avoir raccroché, Nockman enleva ses accessoires antihypnotisme, sortit de la cabine et regagna son lugubre hangar. Il balança sa veste en peau de mouton à l'arrière de la camionnette blanche, tapota affectueusement les flancs du camion marron en songeant à toutes les richesses dont il regorgerait d'ici peu, puis il descendit rendre visite à son cher otage.

Il régnait une terrible puanteur au sous-sol. À l'encontre des bonnes manières qu'on lui avait apprises, la pauvre Pétula en était réduite à faire ses besoins dans tous les coins. Voyant entrer son ravisseur, elle décida de passer à l'attaque et se jeta sur lui pour le mordre, mais l'homme portait des gants et il la maîtrisa d'autant plus facilement qu'elle était affaiblie. Il l'empoigna par la peau du cou et la jeta au fond de la cage où elle demeura prostrée, complètement découragée. De plus, elle avait une faim de loup.

Après avoir chargé la cage dans la camionnette, Nockman traversa l'île de Manhattan du nord au sud. Une fois franchi le pont de Brooklyn, il roula vers une petite zone industrielle bordée d'arbres, où il possédait un entrepôt nettement plus grand que le précédent. Au fil de ses nombreux vols et escroqueries en tout genre, il avait accumulé une coquette somme d'argent qui lui avait permis d'investir dans l'immobilier. Les deux locaux qu'il avait acquis lui étaient fort pratiques dans sa profession. L'entrepôt de Brooklyn lui servait en quelque sorte de garde-meuble. C'est là qu'il stockait tout ce qu'il avait volé. Du sol au plafond, l'endroit était rempli de sacs, de caisses et de cartons. On y trouvait des services entiers de verres à pied, des ménagères en métal argenté, des tondeuses à gazon, des nains de jardin. Bref, tout ce qu'il avait pu barboter et qu'il comptait revendre un jour ou l'autre.

Après avoir garé sa camionnette, il parcourut rapidement sa caverne d'Ali Baba. D'humeur primesautière, il décocha un petit coup de pied à un nain de jardin, qui roula sur le sol sans se départir de son sourire niaiseux. L'Opération hypno-banque se déroulait à merveille. Dans quelques heures, il pourrait se vanter d'être l'ennemi public n° 1. Fini le temps des vols minables et des arnaques de petite envergure ! Il allait bientôt rouler sur l'or, dormir sur un matelas de dollars, nager dans le luxe intégral. Mais, en attendant, il fallait mettre en lieu sûr ce chien stupide et se préparer à regagner Manhattan pour prendre livraison du butin. Nockman était surexcité. Pour se calmer les nerfs, il s'offrit un petit verre de whisky.

Au vingt et unième étage du Bellingham, Molly et Rocky s'arrachaient les cheveux. Ils avaient à peine touché au copieux petit déjeuner que la femme de chambre venait de leur apporter sur un chariot rutilant.

— Quand je pense que c'est pour aujour-d'hui ! se lamenta Molly. C'est de la folie. Il est déjà huit heures et quart, et il veut que les bijoux lui soient livrés avant deux heures moins le quart. Ce qui nous laisse...

— Un peu plus de cinq heures, calcula Rocky. Cinq heures pour entrer dans la banque, vider les coffres, charger la marchandise, filer jusqu'à la 52ᵉ rue et faire le transfert d'un camion à l'autre.

— Mais on n'a même pas eu le temps d'étudier le plan de la banque !

— Tant pis, on le prend avec nous et on avisera sur place.

— Tu crois qu'on a une chance ?

— On peut toujours essayer.

— Non, ça ne suffit pas, répliqua Molly. Il faut que ça réussisse à cent pour cent.

— Exact.

Ils restèrent tous deux assis pendant un moment, écrasés par l'ampleur de la tâche. Soudain, Molly se leva.

— Bon. Qu'est-ce qu'on attend pour bouger ? Autant s'y mettre tout de suite et qu'on n'en parle plus.

— Entièrement d'accord avec toi, répondit Rocky, la voix légèrement enrouée.

L'heure du crime avait sonné.

# 27

À neuf heures moins vingt minutes, les deux amis arrivèrent devant la Shorings Bank. C'était un énorme bastion dont la façade austère et nue se dressait vers le ciel, telle une falaise de béton et d'acier. Les jardinières pleines de houx et de plantes épineuses qui flanquaient l'entrée n'étaient pas là pour faire joli, mais pour dissimuler des caméras de surveillance.

Comme la banque n'ouvrait qu'à neuf heures, Molly et Rocky allèrent s'asseoir sur un banc de l'autre côté de la rue. Cachés derrière un magazine, ils commencèrent à étudier le plan de l'établissement, puis s'interrogèrent à tour de rôle pour mémoriser la place de chaque chose et de chaque employé. Au milieu du va-et-vient des New-Yorkais qui se pressaient à leur travail, deux vigiles au regard suspicieux patrouillaient devant la Shorings Bank. Mine de rien, Molly et Rocky se mirent à lancer des gravillons dans le caniveau pour tromper l'attente des dernières minutes.

— J'espère qu'on n'aura pas de mal à les hypnotiser, dit Molly. Tu es sûr de toi, Rocky ? Tu prétends que ta technique marche à tous les coups, ou presque. Je ne voudrais pas te vexer, mais c'est le « presque » qui m'inquiète. Combien de fois as-tu échoué, au juste ? S'ils s'aperçoivent de notre manège, on est cuits.

— Ça a marché sur toi, pas vrai ?

— D'accord, admit Molly. Mais est-ce que tu es sûr d'y arriver même quand tu es nerveux ?

— Euh... oui, je crois.

— Et là, maintenant, tu te sens nerveux ?

— Oui.

— Eh bien, tu n'es pas le seul.

Molly avait besoin d'un complice et elle savait que Rocky ferait de son mieux, mais elle n'était pas entièrement sûre de lui et elle ne pouvait s'empêcher de penser au grain de sable qui risquait de faire tout rater.

— Dis, quand on sera à l'intérieur, tu n'iras pas te balader le nez en l'air comme d'habitude, ni te perdre dans les couloirs ou disparaître juste au moment de repartir, hein ? On n'est pas là pour jouer à cache-cache.

— Pas de panique, Molly, on va y arriver. Tant que tu te souviens de ce qu'on a décidé hier soir, il n'y a pas de souci à se faire.

— OK, répondit Molly, moyennement rassurée.

Le carillon de la Shorings Bank sonna neuf heures et les deux amis se raidirent en voyant s'ouvrir l'énorme porte en bronze à double battant.

— Tu crois que les employés sont déjà tous à leur poste ?

Rocky haussa les épaules.

— Sans doute.

Il glissa le plan dans le sac à dos de Molly, le long du livre d'hypnotisme qu'elle avait préparé pour Nockman.

Les deux amis quittèrent leur banc et se dirigèrent à pas lents vers la Shorings. À mesure qu'ils approchaient, le bâtiment leur semblait de plus en plus écrasant.

— J'ai le trac, dit Rocky dans un souffle.

— Ne te plains pas, moi, je suis morte de trouille, rétorqua Molly en s'essuyant les mains sur son jean.

Ils montèrent l'escalier, puis s'engagèrent dans

le vaste hall d'entrée. Au passage, Molly remarqua les monstrueux verrous de sûreté qui servaient à bloquer les portes lors de la fermeture, ainsi que les deux gardiens à carrure d'athlète qui surveillaient les lieux et dont les yeux semblaient passer chaque visiteur aux rayons X.

À part cela, il régnait une atmosphère calme et feutrée. Au plafond, un escadron de ventilateurs agitaient lentement leurs grandes pales de cuivre, et une batterie de suspensions vertes répandaient une lumière douce et tamisée sur le sol de marbre noir poli comme un miroir. Entre les hautes fenêtres bardées d'épais barreaux, Molly aperçut une quantité de caméras accrochées au mur, telles de grosses mouches noires. Il y avait un peu partout d'élégantes petites tables avec une balance à plateaux posée sur un sous-main en cuir. Derrière chaque bureau, un employé se tenait à la disposition des clients pour peser et examiner à la loupe les pierres précieuses qu'ils désiraient faire estimer. Le mur du fond était occupé sur toute la longueur par des guichets derrière lesquels travaillaient d'autres employés. Ils étaient protégés du public par une épaisse paroi de verre blindé. Çà et là, de grosses cordes torsadées tendues entre des piquets dorés servaient à canaliser la foule. Malgré l'heure matinale, plusieurs personnes faisaient déjà la queue. Les téléphones sonnaient à droite à gauche, les claviers des ordinateurs crépitaient, les secrétaires s'activaient, les comptables comptaient. La Shorings Bank bourdonnait comme une ruche.

— Oh là là ! Tu as vu toutes ces caméras ? chuchota Molly, de plus en plus mal à l'aise. Ça va être dur.

— Pas si on s'en tient à notre plan, souffla Rocky. Rassure-toi, tout ira bien. Allez, vas-y et... bonne chance !

— À toi aussi, répondit-elle en avalant péniblement sa salive.

Pendant que Rocky allait attendre sur une chaise, Molly se dirigea vers l'une des tables. Un jeune homme plein de taches de rousseur l'invita à s'asseoir en face de lui.

— Bonjour, dit Molly, je voudrais vous confier quelques rubis.

— Pas de problème, miss, dit l'employé en levant naïvement les yeux sur elle.

C'était une proie facile. Il se fit piéger par le regard de Molly comme un moucheron dans une toile d'araignée.

En quelques mots, Molly lui délivra ses ordres :

— À partir de maintenant, vous ferez tout ce qu'on vous dira, mon ami ou moi. Jusqu'à dix heures, vous recevrez les clients comme d'habitude. Ensuite, à dix heures pile, vous viendrez me rejoindre à l'entrée et vous attendrez mes instructions.

Le jeune homme hocha la tête.

— Et quand souhaitez-vous nous apporter ces rubis ? demanda-t-il avec un comportement tout à fait normal en apparence.

— Parfait, commenta Molly. À présent, conduisez-moi chez le directeur.

L'employé la fit passer par une porte de sécurité qui s'ouvrait sur un long couloir. L'air faussement naturel, elle le suivit en regardant droit devant elle, ignorant ceux qui la croisaient et qui s'étonnaient de sa présence en ces lieux. Le rouquin s'arrêta devant une porte marquée d'une plaque dorée : « Mrs V. Brisco, Directrice ».

Après avoir frappé, ils entrèrent. La secrétaire de direction s'arrêta aussitôt de taper sur son clavier et fit pivoter sa chaise pour se tourner vers eux, visiblement offusquée de cette intrusion. Molly capta immédiatement son regard. En l'espace de quelques secondes, elle parvint à la soumettre à son emprise. La femme appuya sur le bouton de l'interphone.

— Excusez-moi de vous déranger, Mrs Brisco, mais il y a là quelqu'un qui voudrait vous voir. Miss... euh... ?

À court d'inspiration, Molly parcourut rapidement la pièce des yeux. Elle avisa une plante verte dans un coin.

— Yucca. Miss Yucca, déclara-t-elle en regrettant aussitôt d'avoir donné un nom aussi stupide.

— Miss Yucca, annonça la secrétaire en se penchant de nouveau sur l'interphone. Si je puis me permettre, je crois que vous devriez la recevoir.

— Faites entrer cette personne, nasilla une voix dans l'appareil.

Petite et sèche, la cinquantaine bien tassée, Mrs Brisco accueillit Molly avec un froncement de sourcils, surprise de voir une enfant débarquer dans son bureau.

— Je regrette, dit-elle en agitant les mains, mais nous ne faisons pas visiter notre établissement aux écoliers. Si vous avez un exposé à faire, adressez-vous à l'accueil, on vous donnera toutes les informations nécessaires et toutes les brochures que vous voudrez. Au revoir.

— Non, dit Molly, j'ai besoin de vous personnellement.

De par ses fonctions, la directrice de la Shorings avait appris à se méfier des gens. Molly fut étonnée de sa résistance. Elle était comme un chien qui tire de toutes ses forces sur sa laisse pour s'échapper. Mais, comme Molly tenait fermement l'autre bout, elle ne pouvait pas aller bien loin. Mrs Brisco eut beau renâcler, se tordre et se contorsionner, elle succomba finalement au regard envoûtant de sa jeune visiteuse. Trente secondes plus tard, elle lui mangeait dans la main.

Sur l'ordre de Molly, la directrice de la Shorings convoqua ses employés un par un. Entre les quatre murs du bureau, la magie de Molly opérait à chaque fois. Chacun recevait la même consigne : travailler comme à l'accoutumée jusqu'à dix heures, puis se rendre dans le hall afin d'y attendre de nouvelles instructions. Molly tenait à ce que la banque continue à fonctionner normalement aussi longtemps que possible. Il était déjà neuf heures et demie.

Près de l'entrée, Rocky observait le va-et-vient des clients tout en gardant un œil sur les guichets du fond. Derrière leur cloison de verre, les employés disparaissaient à tour de rôle, puis regagnaient leur poste quelques instants plus tard, le regard vitreux.

Quand Molly en eut fini avec le personnel de la Shorings, y compris les deux gorilles qui montaient la garde près de la porte principale, elle s'occupa des caméras. Il y en avait dans tous les coins, même derrière les porte-parapluies et les corbeilles à papier. Depuis qu'ils étaient là, Rocky et elle avaient dû tomber sous l'œil inquisiteur d'une bonne vingtaine d'objectifs. Avant de passer à la phase suivante des opérations, il était capital d'effacer toute trace de leur passage. Elle demanda donc à Mrs Brisco de la conduire dans la salle de vidéosurveillance et d'éteindre toutes les caméras.

— Bon, dit Molly avec un soupir de soulagement, maintenant, vous allez rembobiner les cassettes et effacer tout ce qui a été enregistré depuis neuf heures ce matin.

— Im-pos-sible, déclara la directrice. Tout est in-forma-ti-sé. Les données sont direc-tement transmises à nos archives centrales.

— Quoi ! s'exclama Molly, atterrée.

Leurs films aux archives ! C'était horrible. On allait forcément la reconnaître. Même l'inspecteur le plus idiot aurait la puce à l'oreille en la voyant entrer dans le secteur réservé au personnel. Nockman s'était bien gardé de lui parler de ce système de malheur. Molly était partagée entre la rage et la panique.

— Attendez-moi ici, ordonna-t-elle à la directrice.

Et elle fila rejoindre Rocky dans le hall.

— Il y a un problème. On a été filmés et on ne peut pas effacer les bandes parce qu'elles sont connectées aux archives centrales. Conclusion : si on reste, on ne va pas tarder à se faire pincer...

Mais si on s'enfuit, qu'est-ce qui arrivera à Pétula ?

— Conduis-moi à la salle de vidéo, répondit Rocky, l'air soucieux. Je ne te promets rien, mais je vais essayer de régler ça.

Après avoir demandé le numéro du responsable des archives à Mrs Brisco, Rocky s'installa près d'un téléphone et essaya de se concentrer. Il lui était déjà arrivé une fois ou deux d'hypnotiser quelqu'un à distance, mais c'était à titre d'essai et il n'était pas sûr de pouvoir recommencer l'exploit. Surtout avec Molly qui n'arrêtait pas de soupirer et de se tordre les mains. Il respira à fond, décrocha l'appareil, puis composa le numéro d'un doigt tremblant, comme s'il y allait de sa vie. Par chance, il tomba sur une standardiste particulièrement crédule. Il n'eut aucun mal à l'hypnotiser et à lui dicter ses ordres. Quelques minutes plus tard, les bandes compromettantes étaient effacées. Fort de son succès, Rocky téléphona au directeur de la société de surveillance de la banque pour lui demander de couper le système d'alarme.

— Wwaouh ! Tu as été super, souffla Molly avec soulagement.

— Oui, il était moins une. Pendant un moment, j'avoue que j'ai eu peur... En tout cas, ça prouve que les plans de Nockman ne sont pas très fiables. Espérons qu'il ne nous réserve pas d'autres surprises de ce genre.

Molly se contenta de faire la grimace. Après cela, ils passèrent à la seconde phase des opérations. Ils commencèrent par faire venir les deux gardiens de l'entrée dans le bureau de Mrs Brisco. En voyant ces grosses brutes plantées devant elle, les bras ballants, l'œil hagard et la langue pendante, Molly se crut revenue à l'âge de pierre.

— Lequel on prend ? demanda-t-elle à son ami.

— D'après moi, ils ont tous les deux une cervelle de petit pois, répliqua Rocky. Mais celui de gauche a l'air un peu plus éveillé.

— À quoi tu vois ça ?

— Parce qu'il n'essaie pas de bouffer sa chemise, lui !

L'heureux élu était le plus costaud et le plus velu des deux. Pendant que Rocky reconduisait l'autre dans le hall d'entrée, Molly se rendit au garage avec son futur chauffeur. Il leur fallut pour cela traverser tout le bâtiment et longer un sombre couloir qui se terminait par une porte coupe-feu. Derrière, il y avait une étroite plate-forme métallique d'où partait un escalier. Ils le descendirent et posèrent enfin le pied sur le sol du parking. Un camion blindé, gris et bas, était garé dans un coin. On aurait dit un petit éléphant. Molly songea qu'elle aurait tout juste la place de se tenir debout à l'arrière.

— C'est le seul camion que vous avez ? demanda-t-elle, craignant de ne pas pouvoir y caser toute la quincaillerie de Nockman.

— Gghhrrouais, fit l'homme de Cro-Magnon.

— À votre avis, est-ce qu'on pourrait transporter le contenu de tous les coffres de la Shorings, là-dedans ?

— Gghhrrouais.

— Qu'est-ce qui vous fait dire ça ? insista-t-elle, histoire de tester les quelques neurones du bonhomme.

— Pass'que les pierres et les bijoux, ça vaut cher mais c'est pas bien gros.

Molly contempla le véhicule trapu et la fente oblongue des vitres pare-balles, de chaque côté de la carrosserie. « Pourvu qu'il ait raison », se dit-elle en croisant les doigts.

Elle regagna ensuite le hall d'accueil et hypnotisa subtilement les treize clients qui s'y trouvaient. Après les avoir alignés comme de braves petits soldats de plomb, elle se dirigea vers l'entrée et, au moment où la pendule de la banque sonnait dix heures, elle ordonna au second gorille de bloquer les portes. De l'extérieur, on pouvait lire sur un écriteau :

« *Fermeture exceptionnelle pour cause de formation du personnel. Nous prions notre aimable clientèle de nous excuser pour ce désagrément passager.* »

Malgré leurs protestations, les quelques clients qui s'apprêtaient à entrer dans la banque se firent claquer la porte au nez. Les laissant rouspéter en haut des marches, Molly s'en retourna rapidement vers les guichets et, de là, convoqua l'ensemble du personnel dans le grand hall.

— On croit rêver, commenta Rocky à la vue de toutes ces andouilles décérébrées.

Pendant un instant, Molly et lui demeurèrent fascinés par le caractère irréel de la scène. Le temps, semblait-il, avait suspendu son vol et la Shorings évoquait le château de la Belle au bois dormant.

Soudain, un téléphone sonna. Molly sursauta. Mais, suivant les ordres donnés, une des standardistes se hâta de répondre, débitant d'une voix plate :

— Désolée mais il est occupé pour l'instant, il vous rappellera dès que possible, au revoir.

— Bon, il est temps de filer au sous-sol, dit Rocky.

Toujours docile, Mrs Brisco les guida vers l'ascenseur. Puis elle tendit la main vers un pavé de touches chromées et pianota un code à dix chiffres. Les portes s'ouvrirent dans un chuintement et se refermèrent de même sur les deux amis. Molly eut l'impression d'une descente aux enfers. Elle commençait à manquer d'air. À présent, impossible de reculer. L'un dans l'autre, Rocky et elle venaient d'hypnotiser une quarantaine de personnes. Il suffisait que l'une d'elles sorte de sa transe pour que ce soit le branlebas de combat. Et dire que tous ces gens seraient là-haut, sans surveillance, pendant que Rocky et elle s'activeraient vingt mètres plus bas ! Elle s'efforça de chasser cette idée. Ce n'était pas le moment de flancher. Malgré tout, ses genoux flageolaient, elle avait des frissons et, par-dessus le marché, une envie pressante d'aller aux toilettes. Apparemment, Rocky n'en menait pas large non plus. Il avait l'air pâlot malgré son bronzage d'origine. Molly repensa à Hardwick House et à toutes les fois où il l'avait tirée d'affaire. Elle s'en voulut de l'avoir embarqué dans cette galère.

— Je suis désolée pour... pour tout ça, murmura-t-elle, comme les portes de l'ascenseur s'ouvraient.

— Laisse tomber, lui répondit-il avec un sourire crispé.

Sous-sol de la Shorings Bank. Molly repéra rapidement les lieux. D'après le plan de Nockman, elle reconnut d'abord l'entrée des salons de consultation privés où les clients pouvaient admirer leurs trésors en toute tranquillité. Alors que Mrs Brisco s'engageait dans la galerie étroite et basse qui menait aux chambres fortes, Molly resta quelques mètres en arrière, intriguée par ce qui pouvait se cacher derrière cette enfilade de portes. Mue par une soudaine intuition, elle décida d'en ouvrir une. Et bien lui en prit.

À l'intérieur d'une petite pièce, un homme vêtu d'un complet à larges rayures examinait à la loupe un très gros diamant posé sur un plateau. Voyant Molly, il redressa la tête et abattit illico sa main sur la table pour cacher la pierre.

— Qu'est-ce que tu fiches ici, sale mioche ? gronda-t-il, plissant les yeux et découvrant les crocs comme un molosse à qui l'on voudrait prendre son os.

Molly le flasha en un clin d'œil, puis elle s'empara du diamant. La pierre froide, lourde et dure scintilla de mille feux quand elle la fit rouler au creux de sa main.

— Fichtre ! Ça doit valoir une fortune.

— Un peu, mon neveu, rétorqua l'individu. J'l'ai volé pas plus tard que tout à l'heure.

— À qui ? demanda Molly, à la fois choquée et épatée.

— À un autre voleur, pardi.

Molly frissonna, glissa le diamant dans la poche

de son anorak et se dépêcha de rattraper Mrs Brisco et Rocky, trois portes plus loin. Rocky faisait une tête d'enterrement.

— Que se passe-t-il ?

— Les coffres, dit-il d'une voix étranglée. Cet imbécile de Nockman n'y connaît rien, ou alors ses informations datent d'il y a cent ans. Depuis, ils ont tout modernisé. C'est fichu, pas moyen d'entrer dans les chambres fortes.

— Pourquoi ?

— Parce que Mrs Brisco vient de m'apprendre qu'elle ne peut absolument pas ouvrir un coffre en l'absence de son propriétaire. Or il y a cinq chambres fortes et quatre-vingts coffres dans chacune. Ce qui fait quatre cents coffres en tout. Donc quatre cents clients à faire venir sur place.

— Mais pourquoi ça ? répéta Molly.

— À cause de notre – nouveau dispositif de – sécurité, répondit la directrice de la Shorings. Les serrures ne – s'ouvrent – qu'après double vérification des – données.

— Et quel genre de données ?

— Lecture – optique – de – l'iris, articula Mrs Brisco.

— Montrez-moi ça.

La femme s'approcha d'un boîtier noir encastré dans la cloison. Il comportait un petit tableau avec des touches numérotées de 0 à 9, ainsi qu'un écran lumineux où des chiffres apparaissaient en vert. Pour l'instant, il affichait 0, 0, 0. À droite de l'écran, il y avait un orifice rond, de la taille d'une boule de billard, qui diffusait une lumière jaune.

— Comment ça marche ? demanda Molly.

— D'abord je – tape le – numéro du – coffre – à – ouvrir – ensuite le scanner compare mon – iris – au schéma – inscrit dans la – mémoire de – l'ordinateur – puis il fait – de même avec – l'iris – de mon – client. Si toutes les informations – sont – correctes – l'appareil déclenche – l'ouverture du – coffre. Cette double – précaution – supprime – tout – risque de – cambriolage.

Cette technique inédite laissa Molly baba. Elle regarda Rocky : il était blême.

— C'est quoi exactement, cette histoire d'iris ? Une sorte d'empreinte digitale ?

— Dans un sens – oui. Car il – n'existe pas deux – iris – identiques. Voilà pourquoi – notre système est – infaillible...

— Oui, ça va, j'ai compris, la coupa Molly. Je veux juste savoir comment fonctionne l'iris.

De sa voix atone, Mrs Brisco lui livra l'explication à la manière d'un dictionnaire :

— L'iris est la partie colorée du – globe – oculaire. C'est un – muscle circulaire qui se – contracte – ou se – dilate – pour régler la quantité de – lumière entrant dans – l'œil – par l'orifice central – c'est-à-dire la pupille. Chaque iris est unique. Les vôtres sont – remarquables.

À ces mots, Molly entrevit une lueur d'espoir. Elle fit signe à Rocky.

— Viens, ça vaut le coup d'essayer.

Rocky s'approcha du boîtier. Il sélectionna le premier coffre en tapant le chiffre 1 sur le clavier, et Mrs Brisco se pencha docilement afin que l'appareil puisse décoder son iris. Ensuite, ce fut à Molly de coller son œil contre l'objectif jaune. La machine et elle s'examinèrent mutuellement.

Dans l'ordinateur, l'œil de Molly apparut, tel un gros pneu vert moucheté d'éclats couleur émeraude. Tout en émettant quantité de bips-bips, il commença à décrypter les ramifications des minuscules muscles et veinules afin d'en dresser le schéma informatique.

Tout à coup, le lecteur optique perçut un brusque changement dans la configuration de l'œil qu'il était en train de sonder. Il reprit alors son examen depuis le point de départ. Nouvelle série de bips-bips. L'œil se modifia une deuxième fois, plus rapidement encore que la première, et l'appareil se remit au travail. Et ainsi de suite à chaque mutation. Selon que la pupille se dilatait ou se rétrécissait, il s'adaptait et révisait ses calculs. Soudain, l'iris se mit à tourner comme une grande roue et l'ordinateur, aussi perfectionné fût-il, ne comprit plus rien du tout. Il n'avait pas été programmé pour analyser ce type de mouvement. Les particules d'émeraude qui constellaient l'œil projetaient des lueurs vacillantes sur le fond d'écran. À l'intérieur de la machine, la température se mit à grimper. Le processeur avait beau fouiller dans sa mémoire, il n'arrivait pas à trouver le protocole à suivre. Quand l'œil se mit à palpiter, la machine multiplia ses bips-bips affolés. Et quand il recommença à tourner tout en palpitant, ce fut la panique intégrale. Les puces surchauffées commencèrent à fondre et le lecteur optique ne sut plus où donner de la tête. Subitement, il ne saisit plus qu'une seule information : l'iris qui se présentait à lui était un régal, un chef-d'œuvre, la perfection même. De mémoire d'ordinateur, on n'avait jamais vu pareil œil. Et pourtant, il en avait examiné des milliers. La température s'abaissa et le système central, complètement relaxé, donna l'ordre de déclencher l'ouverture de toutes les portes.

— CLING CLANG, CLING CLANG, CLING CLANG, CLING CLANG, CLING CLANG, SCHLIC SCHLAC, PLONK BING, SCHLIC SCHLAC, PLONK BING, SCHLIC SCHLAC, PLONK BING...

Les grilles d'acier qui barraient l'accès aux cinq

chambres fortes s'ouvrirent en même temps, et les quatre cents coffres également.

Molly s'écarta de la machine. Et admira son œuvre.

— C'est la classe, non ?

— Disons un joli coup de poker, répliqua Rocky.

Sur ce, il remonta au rez-de-chaussée en compagnie de Mrs Brisco. Une fois dans le hall, il ordonna aux trente-cinq personnes sous hypnose de former une chaîne afin d'acheminer le contenu des coffres jusqu'au garage. Puis il rejoignit Molly au sous-sol. Les deux amis se mirent au travail sans tarder.

Les chambres fortes étaient bourrées de trésors. Chacune d'elles abritait quatre-vingts coffres disposés sur huit colonnes. Huit colonnes de dix coffres, multipliées par cinq, ce qui faisait bien quatre cents coffres en tout. Chacun d'eux était pourvu d'un casier amovible. En les sortant l'un après l'autre, Molly et Rocky découvrirent, ébahis, quantité de joyaux plus magnifiques les uns que les autres. Des alignements de rubis sur coussinet de velours, des dizaines de petits paquets pas plus grands qu'un ongle, serrés comme des sardines en boîte, des colliers de perles irisées, des bagues pavées de diamants de différentes tailles. Il y avait également des bourses

360

en cuir, en soie ou en daim, qui contenaient en vrac des pierres précieuses de toutes les couleurs. Certains coffres renfermaient des pièces d'orfèvrerie d'une finesse extraordinaire, d'autres des bijoux anciens de la plus belle facture. Après avoir vidé le contenu de chaque casier dans une grande enveloppe en papier kraft, Molly et Rocky empilèrent les enveloppes dix par dix, puis ils les glissèrent dans les sacs en toile de jute que Mrs Brisco leur avait fournis. Ils obtinrent ainsi quarante sacs. Les maillons de la chaîne humaine se les passèrent de main en main jusqu'au garage, où le gorille les chargeait à l'arrière du camion.

Ce n'était pas un mince travail que d'emballer et d'acheminer tous ces joyaux, mais les coffres se vidèrent peu à peu jusqu'au dernier caillou, et le camion blindé se trouva enfin garni de quarante sacs bien rebondis.

Molly et Rocky rassemblèrent alors leur petit troupeau d'hypnotisés pour leur communiquer les ultimes consignes :

— Vous vous réveillerez sur les coups de deux heures et demie, déclara Molly d'une voix ferme. Vous direz à la police que la banque a été attaquée par une bande armée jusqu'aux dents et que les voleurs portaient des bas sur la tête. Ensuite, eh bien... chacun de vous racontera combien il a eu peur, tout ça... En attendant deux heures et

demie, vous n'avez qu'à vous asseoir par terre et...
chanter des chansons, par exemple. Dernière pré-
cision : vous ne garderez aucun souvenir de moi
ni de mon ami ici présent.

Les otages s'assirent comme un seul homme,
puis ils se mirent à chanter.

— Charmant spectacle, commenta Rocky en
les regardant. On se croirait à l'école maternelle !

Molly et lui s'arrachèrent à ce touchant tableau
pour filer au garage et sauter sur le siège avant du
camion. Le chauffeur démarra aussitôt. La porte
du parking s'ouvrit automatiquement et se
referma après leur départ, comme s'il ne s'était
rien passé.

Le gorille n'étant pas en pleine possession de
ses moyens, le trajet fut assez périlleux. Néanmoins, ils arrivèrent sans encombre dans le quartier des docks. Ils s'engagèrent ensuite dans la
52ᵉ rue, où ils ne tardèrent pas à localiser l'entrepôt de Nockman. Pendant que Rocky descendait
pour aller ouvrir le rideau de fer, Molly tenta de
déchiffrer les nombreux graffitis qui ornaient les
murs du bâtiment en piteux état.

Après cela, il fallut de nouveau charrier les sacs
d'un camion à l'autre. Une fois le travail achevé,
le gardien de la Shorings, à bout de forces,
s'écroula sur un tabouret. Molly lui apporta un
verre d'eau. Le voyant en nage et tout rouge sous

sa masse de poils hirsutes, Rocky eut soudain pitié de lui.

— Merci, merci beaucoup pour tout ce que vous avez fait, lui dit-il. Maintenant, vous allez ramener le camion à bon port, sans vous presser, et vous ne reprendrez vos esprits qu'à trois heures. Vous ne garderez aucun souvenir de cette adresse. Quand on vous interrogera, vous direz que les voleurs vous ont ordonné de répartir le butin dans plusieurs voitures. Des Mustang, des Cadillac, des Ford, tout ce que vous voulez. Ensuite, vous raconterez qu'on vous a ligoté et bandé les yeux avant de vous abandonner dans... dans la 99e rue, et que vous êtes revenu à la banque dès que vous avez pu vous libérer.

Le gorille grogna, vida son verre à grand bruit en s'en renversant la moitié sur les genoux, puis il se leva et disparut dans la nature au volant de son éléphanteau.

Il était deux heures moins vingt. Molly se laissa tomber sur une chaise branlante et attendit l'arrivée de Nockman avec anxiété.

# 28

À deux heures moins le quart exactement, la porte de l'entrepôt s'ouvrit et Nockman entra à pas feutrés, toujours vêtu de sa vieille veste en peau de mouton et muni de son équipement anti-hypnotisme. Il tremblait légèrement. De froid – car il y avait une bonne trotte depuis la station de métro – et de nervosité, car il n'était pas sûr de Molly à cent pour cent. Mais, bien entendu, il s'agissait de n'en rien laisser paraître. Il fit une courte pause, le temps de respirer à fond et d'épier de loin sa jeune complice.

Il avait un peu de mal à la distinguer à travers ses lunettes à spirales, mais c'était bien elle qui était assise là dans un coin. Quand il se décida à avancer, le bruit de ses pas lui résonna dans les oreilles à cause de ses écouteurs, et c'est avec la voix de Donald qu'il s'entendit dire :

— Alors, le chargement est fait ?

— Oui, tout est là. Il ne reste plus une seule perle dans les coffres.

— Cette gamine est vraiment stupéfiante, songea Nockman.

— Tout s'est déroulé comme prévu ? poursuivit-il en cachant soigneusement son étonnement.

— Absolument. Ils sont tous persuadés d'avoir été attaqués par un gang armé et le butin vous attend dans le camion marron, vous pouvez aller voir.

Molly dévisagea le faux professeur comme on observe un insecte à la loupe. Pas à dire, c'était une ordure, un affreux pou obèse qui la fixait comme s'il voulait lui sucer le sang. Totalement inhumain.

— C'est bien, t'apprends vite, dit le malfrat. La prochaine fois, t'auras même pas besoin de mes lumières pour dévaliser une banque. Et le livre ? J'espère que tu l'as, ça faisait partie du contrat, ne l'oublie pas.

Molly se pencha pour ramasser le paquet posé à ses pieds et elle le tendit à Nockman. Il s'en empara brutalement et s'empressa de déchirer le papier de soie pour vérifier qu'il s'agissait bien de l'objet voulu.

— Ah, enfin ! s'exclama-t-il avec la gourmandise d'un enfant gâté.

À présent, Nockman avait hâte de s'en aller. Il grimpa dans son camion et mit le contact. Le moteur toussa et fit postillonner son pot d'échappement dans un large rayon.

— Je t'appellerai quand j'aurai fini de vérifier ma liste, lança-t-il à travers la vitre baissée. Ouvre-moi la porte !

— Et Pétula, comment va-t-elle ? demanda Molly en se hissant sur la pointe des pieds pour s'accrocher à la portière.

— Très bien ! mentit Nockman. Je l'ai traitée comme une princesse. Viande, bacon et biscuits au chocolat à tous les repas.

— Des biscuits au chocolat ?

— Ouais. Maintenant, lâche-moi. Plus vite tu ouvriras cette porte, plus vite tu la reverras, ta Pétula.

Nockman sortit de l'entrepôt, et Molly regarda le camion marron s'éloigner en pétaradant et brinquebalant sur la chaussée défoncée.

Dès qu'il eut passé le coin de la 52e rue, Nockman arracha ses lunettes et les écouteurs de son appareil à déformer les voix. Il se battit un moment avec le changement de vitesse pour enclencher la troisième, puis força l'allure. Il savait qu'il aurait quitté Manhattan bien avant que le braquage de la Shorings soit signalé, mais cela ne l'empêchait pas d'être sur les nerfs. Son cœur cognait dans sa poitrine. Les gouttes de sueur qui perlaient à son front se frayaient un chemin entre la broussaille de ses sourcils et lui brouillaient la vue. Il pestait à chaque feu rouge et injuriait tous les piétons qui avaient l'audace de traverser la rue devant lui.

Vaille que vaille, il finit par atteindre la zone industrielle de Brooklyn. Il s'engouffra dans son repaire peuplé de nains de jardin et ne commença à se décontracter qu'après avoir remisé le véhicule et son précieux chargement à l'abri des regards indiscrets.

Une fois le hangar fermé à double tour, il s'adossa contre le mur en béton et s'essuya le front du revers de la main en soufflant comme un phoque.

— Whhaaa ! J'ai besoin d'un petit remontant, dit-il à voix haute.

Il alla chercher son passeport dans la boîte à gants, ramassa son équipement de protection et le livre d'hypnotisme, puis déposa le tout sur une table basse en Formica, où trônaient déjà une bouteille de whisky et un verre sale. Sous le regard impassible des nains, Nockman prit place dans un fauteuil en plastique et se servit une généreuse ration d'alcool qu'il avala cul sec. Après quoi, il remplit à nouveau son verre et alluma un cigarillo. Les pieds sur la table, il exhala lentement la fumée, puis il éclata d'un grand rire.

À l'intérieur du camion marron, Rocky, dissimulé derrière une pile de cartons, se demanda si Nockman était seul ou non.

Du fond de sa prison, Pétula sentit un net changement dans l'atmosphère. Elle se risqua à aboyer.

— Oh, la ferme, sale bête ! éructa le ravisseur.

Il se leva et se dirigea vers le camion. En entendant les portes arrière s'ouvrir dans un bruit de ferraille, Rocky se recroquevilla derrière ses cartons.

— Joyeux Noëlanniversaire à moi ! brailla Nockman à la vue des sacs de toile.

Il en saisit un dans chaque main, revint vers le coin salon et renversa le contenu du premier sac sur la table basse. Dix lourdes enveloppes brunes s'étalèrent sur la surface lisse du Formica. Nockman tira sur son cigare et son visage s'éclaira d'un sourire cupide. Il sortit alors une chemise bleu pâle qui contenait plusieurs feuilles dactylographiées, se carra dans son siège. Après avoir déchiré d'un coup sec le haut d'une enveloppe, il plongea ses regards dedans. Un essaim de rubis rouge sang brillait, tentateur, au fond du paquet.

Pendant ce temps, Rocky s'était silencieusement approché de l'ouverture du camion afin de risquer un œil dans la pièce. Ce gros lard de Nockman était là, un sourire extatique aux lèvres, en train de baver sur une poignée de pierres précieuses. Rocky repéra également le livre du Dr Logan posé sur la table, ainsi que le dispositif antihypnotisme du ravisseur.

Contrairement à Molly, Rocky ne maîtrisait pas l'art d'hypnotiser avec son seul regard. Chez lui, tout était dans la voix. Il jugea donc plus prudent d'attendre que Nockman soit assoupi avant d'entrer en action.

Quand il eut fini de compter le contenu des deux premiers sacs, Nockman eut une expression satanique. Il jeta son cigare par terre, l'écrasa d'un coup de talon et, toujours ricanant, remit ses lunettes à spirales et ses oreillettes.

Le voyant approcher, Rocky se hâta de regagner sa cachette au fond du camion.

Cette fois, Nockman actionna le chariot élévateur et se laissa hisser sur la plate-forme métallique. Rocky se mit à trembler de tous ses membres. Une fois à l'intérieur du camion, le gros lard décrocha une corde, fit dégringoler la pile de cartons et tomba à bras raccourcis sur le malheureux Rocky.

— Bien joué, mais c'est raté, lui dit-il en le tirant sans ménagement. Pauvre petit imbécile ! Je t'ai aperçu dans le reflet de mon verre. Tu n'avais pas pensé à ça, hein ?

Nockman était un gros mou, mais Rocky n'était pas de taille à lutter contre lui. Il eut beau se débattre, l'autre lui lia prestement les mains dans le dos et le bâillonna avec un chiffon crasseux. Puis il le traîna de force sur toute la longueur du hangar et, d'une rude bourrade, l'envoya rejoindre Pétula au fond du cachot. Alors que Rocky atterrissait brutalement sur le ciment poussiéreux, la petite chienne accourut ventre à terre pour lui lécher le visage.

— Mets-toi à l'aise, microbe ! lança le ravisseur, avant de verrouiller la porte derrière lui.

Puis il revint vers le camion et en fit le tour avec circonspection. S'il y avait d'autres rats à bord, il se chargeait de les coincer. C'est alors qu'il perçut un léger bruit au-dessus de sa tête. Quelqu'un essayait d'entrer par le toit.

# 29

Molly savait que Pétula détestait les biscuits au chocolat. Nockman s'était trahi en prétendant l'avoir bien traitée. Autrement dit, ce type était aussi fiable qu'une planche pourrie. Sans hésiter, Molly avait décidé de le suivre.

Dès que l'odieux personnage eut tourné à l'angle de la 52$^e$ rue, elle avait foncé vers la station de taxis la plus proche. Par chance, le chauffeur n'était pas un endormi. Le taxi jaune s'était faufilé habilement dans la circulation et il était parvenu assez vite à réduire la distance qui le séparait du camion marron. Molly avait l'impression de jouer dans un film d'espionnage. En d'autres circonstances, cela l'aurait amusée. Mais là, non. Elle avait les joues en feu et ses mains transpiraient plus que jamais. Quand ils étaient arrivés dans la zone industrielle de Brooklyn, elle était au comble de l'angoisse.

De loin, elle avait vu le camion de Nockman piler devant un entrepôt. Après avoir remercié le chauffeur de taxi, elle était descendue rapidement et s'était dissimulée derrière un arbre, tandis que le ravisseur pénétrait dans son repaire.

— Je te tiens, avait-elle grommelé entre ses dents.

En entendant des pas furtifs au premier étage, Nockman crut à une embuscade et il perdit complètement son sang-froid. En fait, l'intrus n'était autre que Molly. Elle avait réussi à sauter sur le toit en grimpant dans un arbre, puis elle s'était faufilée par une lucarne restée entrouverte et, de là, s'était laissée tomber en douceur sur le plancher.

Pris de frénésie, Nockman balança bijoux et pierreries en vrac au fond du camion, fourra son passeport dans sa poche, rafla ses papiers, le livre d'hypnotisme et son matériel de protection, sauta au volant et tourna la clé de contact.

En entendant le bruit du moteur, Molly comprit que Nockman s'apprêtait à partir. Elle descendit du toit aussi vite que possible en s'aidant de l'arbre qui lui avait permis d'y monter et se rua sur le trottoir pour tenter d'intercepter le ravisseur. Trop tard ! Le camion marron s'éloignait déjà dans un nuage de poussière et de fumée.

Elle s'élança après lui à toutes jambes, mais c'était peine perdue. À moitié asphyxiée par les vapeurs de gasoil, elle finit par renoncer et se retrouva seule au milieu de la chaussée déserte, entourée d'arbres poussiéreux et d'entrepôts sinistres.

Tout était fichu. Rocky s'était fait embarquer dans le camion et Nockman allait forcément découvrir sa présence tôt ou tard. Et Pétula ? Inutile de compter sur un coup de téléphone, Nockman ne donnerait plus *jamais* signe de vie. Molly faillit se sentir mal. Elle était anéantie. La seule solution pour les tirer de là, c'était d'alerter la police. Le cœur brisé, elle se traîna jusqu'à l'entrepôt. À son entrée, une série d'aboiements et de cris étouffés brisa le silence lugubre qui régnait sur les lieux. Elle traversa le local en courant, tira le verrou de la porte et se précipita à l'intérieur. Pétula lui sauta dans les bras. Tout en la cajolant, Molly s'empressa d'ôter le bâillon de Rocky, qui était au bord de la crise d'asthme.

— Molly... désolé... je n'ai rien pu faire..., haleta-t-il dès qu'il eut la force de parler. Il m'a repéré..., il a remis son attirail, et puis il m'est tombé dessus...

Il s'interrompit, à bout de souffle.

— Rock, tout est de ma faute, protesta Molly en le libérant de ses liens. Tu es sain et sauf, c'est l'essentiel. Si tu savais comme j'ai eu peur ! J'ai cru que je ne vous reverrais jamais, Pétula et toi..

Elle sortit de sa poche la boîte de pâté pour chien qu'elle avait achetée en prévision, quelques jours plus tôt. Après avoir tiré sur l'anneau d'aluminium, elle en renversa le contenu sur le sol. Pétula se jeta dessus et dévora le tout en trois bouchées. Ensuite, Molly ouvrit une bouteille d'eau minérale et en versa un peu au creux de sa main pour faire boire la petite chienne.

— Regarde-la, la pauvre ! Je suis sûre que Nockman ne lui a rien donné, pas même une goutte d'eau. Quel monstre !

Quand Pétula eut fini de se désaltérer, Molly la prit dans ses bras et la serra fort contre elle. C'était merveilleux de sentir de nouveau sa chaleur et la douceur de son poil.

— Je ne laisserai personne te faire de mal, plus jamais, je te le promets, lui chuchota-t-elle.

Assoiffée de tendresse et de réconfort, Pétula se lova sous son anorak. Tout en continuant à lui prodiguer force caresses, les deux amis songeaient à Nockman.

— Il doit être loin maintenant, dit Rocky.

— Ouais... et tel que je le connais, il doit être sur les nerfs, enchaîna Molly.

Ils restèrent silencieux un moment, les yeux rivés sur la porte grande ouverte, imaginant le truand en train de filer à vive allure sur l'autoroute. Soudain, sans se concerter, ils se mirent tous deux à sourire.

— En tout cas, il faudra bien qu'il s'arrête dans une station-service pour faire le plein, dit Rocky, l'air songeur. Il en profitera pour s'acheter une barre Paradis...

— ... et peut-être une canette de Qube, ajouta Molly.

— Ensuite, il remontera dans son camion et il reprendra la route.

— Il roulera pendant des centaines de kilomètres...

— Et après ?

— Au bout d'un moment, la fatigue commencera à se faire sentir.

— Et alors ?

— Alors, il aura une furieuse envie de dormir, mais il fera tout pour garder les yeux ouverts.

— Parce que pour lui, pas question de s'arrêter, poursuivit Rocky. Il veut sortir de l'État de New York le plus vite possible. Donc...

— Donc il branchera la radio pour se tenir

éveillé, dit Molly, toujours sur la même longueur d'onde que son ami.

— Oui, espérons-le, conclut Rocky.

Après avoir abandonné son repaire et ses nains de jardin, Nockman avait foncé à tombeau ouvert dans la banlieue de Brooklyn, les veines pleines d'adrénaline. Ses démangeaisons le reprenaient chaque fois qu'une voiture de police se pointait à l'horizon. Peu à peu, il parvint à se raisonner. Un vulgaire camion marron avait peu de chance d'éveiller les soupçons, surtout dans ce secteur. La police devait concentrer ses recherches sur Manhattan. Malgré tout, il était sur le qui-vive. Il fumait cigarette sur cigarette et suait comme un vieux fromage. Filant toujours à bonne allure, il n'empruntait que les routes secondaires et regardait constamment dans le rétroviseur. Au bout de deux heures de tourments, il se détendit et, convaincu que personne ne le suivait, il décida de rejoindre l'autoroute.

Il roula plusieurs heures d'affilée jusqu'à ce que l'aiguille du réservoir indique zéro. Il s'arrêta alors dans une station-service, fit le plein et s'acheta trois barres Paradis et quatre canettes de Qube. Après quoi, il se remit en route.

Vers neuf heures du soir, Nockman commença à ressentir les effets de la fatigue. Cela l'inquiéta.

S'il s'endormait au volant, c'était l'accident garanti. Il imagina le camion éventré comme un gros œuf de Pâques, répandant ses milliards de trésors sur le bitume. D'un autre côté, il ne voulait pas s'arrêter pour se reposer. Il s'accorderait une petite pause dès que possible pour avaler un café bien serré, ce qui lui permettrait de tenir quelques heures de plus. Pour patienter, il décida d'écouter les nouvelles à la radio.

— Ça roule, ça roule, ça roule ! chantonna un jingle.

— Oui-oui-oui ! enchaîna un animateur à la voix chaleureuse. Chers auditeurs de la côte Est et amis conducteurs, faites-nous confiance pour vous tenir éveillés tout au long de votre route. Alors relax, gardez les oreilles et les yeux grands ouverts, on se charge du reste. Avec nous, pas question de s'endormir ! On vous a concocté un programme musical sen-sa-tionnel ! Vous m'en direz des nouvelles. Mais avant notre flash d'informations, une petite page de publicité !

Nockman se sentit tout de suite mieux. C'était exactement le programme qui lui convenait. Il avait hâte d'entendre les nouvelles ; on allait sûrement y parler de son exploit. En attendant, il prêta une oreille distraite aux publicités :

*Je suis au paradis, le Paradis est en moi, mais oui,*
*Mais oui ! Je savais bien qu'un jour j'y arrive-rais...*

Après le couplet, une voix sensuelle s'éleva : « *Salut, toi... Tu veux un avant-goût du paradis ? Alors, prends vite une barre Paradis !* »

Nockman croqua dans sa barre avec délices. Une autre pub enchaîna :

*Qube ! Qube ! Pour être cool, sois Qube !*
*Tout le monde t'aimera avec le Qube que tu as !*
*Aaah ! rien de tel qu'un Qube pour voir la vie en rose !*
*Qube ! Pour étancher votre soif... et bien plus encore ! ! !*

Nockman décapsula une canette et prit une longue gorgée de Qube. Puis il se mit à sourire. Désormais, tout le monde serait à ses pieds. Pour lui qui n'avait jamais eu aucun succès, c'était une revanche dont il se régalait à l'avance.

La voix du présentateur se fit de nouveau entendre :

— Et maintenant, passons aux *nouvelles*. La principale information de la journée concerne un hold-up d'une ampleur remarquable... (Nockman augmenta le volume.) Ce matin, en plein cœur de Manhattan, la Shorings Bank a été entièrement dévalisée. Selon les divers témoignages, l'opération a été menée par un gang puissamment armé. Les voleurs se sont enfuis avec la totalité des bijoux et pierres précieuses contenus dans les coffres, soit la bagatelle de cent millions de dollars.

Nockman s'esclaffa. Ils étaient loin du compte !

— À l'heure actuelle, les experts tentent de comprendre comment les criminels ont pu neutraliser tous les systèmes d'alarme, sachant que la Shorings bénéficiait d'un réseau de protection ultrasophistiqué. Tout porte à croire que les pillards se trouvent encore dans Manhattan. Le vol a été signalé immédiatement après leur départ, ce qui a permis à la police d'établir des barrages routiers et de bloquer tous les ponts en l'espace de cinq minutes. Le trafic maritime a été interrompu sur-le-champ, et les bateaux postés à quai ont été systématiquement fouillés. Sous la menace des armes, un des gardiens de la banque a été obligé de convoyer le butin dans le propre camion de la Shorings. L'homme dit avoir ensuite réparti les joyaux dans plusieurs véhicules de marques différentes. De toute évidence, les braqueurs ont dû s'éparpiller dans tous les quartiers de la ville. Nous recommandons donc la plus grande vigilance à la population, car ces hommes sont dangereux. Bien entendu, quiconque détiendrait une information susceptible de faire progresser l'enquête est instamment prié de se mettre en rapport avec la police.

De sa vie, jamais Nockman n'avait entendu de si bonnes nouvelles. Le bulletin se termina par ces mots :

— Merci de nous avoir écoutés.

— C'est moi qui vous remercie ! riposta Nockman.

— Sacrée nouvelle, pas vrai ? reprit le journaliste.

— Ouais, tu l'as dit...

Cet homme lui plaisait. Surtout sa voix. Un timbre parfait.

— Vous vous sentez bien ?

— Oh, oui alors ! rigola Nockman.

— Vous êtes vraiment génial, n'est-ce pas ?

— Je te le fais pas dire, mon gars !

— Ça valait la peine, vos efforts ont été bien récompensés, hein ?

— Ouais !

Nockman exultait. Ce type avait raison sur toute la ligne.

— À présent, vous méritez un peu de repos... Respirez à fond et relâchez lentement votre souffle...

Nockman obtempéra.

— Bien ! Continuez à respirer profondément, vous verrez, ça vous détendra... Gardez les yeux sur la route pendant que je compte... Dix... neuf... Respirez bien... Huit... sept... six... cinq... quatre... trois... deux... un... Maintenant, vous êtes en-ti-è-re-ment en mon pouvoir, Mr Nockman. Compris ?

— Compris, répondit bêtement l'obèse.

Il se sentait merveilleusement bien, il était aux anges... et à cent lieues de se douter qu'il venait de tomber dans un piège diabolique.

— Bon, reprit soudain la voix de Rocky. Vous allez faire demi-tour, reprendre la direction de New York et revenir à l'endroit que vous avez quitté tout à l'heure. D'accord ?

— Oui, d'accord, répondit Nockman en souriant.

Et il exécuta les ordres. Sur le chemin du retour, la cassette de l'autoradio continua de se dérouler silencieusement jusqu'au bout. Le reste de la bande était vierge.

Dimanche soir, Molly et Rocky avaient juste eu

le temps d'enregistrer une fausse émission de radio dans la chambre d'hôtel. Pour élaborer ce plan, ils s'étaient fondés sur deux choses :

Premièrement (c'est un fait avéré), la plupart des adultes ont une fâcheuse tendance à sous-estimer l'intelligence des enfants ;

Deuxièmement (simple détail technique), si une cassette est déjà enclenchée dans un autoradio, elle se met automatiquement en route quand on branche l'appareil.

# 30

Molly, Rocky et Pétula patientèrent sagement dans l'entrepôt, au milieu des nains de jardin. À la tombée du jour, Molly partit en quête d'une cabine téléphonique pour appeler Rixey Bloomy. Elle lui raconta qu'elle était trop bouleversée par la disparition de Pétula pour assurer son rôle ce soir-là.

— Je suis navrée, Rixey, mais j'ai peur de m'effondrer sur scène.

— Mais bien sûr, ma chérie, je comprends. Ne t'inquiète pas, Laura te remplacera au pied levé, elle est là pour ça. Le public comprendra...

Molly éprouva des remords en pensant à la

déception des gens qui allaient se déplacer spécialement pour elle. Elle se consola en se disant que Laura, sa doublure, attendait depuis longtemps l'occasion de montrer ses talents. De son côté, Rocky n'eut même pas à prévenir ses parents adoptifs : les Alabaster le croyaient à un camp scout et ils ne risquaient pas de s'inquiéter. En revanche, il téléphona pour commander des pizzas. Une fois repus et le cœur plein d'espoir, les deux amis se mirent ensuite à guetter l'arrivée de Nockman.

Pendant ce temps-là, Pétula se défoulait sur les nains. Elle les reniflait l'un après l'autre en grondant, prête à passer sa colère sur le premier qui broncherait. Avec leurs grosses joues et leur sourire grimaçant, ces personnages grotesques lui rappelaient les aliens de *Stars sur Mars* – en plus petit. Dans la pénombre du hangar, un ou deux d'entre eux présentaient même une horrible ressemblance avec son ravisseur.

Lassés de ne rien faire, les deux amis s'aventurèrent au premier étage pour regarder par la fenêtre qui donnait sur la rue plongée dans les ténèbres.

— Tu crois qu'il a écouté la cassette ? demanda Rocky.

— J'espère, sinon je suis dans de beaux draps. Il n'hésitera pas à me dénoncer.

— En admettant qu'il ait branché la radio, reste à savoir si notre ruse a marché. Pourvu que ma voix soit bien passée !

— On n'a plus qu'à attendre et on verra bien, dit Molly avec fatalisme.

Une visite plus approfondie des lieux leur permit de découvrir des cabinets (dont ils s'empressèrent de claquer la porte) et une minuscule cuisine équipée d'un fourneau crasseux, d'un réfrigérateur qui puait le lait caillé et d'un évier où traînaient plusieurs paires de gants en caoutchouc et une bouteille de Moussinmax.

Il y avait des cartons empilés un peu partout. Molly et Rocky les ouvrirent au fur et à mesure, découvrant des flacons de parfum, des bijoux, des montres, des bibelots ou des antiquités.

— Waouh ! fit Molly. Il y en a pour une fortune.

— Ça m'étonnerait, regarde, dit Rocky en lui montrant l'estampille « *Made in China* » sur les boîtes. Ce ne sont que des contrefaçons. Mais, connaissant Nockman, je suis sûr qu'il les fait passer pour d'authentiques articles de luxe.

Dans un autre réduit, ils tombèrent sur une collection de sacs en cuir.

— Là encore, rien que du faux, commenta Rocky. Si tu regardes de plus près, tu verras qu'ils ne sont pas cousus mais collés... Ça doit craquer au bout de deux jours. C'est des copies de grandes marques. J'ai entendu parler de ce genre de trafic.

— Et, bien entendu, Nockman les revend au prix fort.

— Ben oui, pourquoi se gêner, hein ?

Au rez-de-chaussée, ils trouvèrent des caisses remplies de porcelaines anciennes, probablement fabriquées quelques mois plus tôt dans la banlieue de Shanghai. Certains cartons renfermaient un bric-à-brac de tout ce que Nockman avait pu rafler au cours de sa malhonnête carrière : des sèche-cheveux, des paniers à chat, des marteaux, des ampoules, des postes de télé, des chaînes hi-fi… et même un lot de coucous suisses.

— Que des trucs volés, je parie.

— Ou tombés du camion, comme on dit, acquiesça Molly.

Peu après minuit, un véhicule freina devant l'entrepôt, tous phares allumés.

— Le voilà ! s'écrièrent les deux amis d'une seule et même voix.

Ils se précipitèrent vers la porte métallique et l'ouvrirent en grand. Nockman se gara à l'intérieur, écrasant sous ses pneus une dizaine de théières. Molly et Rocky s'avancèrent pour l'accueillir. Le criminel du siècle resta assis au volant, le regard fixe et l'air totalement abruti.

Conduire en état d'hypnose avait été une curieuse expérience. À un moment, il était sorti de l'autoroute et avait pris soixante-deux fois le même échangeur avant de trouver le bon embranchement.

— Vous pouvez descendre, lui dit Rocky en ouvrant la portière.

Doux comme un agneau, Nockman mit pied à terre. Pétula commença aussitôt à grogner. Voyant son ravisseur gonfler les joues comme un ballon de baudruche et rouler les yeux dans tous les sens, elle recula prudemment. Ce bonhomme ne ressemblait pas à la grosse brute qu'elle avait connue. On l'aurait cru sur le point d'exploser. Elle décida de le laisser tranquille et préféra s'attaquer à un nain de jardin.

Pendant ce temps-là, Molly était allée récupérer le livre du Dr Logan. Elle le serra contre elle en poussant un immense soupir de soulagement, puis rejoignit Rocky qui était toujours avec Nockman.

— Je le verrais bien au bord d'une mare, lui glissa-t-elle. Tu connais l'histoire de la grenouille qui veut se faire plus gros que le bœuf ? Eh bien, c'est tout à fait lui !

— Mmmm..., fit Rocky en gloussant. Écoutez-moi bien, reprit-il à l'adresse du gros plein de soupe. Vous obéirez aussi à cette personne.

Elle s'appelle... (il regarda autour de lui)... Sèche-Cheveux.

— J'ai connu pire comme surnom, murmura Molly.

— Moi, je m'appelle... euh... Panier-à-Chat.

Nockman hocha la tête avec le plus grand sérieux. Molly et Rocky pouffèrent.

— Alors, comment est-ce que je m'appelle ? interrogea Rocky.

— Panier-à-Chat, articula Nockman, comme s'il s'adressait à une divinité.

— Et cette personne ?

— Sèche-Cheveux. Je suis prêt à faire – tout ce que – Miss Sèche-Cheveux et – Mr Panier-à-Chat – voudront.

Les aboiements de Pétula vinrent couvrir le fou rire qui s'était emparé des deux amis.

— Ssshhh, Pétula ! lui ordonna Molly, une fois calmée. Bon, et maintenant ?

Pensif, Rocky se mit à tripoter ses sourcils. Ils avaient envisagé plusieurs solutions en attendant le retour de Nockman, mais ils n'avaient encore pris aucune décision.

— On n'a qu'à faire comme j'ai dit, proposa Rocky en baissant la voix. On laisse le camion ici, on retourne à Manhattan avec Nockman – toujours dans le cirage –, on l'abandonne quelque part et on passe un coup de fil anonyme à la police pour leur donner l'adresse de l'entrepôt. Ensuite, à eux de se débrouiller !

— Pas question, rétorqua Molly. Je t'ai déjà expliqué : si la police débarque ici, ils remonteront forcément jusqu'à Nockman, et quand ils l'interrogeront, ils verront bien qu'il n'est pas dans son état normal. Ils le feront sortir de sa transe d'une manière ou d'une autre, après quoi Nockman crachera le morceau et on se fera prendre à notre tour.

— Et si on allait garer le camion ailleurs ?

— Inutile, ils arriveraient sans doute à retrouver la trace de Nockman grâce à la plaque d'immatriculation ou au numéro du moteur. Et puis c'est trop risqué. Non, ce qu'il faudrait, c'est cacher les bijoux quelque part... J'ai une idée ! Si on les mettait dans des sacs-poubelles ? Il n'y aurait plus qu'à les déposer devant la Shorings, ni vu ni connu.

Rocky n'avait pas l'air emballé.

— Pourquoi pas ? insista Molly. La banque a sûrement relâché sa surveillance, maintenant qu'il n'y a plus rien à voler à l'intérieur. Et puis, personne ne s'attend à ce que les voleurs reviennent sur place. Surtout pour rendre les bijoux ! Une fois qu'on aura déposé les sacs, on ira tranquillement prévenir la police...

— Non, pas de sacs-poubelles, protesta

Rocky. Tu imagines, si les éboueurs les ramassent entre-temps ? Ce serait quand même dommage que tout finisse broyé dans une benne à ordures, non ? Et puis il y en a des tonnes, on mettrait des heures à décharger et ça finirait par attirer l'attention.

Pétula, sentant monter la tension, se mit à aboyer rageusement après un nain rose à bonnet rouge, comme si tout était de sa faute.

— Oui, tu as raison, les sacs-poubelles, ce n'est pas une bonne idée, convint Molly. On pourrait se servir de tous les sacs à main qu'on a vus là-haut ?

— Trop petits, décréta Rocky. En plus, les gens les voleraient tout de suite. Un sac à main, c'est tentant, il y a toujours de l'argent dedans.

— Bon, résumons-nous : il nous faut des sacs assez grands, qui ne se fassent ni voler, ni embarquer. Ça ne va pas être simple...

Pétula s'en prenait maintenant à un autre nain. Elle s'acharnait à vouloir lui mordre le nez, tant et si bien qu'elle finit par le renverser. Le gnome au bonnet rouge heurta le béton avec un « Schlok ! » sonore et sa tête partit rouler sur le sol, vingt centimètres plus loin. Pétula bomba fièrement le poitrail, comme si elle venait d'abattre une gorgone.

— Les nains ! s'exclama Molly. On n'y avait

pas pensé, mais ils sont creux ! Regarde, on peut même les remplir de sable en dévissant la plaque du fond pour qu'ils soient plus stables.

— Impeccable, dit Rocky en ramassant la pipe du nain. Merci, Pétula !

— Ouaf ! Ouaf ! fit la petite chienne, toute contente d'elle.

Molly, Rocky et Nockman passèrent les deux heures et demie suivantes à farcir les nains de joyaux. Les mains protégées par des gants en caoutchouc Moussinmax pour ne pas laisser d'empreintes, ils les garnissaient l'un après l'autre d'un savant mélange : d'abord les pièces les plus fragiles et les plus légères dans la tête et la partie haute du corps, ensuite quelques colliers par-ci, quelques bracelets par-là, enfin les pierreries et les paquets les plus lourds dans le bas. Ainsi, rien ne s'abîmerait et les gnomes ne risqueraient pas de se casser la figure. En moyenne, il y avait assez de place dans chacun pour caser l'équivalent de deux sacs de jute. Une fois refermés, les petits bonshommes avaient l'air aussi innocents qu'auparavant.

Nockman, suant comme une vieille chaussette sale, déposa enfin le dernier nain dans le camion. Pendant que Molly et Rocky admiraient la joyeuse petite troupe prête à passer à l'action,

Nockman manœuvra le monte-charge électrique pour descendre du camion.

— Et lui, on le laisse ici ? demanda Rocky.

— Non, ce ne serait pas prudent, il en sait trop, chuchota Molly. Certains détails pourraient lui rafraîchir la mémoire... Un plan qui traîne ou ce genre de chose.

— Si je comprends bien, il faut qu'on l'emmène avec nous.

— Désolée, mais c'est comme ça. D'ailleurs, il pourra nous être utile. Sans son aide, on en serait encore à charger le camion, je te signale. Et puis, tu ne sais pas conduire, que je sache ?

— S'il le fallait, j'en serais capable, répliqua Rocky avec un sourire narquois.

— Tu es tombé sur la tête ou quoi ? Allez, viens, il est temps de bouger. Le jour va se lever dans une heure ou deux.

— Je sais, dit Rocky en bâillant à s'en décrocher la mâchoire.

— Raison de plus pour se dépêcher, il faut qu'on se débarrasse de tout ça avant que Manhattan se réveille.

Molly et Rocky firent rapidement le tour des lieux, histoire de vérifier qu'ils n'avaient laissé aucune trace compromettante derrière eux. Ils sautèrent ensuite dans le camion. Nockman et Rocky s'installèrent à l'avant, Molly et Pétula à l'arrière avec les nains. Un instant plus tard, ils quittaient l'entrepôt et traversaient Brooklyn, direction Manhattan.

Nockman conduisait de façon très, très décontractée. Il faisait quelques écarts de temps à autre, mais dans l'ensemble il ne s'en sortait pas si mal. À l'entrée du pont de Manhattan, Rocky remarqua que la police arrêtait tous les véhicules qui roulaient en sens inverse, ce qui créait un embouteillage monstre. En revanche, les voies qui menaient vers le centre-ville étaient quasiment désertes. Ils gagnèrent l'autre rive en un temps record.

Une fois dans Manhattan, l'opération « Lâchez les nains » put enfin démarrer. Rocky et Molly comptaient éparpiller la petite troupe aux quatre coins de la ville, pour que le camion n'ait pas à s'arrêter longtemps au même endroit. Dès qu'il apercevait un petit coin de verdure tranquille, Rocky ordonnait à Nockman de faire halte, puis il tapait contre la cloison pour avertir Molly, laquelle entrait alors en action. D'abord déverrouiller la porte de l'intérieur, ensuite sauter sur la plate-forme avec un précieux nain dans les bras, abaisser la plate-forme jusqu'au niveau du trottoir et aller déposer le nain dans un jardin d'adoption. Pendant ce temps-là, Rocky relevait soigneusement l'emplacement sur son plan, et ils repartaient. Ils semaient des nains partout : au pied des arbres, au creux des haies, sur n'importe quel carré de pelouse, dans les squares, au milieu des massifs de fleurs, à côté des toboggans, des balançoires ou des fontaines. Avec son air rieur, l'un des gnomes semblait se moquer du redoutable tyrannosaure posté à l'entrée du Muséum d'histoire naturelle. Au pied d'un immense sapin de Noël, un autre contemplait la patinoire déserte du Rockefeller Center, tel un brave paysan ravi de voir sa mare transformée en miroir. Deux nains allèrent orner l'entrée de Central Park, côté Strawberry Fields, et deux de leurs compères, celle du zoo de Manhattan.

Pour chaque opération, il fallait compter environ cinq minutes. Cinq minutes d'angoisse durant lesquelles Molly redoutait un incident. À plusieurs reprises, il s'en fallut d'ailleurs de peu. Près du parc de Riverside Drive, une voiture de police surgit au moment même où elle s'apprêtait à descendre de la plate-forme, et elle dut battre en retraite à l'intérieur du camion. La voiture les frôla lentement, silencieusement, tel un requin flairant une proie, et Molly croisa les doigts pour qu'elle passe son chemin sans s'occuper d'eux. Un peu plus tard, aux abords de Gramercy Park, Pétula s'échappa pour courir après un chien errant. N'osant pas l'appeler à grands cris, Molly eut toutes les peines du monde à la faire revenir. À Union Square, deux Japonais en goguette trébuchèrent sur le nain qu'elle venait juste de poser par terre. Mais, comme ils étaient complètement soûls, ils s'éloignèrent sans rien remarquer.

Molly et Rocky finirent par se débarrasser de leurs vingt-cinq petits bonshommes bariolés. Leur esprit taquin les poussa à déposer les deux derniers devant l'entrée de la Shorings Bank.

— Super ! dit Molly en admirant sa mise en scène.

Puis elle prit Pétula sous le bras et monta à l'avant du camion pour rejoindre Rocky. Sur leur ordre, Nockman fit route vers la 52ᵉ rue, et Rocky en profita pour éjecter la cassette de l'autoradio. Quand le camion fut remisé dans le hangar, ils refermèrent soigneusement la porte et rentrèrent à pied. Ils s'arrêtèrent en chemin pour téléphoner à la police d'une cabine publique et tendirent l'appareil à Nockman, qui débita le message suivant d'une voix neutre :

— Les bijoux de – la – Shorings – sont – en – lieu – sûr. Cherchez les – nains – dans les rues de – Manhattan.

Sur ce, ils raccrochèrent. Après avoir hélé un taxi, ils rentrèrent enfin à l'hôtel Bellingham. Il était six heures du matin et le jour n'était pas encore levé.

# 31

L'employé de la réception était épuisé par sa longue nuit de veille. Molly n'eut aucun mal à l'endormir à sa façon. Elle le persuada de trouver une chambre pour Nockman, ainsi qu'un rasoir, de la mousse à raser et un costume propre à sa taille – n'importe lequel ferait l'affaire. Le réceptionniste hocha la tête et les conduisit au seizième étage. Arrivée devant la porte de la chambre, Molly lui dicta les dernières recommandations :

— Vous ne vous souviendrez plus de cet homme une fois que vous lui aurez apporté son costume, compris ?

— Com-pris.

— Merci, vous pouvez nous laisser.

Elle se tourna alors vers Nockman.

— Vous allez dormir jusqu'à deux heures de l'après-midi. Ensuite, vous prendrez un bain, vous vous laverez les cheveux et vous raserez votre bouc et votre moustache. Quand vous serez propre comme un sou neuf, vous viendrez me rejoindre, chambre 125.

Cela fait, Molly et Rocky regagnèrent leurs pénates. Après avoir ôté leur anorak, ils se jetèrent tout habillés sur le lit. Pétula se pelotonna dans un fauteuil.

Quelques heures plus tard, la sonnerie du réveil tira Molly de son sommeil. Elle se redressa, s'appuya sur un coude et resta un moment à regarder Rocky dormir, à écouter sa respiration. Et la pluie, dehors, qui tombait à torrents. Leur expédition nocturne semblait déjà appartenir au royaume des rêves. Elle eut un léger sourire et décrocha le téléphone pour appeler le service d'étage.

Rocky ouvrit les yeux en sentant une délicieuse odeur de pain grillé et d'œufs brouillés. Molly alluma la télévision, et tous deux avalèrent leur petit déjeuner en même temps que les premières nouvelles de la journée. « L'affaire des nains » mobilisait toutes les chaînes. Sur Canal 38, un journaliste abrité sous un grand parapluie, juste devant la prestigieuse façade de la Shorings, commentait avec passion les récents événements :

— Aussi incroyable que cela puisse paraître, les bijoux de la Shorings Bank ont été restitués *dans leur totalité* ! Après vérification, l'établissement vient de nous confirmer qu'il ne manque pas le moindre diamant ni le plus petit rubis. La méthode utilisée pour rendre le butin ne fait qu'épaissir le mystère qui entourait déjà cette affaire. En effet, les bijoux ont été dissimulés dans des nains de jardin disséminés aux quatre coins de Manhattan. Ils ont été récupérés aux premières heures de la matinée, à la suite d'un appel anonyme. Les enquêteurs ne disposent pour l'instant d'aucun indice, si ce n'est que l'informateur semblait avoir l'accent de Chicago. Voici maintenant quelques images pour illustrer, pas à pas, cette fabuleuse chasse au trésor.

Sur l'écran défilèrent des images montrant les nains, hilares, sous le faisceau des torches policières, surpris comme des voleurs en flagrant délit, qui au détour d'un buisson, qui au coin d'une pelouse. C'était un spectacle très amusant. Le journaliste reprit la parole :

— Les enquêteurs restent perplexes quant aux raisons qui ont poussé les criminels à restituer le trésor. Pour certains, il s'agirait d'un acte de pure provocation ; pour d'autres, d'une sorte de vengeance de la part d'une bande rivale qui aurait subtilisé le butin entre-temps. En tout cas, nul doute que cette histoire va faire couler beaucoup d'encre dans les jours à venir. À vous les studios !

— Non, encore ! s'exclama Rocky. Montrez-nous encore vos policiers perplexes et nos nains en train de leur rire au nez !

Il braqua la télécommande sur le poste et passa toutes les chaînes en revue, mais les informations du matin tiraient à leur fin.

— Dommage, soupira-t-il. C'est la première fois que j'entends parler de moi à la télé. C'était génial.

— C'est nous qui sommes géniaux, dit Molly. À la fois voleurs et agents secrets ! On a fait un vrai travail de pro.

— À un ou deux détails près, quand même..., souligna Rocky en riant. Tu faisais moins la fière dans la banque, hier, quand tu as appris qu'on avait été filmés. Si tu avais vu ta tête ! Tu avais l'air morte de trouille, ma pauvre !

— Peut-être, mais pas autant que toi quand tu as cru que tout était fichu à cause du décodeur d'iris.

— Ouais, ouais ! Et quand Pétula s'est carapatée près de Gramercy Park, tu t'en souviens ?

Molly éclata de rire et ils continuèrent à évoquer, l'un après l'autre, les épisodes les plus palpitants de leur aventure.

— Ce qui est fou, c'est qu'ils ne sauront jamais qui a fait le coup ni comment, dit Rocky. Tu sais quoi ? Je pense que ce hold-up entrera dans l'histoire !

Entrer dans l'histoire... Molly repensa subitement à Nockman. C'était exactement les mots qu'il avait prononcés, le soir du rendez-vous dans Central Park. D'autres paroles lui revinrent en mémoire. Elle éteignit la télé et se mit à triturer sa serviette avec nervosité.

— Tu sais, Rocky, je ne vaux pas mieux que Nockman. Moi aussi, je suis une criminelle.

Rocky la fixa avec des yeux ronds.

— Si, si, je t'assure. Il faut regarder les choses en face : tout ce que j'ai fait, c'est de l'arnaque. J'ai arnaqué Barry Bragg pour qu'il me paie ce palace, j'ai arnaqué Rixey Bloom pour avoir la vedette dans *Stars sur Mars,* j'ai arnaqué Davina Nuttel pour lui chiper sa place, j'ai arnaqué le jury du concours de Briersville pour avoir le premier prix... et du coup j'ai arnaqué tous ceux qui le méritaient dix fois plus que moi.

— Oh, arrête ! répliqua Rocky avec insouciance. Tu es un génie de l'hypnotisme. Tu es douée pour ça comme d'autres sont doués pour le piano ou le violon. Ton talent est là, Molly. Les autres candidats de Briersville ne t'arrivaient pas à la cheville. Aucun d'eux n'aurait pu réussir comme tu l'as fait. Tout le monde est content, regarde : le public a adoré le spectacle, et Rixey et Barry sont aux anges. Grâce à la publicité que tu leur as faite, des millions de gens vont se précipiter pour voir *Stars sur Mars* et les billets se vendront comme des petits pains. Tu n'as rien d'une voleuse ; tu n'emploies pas les mêmes méthodes que les autres pour arriver à tes fins, c'est tout. La seule personne qui pourrait avoir des raisons de se plaindre, c'est Davina Nuttel. Et d'après ce que j'ai cru comprendre, ce n'est pas un ange non plus, pas vrai ? Nous sommes les seuls à connaître la vérité, toi et moi. Alors pourquoi s'en faire ?

— Ouais, d'accord... Mais il vaut mieux vivre sans tricher, tu ne trouves pas ?

— Si, bien sûr. Mais je voudrais que tu arrêtes de culpabiliser, ça ne sert à rien. Essaie de rester zen !

Pour Molly, c'était impossible. Depuis son arrivée en Amérique, elle avait l'impression d'avoir galopé comme un cheval fou, tête baissée, sans savoir où elle allait. La présence de Rocky l'avait ramenée au pas, et c'est seulement maintenant qu'elle regardait autour d'elle avec lucidité.

— En fait, il n'y a pas que ça, reprit-elle. Il y

a quelque chose qui me tracasse. Un truc qui me mine. Cette chambre d'hôtel est magnifique, je sais que je mène une vie de rêve et tout, mais à vrai dire, je commence à en avoir marre de jouer les stars. Cette Molly Moon-là ne me plaît pas. Ce n'est pas moi. Ça va sans doute te paraître bizarre, mais j'en ai assez que les gens m'aiment. Du moins de cette façon-là. Ils ne m'aiment pas pour ce que je suis mais parce que je les ai conditionnés. Ils aiment une idole virtuelle, une image de pub, une Molly Moon de pacotille. Du coup, j'ai l'impression de ne plus exister en tant que moi-même, je me sens minable derrière cette fausse idée que les gens ont de moi. Je perds mon temps, ici. Je ne mène pas ma propre vie, personne ne connaît ma vraie personnalité.

Elle tourna ses regards vers Pétula, qui dormait encore profondément.

— Même son affection à elle est complètement fabriquée... Si elle est attachée à moi, c'est uniquement parce que je l'ai hypnotisée.

— Voyons, Molly, ça fait des siècles ! Depuis le temps, tu penses bien que les effets se sont dissipés.

— Qu'est-ce que tu veux dire ?

— Que ça ne dure pas éternellement. C'est les leçons que l'on tire de l'hypnose qui peuvent se prolonger éternellement. Grâce à toi, Pétula a pris de nouvelles habitudes. Tu lui as fait comprendre que les biscuits au chocolat lui faisaient du mal. Depuis qu'elle n'en mange plus, elle se sent tellement mieux qu'elle n'a plus envie d'en avaler. Et pourtant, elle n'est plus en état de transe. Si elle t'aime, c'est sincère.

— Alors d'après toi, l'emprise que j'ai sur Barry Bragg et Rixey Bloomy va se dissiper également ?

— À la longue, oui. Mais ils ne s'en apercevront même pas. La seule chose qu'ils se rappelleront, c'est que tu es une fille super. Mais si tu t'absentais pendant six mois, tu ne leur ferais plus le même effet et il faudrait tout recommencer à zéro.

— Et le public que j'ai hypnotisé ?

— Pareil. Les gens ont gardé un merveilleux souvenir de toi, mais s'ils te voyaient de nouveau sur scène, tu devrais encore les hypnotiser, sinon ils verraient bien que tu ne casses pas trois pattes à un canard.

— Merci, ça a le mérite d'être franc, répondit Molly en souriant. Mais où as-tu appris tout ça ?

— Dans le livre, pardi !

Molly lui lança un regard en biais.

— Oups ! Pardon, j'avais oublié... C'est à la fin du chapitre 8.

— Et tu as gardé cette information *essentielle* au fond de ta poche ? Tu es vraiment gonflé !

— Désolé.

— Bah, c'est pas grave, répondit Molly, songeuse. J'aurais pu me douter que l'hypnose finissait par s'user. Tu sais quoi ? C'est exactement pareil pour la vie que je mène ici. Le luxe, les plaisirs, les paillettes, la gloire, ça ne me fait plus le même effet. J'ai envie de quitter New York avec toi et Pétula. Surtout maintenant que tu m'as dit ça. Tu me vois en train d'hypnotiser tout le monde à tour de bras, en permanence et jusqu'à la fin de ma vie ? Bbbbrrrr ! Quel cauchemar !

— Où veux-tu aller ?

Molly leva les yeux au plafond et resta un instant silencieuse.

— En fait... ça fait un moment que je m'inquiète pour ceux qui sont restés à Hardwick House. Je ne parle pas de Hazel ou de Gordon. Mais de Gemma, de Gerry, de Ruby, de Jinx...

— Mmmm, moi aussi, avoua Rocky. Avec Hazel aux commandes, ça ne doit pas être la joie. Même si Mrs Trinklebury leur rend visite de temps en temps, c'est sûrement dix fois pire que du temps d'Adderstone !

— Tout ça par ma faute, soupira Molly. Les pauvres, je parie que Hazel leur fait faire tout le sale boulot ! Écoute, Rocky, je vais retourner là-bas... Mais si tu ne veux pas me suivre, je comprendrai très bien, surtout maintenant, avec tes nouveaux parents et...

— Justement, il faut que je t'en parle. Les Alabaster ne sont pas très gentils.

— Comment ça ?

— Eh bien, pour tout dire, ils sont atroces.

Rocky décrivit rapidement sa famille adoptive. Sous leurs dehors aimables et souriants, les Alabaster étaient des gens épouvantables. Et d'une sévérité maladive. Sitôt arrivés chez eux, ils s'étaient montrés sous leur vrai visage et Rocky avait dû subir leur autorité.

— Ils m'obligeaient à porter des costumes tout raides et démodés. Je restais enfermé à la maison, mes seules distractions, c'était les puzzles ou l'origami.

— Qu'est-ce que c'est que ça ?

— L'art du pliage japonais. Ça ne me dérangeait pas d'en faire un peu, mais les explications du livre étaient impossibles à suivre et j'y passais toute la journée !

— Oh, vraiment ?

— Disons une grande partie de la journée. Ils prétendaient que ça me formerait l'esprit. Inutile de te dire que je les ai hypnotisés pour leur faire passer le goût de l'origami.

— Quoi d'autre ?

— Eh bien... Je n'avais pas le droit de sortir – j'aurais pu salir mes beaux habits, tu comprends. Ou attraper des puces en jouant avec d'autres enfants. De toute façon, il n'y avait pas d'enfants dans le voisinage. Il n'y avait que des vieux. Un jour, je suis allé faire un tour, histoire de m'aérer un peu. Eh bien, ils ont appelé la police ! J'ai essayé de les hypnotiser pour les rendre un peu plus relax, mais ma technique n'était pas encore au point et ça ne marchait pas toujours. Je ne suis pas aussi doué que toi, Molly. En tout cas, si je les avais écoutés, je n'aurais rien eu le droit de faire. Interdit de chanter. De siffler. D'aller se promener. De regarder la télé. Interdiction de lire – sauf les vieux albums de Mrs Alabaster, qui datent de quand elle était petite fille. Et si tu avais vu ce qu'ils me donnaient à manger, c'était dégoûtant ! À croire qu'ils me prenaient pour un lapin.

— Un lapin ?

— Oui, ils suivaient tous les deux un régime basses calories, tendance végétarienne, tu vois le genre ? Le plus souvent, ça ressemblait à de la bouillie saupoudrée de paillettes bizarres, comme les trucs qu'on donne aux poissons rouges. Bref, c'était dur de vivre avec eux. Au bout du compte, j'ai fini par les embobiner. Mais j'étais déçu. J'aurais aimé que le courant passe entre eux et moi.

Et, par-dessus tout, je m'ennuyais de toi. C'est toi ma seule famille, Molly. Depuis toujours.

— Merci..., répondit Molly en rosissant.

Pendant quelques minutes, ils se regardèrent tous deux en souriant, sans rien dire, appréciant le bonheur d'être ensemble.

— Comment tu t'en es sorti finalement ? demanda Molly.

— En leur mettant en tête l'idée que ça ne collerait jamais entre nous, étant donné qu'ils ne m'aimaient pas. Je les ai persuadés de me renvoyer ; je leur ai dit que c'était la meilleure solution pour tout le monde, et tout le blabla.

— J'ai peur que ce soit plus compliqué pour moi. Je ne vois vraiment pas comment me dépêtrer de tout ça.

— Ça va s'arranger, tu verras, déclara Rocky, toujours optimiste. J'ai ma petite idée. Je sais déjà ce que tu peux faire pour apaiser ta conscience. Deux ou trois coups de téléphone et l'affaire sera réglée.

Dix minutes plus tard, Molly décrochait le téléphone.

— Allô, Barry ? Je suis avec Pétula, on l'a retrouvée cette nuit.

— Comme les nains de la Shorings Bank !

— Oui..., c'est ça. Seulement voilà, Barry, je

suis encore bouleversée par cet enlèvement. J'ai besoin de repos. Je voudrais que Davina reprenne mon rôle. J'ai l'intention de m'absenter pendant un bon moment.

— Voyons, Molly !...

— Il le faut, Barry.

— Oui, je comprends... Mais tu vas nous manquer, Molly. À moi, à Rixey et à toute l'équipe.

— Je sais, merci. Vous aussi, vous allez me manquer. Maintenant, écoute-moi bien : je voudrais que tu t'occupes de régler ma note d'hôtel... et aussi mon salaire. Euh... tu as une idée de la somme ?

— Eh bien..., avant tout, il faut tenir compte des frais que nous avons engagés – ton entretien, l'achat de cette énorme loupe que tu as voulu ajouter au décor... D'un autre côté, le spectacle a bénéficié d'une publicité formidable grâce à toi. Par conséquent, je pense que... trente mille dollars, ça serait convenable, calcula rapidement Barry, après avoir retenu ses dix pour cent de commission.

— Parfait, déclara Molly, tout à fait satisfaite de la somme. Est-ce que tu pourrais me faire porter l'argent aujourd'hui, disons à quatre heures ? En liquide, s'il te plaît.

— Entendu.

— Une dernière chose, Barry. Je compte sur

toi pour prévenir Rixey que je ne jouerai pas ce soir non plus. Laura me remplacera à merveille. Et, quand Davina reprendra le flambeau, essaie de lui trouver un super rôle quelque part, d'accord ? Je voudrais que tu la prennes sous ton aile, elle le mérite.

— Pro-mis.

— Quant à mon départ, inutile d'en parler. Personne ne doit savoir avant demain que je quitte New York.

— Pro-mis.

— Embrasse Rixey de ma part et dis-lui que je l'appellerai.

— Pro-mis.

— Bon... eh bien, au revoir, Barry, et merci pour tout.

— Pro-mis.

Molly reposa doucement le combiné.

— Tu vois, ce n'était pas si difficile que ça, lui dit Rocky.

— Non, c'est vrai, répondit-elle avec une certaine tristesse.

Elle s'était attachée à ce vieux fou de Barry Bragg. Il allait lui manquer, c'est sûr.

# 32

Peu après, Nockman frappa à la porte de Molly. Il était très chic dans le costume de portier vert et or que le réceptionniste lui avait prêté. Il entra en traînant les pieds et resta debout, soumis et patient, tandis que les deux amis l'examinaient sur toutes les coutures. Il s'était lavé les cheveux mais il avait oublié de se coiffer. Ses longues mèches pendouillaient comme des lambeaux d'étoupe. Il s'était rasé de près mais il avait le visage bouffi, le teint pas frais et une vilaine irruption de boutons sous le menton.

— Une coupe de cheveux ne lui ferait pas de mal, commenta Rocky.

Aussitôt dit, aussitôt fait, Molly fit asseoir son client et lui mit une serviette sur les épaules. Cinq minutes plus tard, Nockman était déjà nettement plus présentable. Avec son crâne chauve et sa couronne de cheveux réduite à quelques centimètres, il avait tout d'un moine. Rocky lui tendit une banane.

— Pendant huit jours, vous ne mangerez que des fruits, lui dit-il. Ce petit régime vous fera du bien. Et pendant qu'on y est, vous arrêterez de fumer.

Le gros bonhomme s'attaqua voracement à la banane, sans se soucier des petits bouts qui tombaient en pluie sur la moquette.

— Regarde ça, il mange comme un porc ! grimaça Molly. On pourrait peut-être en profiter pour lui apprendre les bonnes manières ?

— OK, dit Rocky. À partir de maintenant, Nockman, vous mangerez avec l'élégance euh...

— ... d'une reine ! suggéra Molly.

— Puis-je avoir un rince-doigts, siouplaît ? demanda l'ancien glouton, le petit doigt en l'air.

— Il s'améliore, mais son accent de Chicago pourrait le trahir – et nous avec. Écoutez bien, Nockman : désormais, vous parlerez avec l'accent... allemand.

— Bien zûr, comme fou foudrez.

— Maintenant, levez-vous.

Les deux amis refirent le tour du personnage, observant d'un regard critique son dos voûté, son cou eczémateux, son double menton et ses petits yeux sournois.

— Qu'est-ce qu'on pourrait faire pour le rendre un peu plus sympathique ? s'interrogea Rocky.

À titre d'expérience, il lui ordonna de faire le beau comme un brave toutou. Nockman se mit instantanément en position, les bras repliés, la langue pendante, le regard implorant et affectueux.

— Bravo, c'est presque ça..., mais rentrez la langue.

— Pauvre type, il n'est vraiment pas net, chuchota Rocky. Il me fait pitié.

— Ça ne va pas, non ? s'insurgea Molly. C'est un sale rat !

Aussitôt, Nockman se mit à quatre pattes pour renifler le tapis.

— Je ne vous ai pas dit de faire le rat, gronda Molly.

— Ex-cusez-moi, Miss Zèche-chefeux.

— Je suis sûr qu'il est seul et sans amis, poursuivit Rocky à voix basse.

— Tu parles ! Je parie qu'il a une bande de copains aussi tordus que lui. D'ailleurs, on n'a qu'à lui demander.

— Est-ce que vous avez des amis, Nockman ?

— Non, non, pas t'amis, chamais, répondit le robot germanique. Le seul ami que j'afais, z'était une pétite perruche apprifoisée. Je l'avais appelée Fluff. Elle chantait drès bien. Je la laissais foler en liberté. Mais un chour...

Les yeux de Nockman s'embuèrent de larmes. Décontenancée, Molly détourna la tête. Il ne fallait surtout pas qu'elle le prenne en pitié. Rocky, pour sa part, se montra plus charitable.

— Que lui est-il arrivé ?

— Elle s'est fait prendre dans un des pièges de Mr Snuff. Je l'ai retroufée morte. Étranglée.

— Oh, c'est affreux ! compatit Rocky. Molly, reconnais que c'est triste ! Pauvre petite bête... Mais qui était ce Mr Snuff ?

— Notre propriétaire. Nous partachions la maison et le même chardin.

— Mais pourquoi n'aviez-vous pas d'amis, à part cette malheureuse perruche ?

— Parce qu'on me troufait... bizarre.

— Comment ça, bizarre ?

— Pas comme les autres... Alors, personne ne foulait de moi.

— C'est terrible, dit Rocky. J'étais loin de me douter à quel point il avait pu être malheureux.

— Oh, arrête ! protesta Molly. Tu oublies à quel point il a été cruel envers Pétula. Et avec moi aussi. Qu'est-ce qui te prend ? Ce type n'est qu'un salaud.

— Non, je suis sûr qu'il a un bon fond, soutint Rocky.

— Ah oui ? Alors, il n'y a qu'à lui demander. Mr Nockman, voulez-vous nous dresser la liste de toutes vos mauvaises actions depuis la mort de votre perruche ?

Nockman hocha la tête, puis déclara avec une voix de petit garçon :

— J'ai glissé le piège sous la table et Mr Snuff s'est pris le pied dedans. Comme ma p-p-perruche.

Rocky lança un coup d'œil à Molly, l'air de dire « Bien fait pour lui ». Nockman poursuivit :

— J'ai fersé les graines de Fluff dans la boîte de céréales de Mr Snuff et il a tout manché.

Cela aussi paraissait de bonne guerre.

— C'est bon, coupa Molly. Inutile de nous raconter tout ce que vous avez fait subir à Mr Snuff, il l'avait bien mérité. Dites-nous plutôt ce que vous avez fait ensuite.

Nockman se lança alors dans la confession de tous ses crimes :

— J'ai folé la montre de Stuart Blithe et j'ai laissé accuser un autre élèfe et il s'est fait battre par le directeur de l'école. J'ai gribouillé sur le cahier de Shirley Denning et j'ai déchiré ses plus belles images, j'ai forcé Robin Fletcher à avaler dix mouches mortes et après il a été malade et je l'ai forcé à manger son fomi. J'ai coincé la tête de Debra Cronly entre les barreaux de l'escalier et on a dû appeler les pompiers pour la libérer. J'ai folé des bonbons à des petits gamins et je leur ai dit de se taire sinon je les noierais dans les cabinets.

— Eh bien, pas joli-joli, tout ça, hein ? commenta Molly.

Rocky haussa les épaules.

— Quoi d'autre encore ? demanda Molly. Et sautez quelques années, s'il vous plaît.

D'une voix plus mûre, Nockman continua :

— J'ai brûlé la maquette d'afion de Danny Tike. Il avait mis trois semaines à la monter. J'ai tendu un fil à l'entrée de la maison de retraite et la vieille Mrs Stokes s'est cassé le nez. Ça m'a fait beaucoup rire. Ensuite, j'ai fait la même chose à un afeugle et je lui ai folé son portefeuille.

— Mais c'est monstrueux ! s'exclama Molly, profondément choquée. Et plus tard ?

— Plus tard... (Nockman mit sa mémoire sur « Avance rapide » et passa sur nombre de ses erreurs de jeunesse.) Je me suis entraîné à foler tout ce qui me tombait sous la main. Je refendais les objets à un magasin d'occasion. Très pratique pour avoir de l'argent de poche. C'était le début de ma carrière.

— Et vous aviez quel âge, à l'époque ?

— Onze ans.

— Ensuite ?

— J'ai enfermé une fille au fond d'un garage après lui avoir folé son félo. Elle y a passé toute la nuit. J'ai forcé des gosses à foler de l'archent à leurs parents. S'ils refusaient, je les cognais. J'ai obliché un petit gamin à cambrioler la maison d'un fieillard. Il s'est faufilé par le fenestron du rez-de-chaussée. Très commode. Très bon trafail.

— Très mauvais trafail... euh travail, au contraire ! s'indigna Molly.

— Oui, oui, très maufais, admit Nockman, pas contrariant pour un sou.

— Et ces dernières années ?

— Un chour, j'ai réussi un très beau coup, déclara-t-il d'une voix plate. J'ai persuadé une fieille dame de me donner toutes ses économies si je lui ramenais son chien. Cent cinquante mille dollars. C'est avec cet archent que j'ai pu acheter mes deux entrepôts. Là, les affaires ont fraiment démarré.

Rocky fit la grimace. On aurait dit qu'il venait d'avaler un piment extra-fort.

— Quel genre d'affaires ?

— Recel d'objets folés. C'est ma spécialité.

— *C'était* votre spécialité, rectifia Molly. Maintenant, c'est fini.

— Oui, oui. Fini, acquiesça bêtement le gros bonhomme.

— Peut-on savoir quel est le sommet de votre carrière ?

— Ah... ça ! fit Nockman, rêveur.

Son regard vitreux s'illumina, l'espace d'une fraction de seconde.

— Le sommet de ma carrière, c'est quand j'ai découfert le lifre d'hypnoze. La fieille dame m'en afait parlé. Beaucoup parlé. Avec ce lifre, j'ai organisé le hold-up du siècle : le casse de la Shorings Banks, en plein cœur de Manhattan.

— Mince, il s'en souvient encore, chuchota Molly à l'oreille de son ami.

Elle focalisa son regard sur Nockman.

— Arrêtons-nous là un instant et écoutez-moi bien : ce n'est pas vous qui avez dévalisé cette banque, mais des enf... enfin des personnes particulièrement habiles. Mais là n'est pas la question. À partir de maintenant, rayez tout ça de votre mémoire : le livre d'hypnose, le voyage que vous avez fait pour le retrouver et le casse de la Shorings. Cette banque n'a jamais été dévalisée, compris ?

— Com-pris. Tout – rayé – de – ma – mémoire.

— Bon. Autre chose à votre palmarès ?

— Oui, avoua Nockman. J'ai refendu une voiture dont le châssis était cassé. L'homme qui me l'a achetée a eu un – accident.

— Et... il est mort ? demanda Rocky d'un ton anxieux.

— Non, mais sa femme oui.

— Quelle horreur ! Bon, ça suffit, j'en ai assez entendu ! s'emporta Rocky. Vous vous rendez compte du mal que vous avez fait ? Qu'est-ce qui vous pousse à être si méchant ?

— J'ai toujours aimé être méchant, répondit Nockman avec une franchise désarmante.

— Mais pourquoi ? Pourquoi ? reprit Rocky. Je n'arrive pas à comprendre. Ça ne vous a jamais tenté d'être gentil ?

— Chen-til ? répéta Nockman, comme s'il entendait le mot pour la première fois de sa vie.

— Oui, gen-til. Il y a quand même des gens qui ont été gentils avec vous, non ?

— Non, non, chamais. Tout le monde me détestait. Mon père me battait dès qu'il rentrait à la maison. Et ma mère... elle afait pas de cœur. Elle a ri quand Fluff est morte. Elle aurait foulu que je sois mort, moi aussi. C'est elle qui m'a appris à être méchant. Je sais pas être chentil.

Rocky resta un instant frappé d'horreur. Puis

il redressa la tête, comme sous le coup d'une illu-
mination.

— Tu sais, Molly, ça me rappelle la berceuse
de Mrs Trinklebury :

*Petits oiseaux, pardonnez au coucou*
*Qui vous a poussés hors du nid.*
*C'est sa maman qui lui a appris,*
*Au gros coucou gris,*
*Qu'il faut faire son trou dans la vie.*

Molly hocha la tête lentement. À la lumière de
ces paroles, Nockman lui apparut sous un jour
différent. Comment lui reprocher sa méchanceté,
étant donné qu'on l'avait toujours maltraité ? Le
gros coucou gris de Mrs Trinklebury et le gros
Nockman étaient frères jumeaux. Ils ne faisaient
que reproduire ce qu'on leur avait appris dès leur
plus tendre enfance. Nockman avait été pour
ainsi dire « programmé » pour être méchant.

— Oui, tu as raison, dit-elle. J'ai du mal à le
plaindre mais je reconnais qu'il a des circonstances atténuantes. Après tout, ce n'est pas étonnant qu'il soit cruel. C'est normal, à la limite : on
ne lui a jamais appris à être gentil. Je suppose que
c'est comme pour la lecture... Si je n'avais pas
appris à lire quand j'étais petite, je ne saurais pas

comment m'y prendre aujourd'hui... Tous ces mots alignés les uns à la suite des autres n'auraient ni queue ni tête pour moi. Pour lui, c'est pareil : être gentil, c'est du chinois... Quand je pense qu'on s'estimait malheureux, toi et moi...

— Oui, soupira Rocky. Nous au moins, on avait Mrs Trinklebury. Et puis on se serrait les coudes. On pourrait peut-être lui apprendre à être meilleur ?

— Mmmm, ça m'étonnerait, marmonna Molly. Mr Nockman, avez-vous honte d'avoir fait tout ça ?

— Non, pourquoi ?

— Tu vois, ça s'annonce mal. S'il ne voit pas l'intérêt de changer, il ne fera aucun effort pour apprendre. Je ne suis même pas sûre que l'hypnose puisse y faire quelque chose. Nockman ne changera pas tant qu'il n'aura pas conscience du mal qu'il a fait aux autres. Le jour où il commencera à regretter, alors là, oui, il y aura un espoir de le voir changer pour de bon.

— Pour bien faire, il faudrait l'amener à se mettre à la place de ses victimes, suggéra Rocky.

— Oui, ça devrait être faisable, déclara Molly, tel un chirurgien à l'aube d'une opération délicate. Je propose qu'on appuie là où ça fait mal, qu'on vise son seul point sensible.

— Sa perruche ?

— Gagné.

Molly se tourna face à Nockman.

— Écoutez-moi, euh... quel est votre prénom, au fait ?

— Simon, je m'appelle Simon Nockman, répondit l'homme en tirant un passeport de la poche de sa livrée vert et or.

Molly l'ouvrit et l'examina rapidement. Sur la photo, Nockman ressemblait à un poisson rouge. Ou à un piranha, plutôt.

— Bon, reprit-elle, vous allez vous mettre dans la peau d'un chien à l'agonie, Mr Simon. Couchez-vous sur le dos, les quatre fers en l'air. Bien. Maintenant, aboyez.

— Ouaf ! Ouaf ! Ouaf ! fit Nockman en agitant les bras et les jambes.

— Bien. Maintenant, imaginez ce qu'a pu ressentir Pétula, le carlin que vous avez kidnappé et laissé pratiquement mourir de faim.

Voyant que ces suggestions n'inspiraient pas beaucoup l'individu, elle ajouta :

— Pensez à votre pauvre perruche.

— Aiiaaaaooouuuooouuu... mugit Nockman avec conviction.

— Tu vois, ça marche, chuchota Molly à son ami. Il mélange ses sentiments pour sa perruche et ceux de Pétula. Il commence à assimiler.

— Aiiaaaaooouuuooouuu...

— Dorénavant, cria Molly par-dessus les hurlements de l'homme-chien, à chaque fois que quelqu'un vous dira bonjour, vous vous mettrez dans cette position et vous ressentirez la même douleur et le même chagrin... Je suppose qu'à ce train-là, la leçon finira par lui entrer dans la tête, chuchota-t-elle à l'oreille de Rocky.

Elle ordonna à Nockman de se taire, de se remettre debout... et de faire le singe.

— Uuugh, uuurgh, uuurgh ! grogna-t-il, gesticulant comme un parfait orang-outang.

— J'ai une autre idée, déclara Rocky, qui avait compris le principe. Quand quelqu'un vous dira bonsoir, vous revivrez une de vos nombreuses mauvaises actions et vous avouerez vos fautes à la personne en question, tout en vous souvenant du triste sort de votre perruche. Compris ?

— Uuurgh, uuurgh, fit Nockman en agitant ses longs bras poilus, tandis que les instructions quelque peu nébuleuses de Rocky s'insinuaient dans son crâne.

— Ça devrait le faire réfléchir, non ?

— Sûr ! acquiesça Molly. C'est bon, vous pouvez vous arrêter de faire le singe, Mr Nockman. À partir d'aujourd'hui, vous allez travailler pour nous. Vous serez à nos ordres. On vous traitera bien, et vous serez très content d'être à notre service. Et maintenant, réveillez-vous !

Molly frappa dans ses mains.

Rocky se dirigea vers le minibar pour y prendre trois canettes de Qube. Après quoi, ce fut l'heure des préparatifs.

Molly commença par se faire apporter une dizaine de valises supplémentaires afin de pouvoir caser toutes ses affaires. Tandis que Rocky passait dans la pièce voisine pour donner quelques coups de téléphone et que Nockman pliait ses nouvelles robes et sa collection de pantalons neufs, elle emballa soigneusement le livre du Dr Logan et le glissa dans son sac à dos. Puis elle fit le tour de sa suite pour examiner ce qui traînait encore à droite à gauche : les lettres de ses fans, des gadgets, des jeux, des jouets, des babioles, des souvenirs de New York..., son vieil anorak. Quand elle vit Pétula couchée dessus, elle décida de le laisser là et partit chercher son nouveau blouson en jean. Puis elle décrocha un parapluie dans l'armoire et sortit sur la terrasse afin de contempler une dernière fois Manhattan.

Il pleuvait toujours mais les rayons du soleil couchant commençaient à percer les nuages, de sorte que les gratte-ciel semblaient s'embraser, qu'ils fussent de brique, de verre ou d'acier. Même du haut de son vingt et unième étage, Molly continuait à se sentir minuscule. Tous ces immeubles, toutes ces voitures, tous ces gens qu'elle ne connaîtrait jamais ! Mais New York ne lui faisait plus peur comme à son arrivée. Elle avait appris à aimer cette ville et elle savait qu'elle y reviendrait un jour ou l'autre. Elle aimait ses tours, ses rues, ses chauffeurs de taxi, son animation, la folie de ses habitants, les magasins, les galeries, les théâtres, les restaurants, les cinémas, les parcs, les quartiers chic et ceux qui l'étaient moins. Elle aimait l'énergie qui se dégageait de cette cité, et même sa saleté.

Pétula s'éveilla paresseusement en entendant Nockman vider la penderie de sa maîtresse. Pour quelque étrange raison, il n'avait plus rien à voir avec le terrifiant bonhomme qui l'avait enlevée. Elle décida donc de l'ignorer et se mit à suçoter un petit caillou. De là où elle était, elle apercevait Molly dehors, sous un parapluie. Heureuse et rassurée, Pétula se nicha au creux du vieil anorak bleu.

Un instant plus tard, le réceptionniste du Bellingham monta une grosse enveloppe adressée à Miss Molly Moon. Ce fut le signal du départ.

La Rolls-Royce vint se garer devant l'entrée de service de l'hôtel, et Nockman chargea les bagages avec l'aide d'un portier. Rocky, Molly et Pétula s'installèrent confortablement sur le cuir souple de la banquette arrière. Outre ses fonctions de majordome, de porteur et de valet de chambre, Nockman fit également office de chauffeur. Il tourna la clé de contact. Le moteur hurla et le majestueux véhicule fit un bond en avant. Après quoi il s'éloigna dignement du Bellingham.

# 33

Avant de quitter New York, Molly et Rocky avaient un dernier détail à régler. La Rolls-Royce se fraya un chemin parmi les avenues encombrées, puis s'immobilisa devant une entrée d'immeuble de forme triangulaire, au-dessus de laquelle étincelait le sigle des studios Sunshine.

Un homme en complet bleu nuit dévala les marches de marbre blanc pour venir à leur rencontre. Il ôta ses lunettes de soleil et les accueillit avec un large sourire, leur offrant en prime l'éclat de son incisive en or massif.

— Bonjour, je suis Alan Beaker. C'est moi que

vous avez eu au téléphone. Je suis ravi de vous voir ici ! Suivez-moi, je vous en prie.

Molly, Rocky et Pétula pénétrèrent dans l'imposant building. Après avoir longé d'interminables couloirs blancs et nus, Alan Beaker les introduisit dans un immense studio d'enregistrement. Les techniciens qui s'affairaient au milieu des perches, des projecteurs et des caméras interrompirent leur travail en voyant entrer Molly Moon, la nouvelle coqueluche de Broadway.

Une femme aux cheveux gris, très élégante, se tenait un peu à l'écart. Alan Beaker s'approcha d'elle en disant aux enfants :

— Je vous présente Dorothy Goldsmidt, présidente de la société Qube.

— Enchantée de faire votre connaissance, déclara la dame en tendant à Molly une main ornée d'une énorme émeraude.

— Moi aussi, répondit Molly. Permettez-moi de vous présenter mon ami Rocky. C'est lui qui vous a téléphoné.

— Enchantée, Rocky. Je suis vraiment très – heureuse – de vous rencontrer, poursuivit Dorothy Goldsmidt avec un débit quelque peu hésitant. Nous sommes – prêts à faire – ce que vous – voudrez.

À l'issue d'une séance de maquillage qui dura

une bonne vingtaine de minutes, Rocky, Molly et Pétula montèrent sur le plateau.

— Silence ! cria Alan Beaker. Moteur... Action !

Et les deux amis démarrèrent. Un simple rap que Rocky avait composé à la va-vite. Mais, avec le regard magnétique de Molly réglé sur la puissance maximum, l'inénarrable charme de Pétula et sa voix à lui, plus captivante et envoûtante que jamais, leur spot publicitaire était destiné à frapper tous les esprits. En voici les paroles :

*Pour que tout aille bien,*
*Tendez l'oreille et*
*Suivez notre conseil.*
*Pour que tout aille mieux,*
*Ouvrez les yeux.*
*Tendez l'oreille, ouvrez les yeux,*
*Ouvrez les yeux, tendez l'oreille !*
*Faites attention aux enfants*
*Aux petits comme aux grands.*
*Certains d'entre eux sont malheureux,*
*Alors occupez-vous d'eux.*
*Tendez l'oreille, ouvrez les yeux !*
*Faites attention aux enfants*
*Et vous verrez comme tout ira mieux.*

Maintenant écoutez tous :

*Il y a des tas de gamins à qui la vie*
*Ne fait pas de cadeaux.*
*Pas d'affection, de gentillesse ni de chaleur.*
*Pourtant chacun a droit à sa part de*
                                    *[bonheur.*
*Des enfants malheureux,*
*Il y en a sûrement autour de vous,*
*Alors prenez-les sous votre aile*
*Ouvrez l'œil et tendez l'oreille !*

La séquence se terminait sur un gros plan de Molly et de Rocky, l'index pointé sur l'œil de la caméra.

— Coupez ! cria Alan Beaker. Génial ! Fabuleux ! Vous êtes des pros !

— Merci, répondit Molly avec un sourire en coin, mais, vous savez, ça fait des années qu'on est dans la pub, Rocky et moi.

— Vous avez été formidables, déclara Dorothy Goldsmidt. J'adore ce clip, comme on dit aujourd'hui. Je tiens à ce qu'on le diffuse tous les jours sur toutes les chaînes. Qube se fera un plaisir de sponsoriser votre temps de passage à l'antenne. Merci infiniment !

— Non, c'est moi qui vous remercie, protesta

poliment Molly. Maintenant, je vous dis au revoir, il faut que nous partions.

— Au revoir ! clamèrent en chœur Alan, Dorothy et tous les techniciens éblouis.

À l'arrière de la Rolls, Rocky se tourna vers Molly en disant :

— Tu vois, le bourrage de crâne a du bon quand on s'en sert bien ! Ça va, plus de remords ? Tu te sens mieux maintenant ?

— Oui, répondit Molly. Ça ne va pas changer le monde, c'est clair, mais je pense que ça peut l'améliorer. Tu ne crois pas ?

— Si, bien sûr. Même si notre message ne touche qu'une seule personne, ça vaut la peine. Mais, comme il y a des milliers de gens qui vont voir ce clip, ça multiplie les chances. On ne saura jamais le nombre exact, mais ce n'est pas grave. Pour avoir une fleur, il faut bien commencer par planter une graine, hein ?

# 34

La Rolls s'engouffra dans le tunnel de Queens pour quitter l'île de Manhattan, puis fila sur l'autoroute en direction de l'aéroport J. F. Kennedy. Une fois arrivé à bon port, Nockman se gara devant le terminal des vols internationaux et un porteur vint l'aider à charger les douze valises de Molly sur un chariot. Pendant ce temps-là, Rocky alla acheter les billets et Pétula sauta dans son panier. Molly suivit le porteur jusqu'au comptoir d'enregistrement des bagages.

— Merci beaucoup, lui dit-elle, après qu'il eut posé la dernière valise sur le tapis roulant. Si ce n'est pas trop vous demander, pourriez-vous garder la Rolls-Royce ? Voici les clés.

— La garder ? Vous voulez dire la garer ?

— Non, je vous en fais cadeau.

— C'est une blague ?

— Pas du tout. Tenez, voici les papiers, il suffit juste de changer le nom et elle est à vous. Comment vous appelez-vous ?

— Louis Rochetta. Mais vous vous moquez de moi, hein ? Je parie que c'est pour la caméra cachée ou un truc dans le genre...

L'homme inspecta les alentours.

— Non, je vous assure, sourit Molly en s'escrimant à faire marcher son stylo-bille. Voilà, Mr Rochetta, tout est en ordre.

Le brave homme s'empara des papiers à son nom et fut incapable d'articuler un mot, excepté :

— Mmmm... mè-mè... mer...

— Tout le plaisir est pour moi, dit Molly. Au revoir !

Elle avait toujours rêvé de faire une surprise monumentale à quelqu'un. Voilà qui était réglé.

De loin, elle vit Rocky brandir les billets d'un air triomphant. Elle le rejoignit et, dix minutes plus tard, tous deux franchissaient allègrement les portails de sécurité et le contrôle douanier (non sans avoir hypnotisé les fonctionnaires au préalable, pour qu'ils n'inspectent pas le sac de

Pétula). Ils allèrent ensuite dévaliser les boutiques hors taxe afin de faire provision de chocolats, de bonbons, d'articles de luxe, de parfums, de bain moussant, de jouets et d'engins électroniques. Dès que l'embarquement fut annoncé, ils s'acheminèrent, croulant sous les sacs et les paquets, vers la porte 20, où ils étaient convenus de retrouver Nockman.

Toujours docile et fidèle, Nockman se dirigeait vers le lieu de rendez-vous indiqué. Il se sentait bizarre. Il savait qui il était et quelle vie il avait menée jusqu'à présent, mais il ignorait totalement comment il en était arrivé à entrer au service de Mr Panier-à-Chat et de Miss Sèche-Cheveux. Ni pourquoi il les aimait tant, alors qu'il haïssait tous ses semblables. Arrivé à la porte 20, il fit la queue, comme tout le monde, puis tendit son passeport à l'hôtesse.

— Bonsoir, et bon voyage.

Nockman s'apprêtait à lui grimacer un sourire hypocrite, quand un souvenir très ancien lui revint à l'esprit. L'hôtesse de l'air lui rappelait une petite fille qu'il avait connue autrefois. Il se souvint aussi combien il s'était montré grossier envers elle. Les mots jaillirent spontanément de sa bouche :

— T'es aussi moche et mal fichue qu'elle,

bafouilla-t-il d'une voix juvénile. Non mais tu t'es vue ? On dirait un crapaud constipé ! C'est toujours ce que je lui disais. Et je lui rotais à la figure, na !

Là-dessus, Nockman émit un rot tonitruant. Simultanément, la mort de sa malheureuse perruche lui revint en mémoire et il se mit à hurler à fendre l'âme :

— Aaaaaioouuouoouu !

L'hôtesse de l'air était à la fois effarée et scandalisée. Elle croisa les bras et dévisagea Nockman en plissant les yeux :

— Sir, sachez qu'il existe un règlement contre les clients de votre espèce. Si vous insultez les membres de l'équipage ou si vous troublez la tranquillité des autres passagers, nous sommes en droit de vous interdire l'accès à bord de cet avion.

Nockman demeura frappé de stupeur. Il ne comprenait rien à ce qui lui arrivait. Il n'était pas soûl. Donc il devait être malade. Sans compter que ces vilains souvenirs lui donnaient la chair de poule.

— Je... je suis désolé. Acceptez toutes mes excuses, c'était une simple plaisanterie.

— Curieux sens de l'humour, lâcha l'hôtesse, toujours ferme sur ses positions.

Elle le laissa néanmoins passer et Nockman, dans un état second, prit le couloir qui menait à l'avion. Cette rencontre lui avait causé un choc dont il avait du mal à se remettre, mais il n'arrivait pas à comprendre pourquoi. Il avait l'impression d'avoir agi malgré lui, comme un robot commandé à distance. Il frissonna en repensant simultanément à Fluff et à cette petite fille dont il avait fait son souffre-douleur. Son visage se crispa. Pourquoi ces souvenirs remontaient-ils à la surface ? C'était très désagréable. Se rappelant subitement son rendez-vous, il pressa le pas.

— Euh... me voici, Miss Sèche-Cheveux... Bonsoir, Mr Panier-à-Chat.

— Bonsoir, Simon, répondirent Molly et Rocky du fond de leur fauteuil de première classe.

Dans sa livrée verte, l'homme se mit à pâlir comme s'il avait vu un fantôme.

— Ça va ? lui demanda Rocky.

C'est alors que Nockman fut saisi d'une seconde crise. Il plongea dans l'allée centrale et se roula par terre, les quatre fers en l'air. Puis il ouvrit la bouche malgré lui et commença à aboyer :

— Ouaf ! Ouaf ! Ouaf !

Quand la vision de Fluff s'imposa de nouveau à lui, ses aboiements se transformèrent en pitoyables gémissements :

— Aooouuuouuuouuuouuu ! Aooouuuooouuuoouuhh ! Aooouuuooouuuoouuhh !

Dans l'avion, les autres passagers commençaient à manifester des signes d'inquiétude. Une hôtesse accourut pour régler le problème.

— Debout, ordonna Molly à Nockman.

Et, plantant son regard dans les prunelles de l'hôtesse, elle ajouta :

— Tout va bien. Il a juste besoin de prendre son médicament. Je m'occupe de lui, ne vous en faites pas.

La jeune femme s'éloigna sans broncher.

Entre-temps, Nockman s'était relevé avec difficulté. Cette épreuve l'avait exténué. Cette fois, pas de doute : il était malade. Et gravement. En l'espace de dix minutes, il avait déliré, pleurniché comme un gosse et hurlé comme un chien à deux reprises ! Et le souvenir de cet ignoble Snuff qui resurgissait à chaque fois...

Tandis qu'il s'asseyait, les larmes lui montèrent aux yeux. Tout compte fait, il ne valait pas mieux que Snuff. Il avait fait souffrir un animal, lui aussi. Un malheureux petit chien – qui présentait d'ailleurs une certaine ressemblance avec celui de Miss Sèche-Cheveux. Tout en bouclant sa ceinture par-dessus son imposante bedaine, Simon Nockman s'étonna d'avoir été aussi cruel. Pourtant, il savait ce qu'était la souffrance. Il avait eu beaucoup de peine à la mort de sa perruche. Il l'avait pleurée des nuits entières. Et voilà que, parvenu à l'âge adulte, il martyrisait un chien en le laissant mourir de faim dans un cagibi obscur et crasseux ! Il baissa la tête, submergé par un sentiment qu'il avait refoulé depuis belle lurette : la honte.

L'avion s'avança sur la piste d'envol. Les yeux rivés sur le hublot, Nockman continua son examen de conscience. Il n'y avait pas que le chien. Bon nombre d'humains avaient eu à subir sa méchanceté. Cela ne l'avait jamais préoccupé. Les sentiments des autres, il s'en contrefichait. Du moins jusqu'à ce jour. Car c'était bizarre autant qu'étrange, mais il sentait confusément qu'il n'en serait plus ainsi désormais. En d'autres termes, Simon Nockman commençait à prendre les autres en considération.

Il passa en revue ses nombreux crimes. Ils surgissaient du passé, l'un après l'autre, tels des spectres grimaçants. Et plus leur foule grandissait, plus Nockman était dégoûté de lui-même.

Au moment du décollage, son corps lui parut plus lourd que jamais. Et sa tête aussi, toute pleine qu'elle était de ces noires pensées. Pour la première fois de sa vie, Nockman était bourrelé de remords.

# 35

À l'heure du dîner, Nockman se surprit à ne vouloir manger que des fruits. Après quoi il s'endormit aussitôt. De leur côté, Rocky et Molly étaient
surexcités. Ils attaquèrent leur menu de première
classe avec un bel appétit.

— Je me demande ce qu'on donne aux autres
passagers, lança gaiement Molly en croquant
dans un délicieux sandwich au ketchup.

— Une barquette de viande en sauce à moitié
décongelée, et un gâteau détrempé qui a goût de
carton bouilli, répondit Rocky en mordant à
pleines dents dans une crêpe fourrée à la crème

de citron. C'est ce qu'on a eu à l'aller, moi et les Alabaster.

— Les Alabaster et moi, corrigea Molly.

— Qu'est-ce que tu racontes ? Tu n'y étais pas !

— Oh, laisse tomber..., dit Molly.

Rocky se plongea dans le magazine de la compagnie aérienne.

— Tu te rends compte ? Ils disent qu'en première classe, on peut même se faire masser la nuque.

— Par qui ?

— Je ne sais pas, moi... le commandant de bord ?

Ils pouffèrent de rire et Rocky fit dégouliner une bonne partie de sa crêpe au citron sur la revue.

— Mmmmmnnn ! s'extasia Molly en sirotant son concentré de jus d'orange. Y a pas à dire : la première classe, c'est classe ! Le seul ennui, c'est qu'on aura peut-être du mal à redescendre sur terre.

— Pourquoi ? Il y a un problème avec le train d'atterrissage ?

Et ils gloussèrent de plus belle.

— Arrête avec tes blagues minables, reprit Molly en s'essuyant les yeux. Ce que je veux dire... et tu n'as pas intérêt à me faire rire parce que c'est très sérieux...

— Oh, vraiment ? fit Rocky en feignant un air grave.

— Écoute-moi au lieu de faire l'andouille. Ce que je veux dire, c'est que ça va être difficile de renoncer à l'hypnotisme. Pense à toutes les fois où on s'en est servis ces dernières semaines. C'est tellement pratique ! Je sais bien qu'on s'est juré de ne plus y avoir recours, mais qu'est-ce que tu ferais si tu croisais un pauvre vieux en train de pleurer parce que sa femme vient de mourir et qu'il n'a plus personne ? Tu n'aurais pas envie de l'hypnotiser pour l'aider à surmonter son chagrin ? De le pousser à s'inscrire dans un club du troisième âge ou autre chose ? Et si tu voyais une petite fille en larmes parce qu'elle a eu un mauvais bulletin scolaire, que son hamster s'est fait dévorer par un chat et que son meilleur ami est à l'hôpital à cause d'une terrible maladie et...

— Holà ! Arrête-toi, Molly. On a juré.

— Oui, je sais... Mais je me dis que ça va être dur de résister à la tentation.

— Sûrement. Mais il faut tenir bon, sinon ce sera l'escalade. On commencerait par hypnotiser deux ou trois personnes pour leur bien, puis chaque fois que ça nous paraîtrait utile, et, de fil en aiguille, on se servirait de notre pouvoir dès qu'un truc nous gênerait. Et c'est pour le coup qu'on vivrait à côté de la réalité.

Molly ne put cacher sa déception. Elle reconnaissait que Rocky avait raison. Ils en avaient déjà longuement discuté ensemble. Elle fit malgré tout une ultime tentative :

— Mais si on arrête complètement, on risque de ne plus savoir comment faire ?

— Non, pas de danger. L'hypnotisme, c'est comme le vélo, ça ne s'oublie pas.

— Bon, comme tu voudras, marmonna Molly. L'air sombre, elle se tourna vers le hublot.

Le ciel était rempli d'étoiles et la lune faisait danser les flots de l'Atlantique, quelque 35 000 pieds plus bas. Le regard de Molly se perdit dans la nuit. Dire que dès le lendemain il lui faudrait tirer un trait sur l'hypnotisme... Elle réalisa soudain qu'il lui restait quelques heures avant l'atterrissage. Tant qu'elle était dans l'avion, elle pouvait utiliser ses pouvoirs sans briser le serment.

Rocky était en train de regarder une vidéo. Elle se leva, s'étira... et partit faire un petit tour.

Elle passa les deux heures suivantes à discuter à droite, à gauche. Devant la porte des toilettes, elle tomba sur un passager qui tremblait de peur.

Elle lui fit passer sa phobie de l'avion et le persuada dur comme fer qu'il adorerait les prochains vols. Elle bavarda ensuite avec une jeune mère épuisée, qui faisait les cent pas dans l'allée pour tenter de calmer son bébé insomniaque. Dix minutes plus tard, la femme et son enfant dormaient paisiblement sur leur siège. Puis elle alla sécher les larmes d'une hôtesse qui venait de rompre avec son fiancé. Elle s'occupa également de trois petits garçons qui détestaient l'école, transforma un vieillard grincheux en aimable grand-père, et un gamin réfractaire aux légumes verts en végétarien convaincu (surtout pour les épinards).

Fière de son travail, Molly regagna sa place. Elle avait l'impression d'avoir agi comme une bonne fée.

L'avion atterrit à six heures du matin, heure locale. Molly consulta sa montre. À New York, il n'était que une heure. Malgré la fatigue due au décalage, elle bouillait d'impatience à l'idée de fouler le sol de son pays natal.

— N'oublie pas ce dont nous sommes convenus, hein ? chuchota Rocky en descendant de l'appareil.

— On y est ! s'exclama Molly en posant le pied sur le tarmac.

Une fois dans l'aéroport, Nockman se dirigea

vers l'arrivée des bagages pour repêcher les douze valises et les nombreux paquets qui arrivaient petit à petit sur le long serpent du tapis roulant. Pendant ce temps-là, Molly et Rocky s'occupèrent d'aller louer un hélicoptère, histoire de regagner Hardwick House avec panache.

Le trajet dura vingt minutes. Tandis que les pales de l'hélicoptère ronronnaient au-dessus de sa tête, Molly admirait le paysage. Le littoral disparut rapidement, laissant la place aux champs vallonnés de l'arrière-pays. Bientôt, les contours de Briersville se dessinèrent dans le lointain. En arrivant à proximité de la colline de Hardwick, Molly songea au temps où, les yeux fermés, elle s'imaginait en train de survoler l'orphelinat avant de s'évader dans l'espace. Le pilote resta un moment à la verticale de la vieille bâtisse, puis il amorça la descente et se posa sur le petit terre-plein central dans une tornade de poussière.

— Nous y voilà, dit-il en coupant le moteur.

Molly se pencha pour voir qui allait venir les accueillir en premier, mais son espoir fut déçu. Personne ne se montra.

— Il est trop tôt, ils ne sont pas encore levés, dit Rocky. Ça prouve que Hazel n'est pas trop sévère sur les horaires.

— En attendant, la maison ne s'est pas arrangée, soupira Molly en contemplant les murs lépreux du pensionnat.

Pendant que Pétula reniflait frénétiquement dans tous les coins, ravie de se dégourdir les pattes dans l'air glacé du petit matin, Nockman s'empressa de décharger les bagages. Le pilote prit congé en leur souhaitant bonne chance, puis il leva le pouce et remit l'appareil en route. Tout le monde recula prudemment. L'hélicoptère s'éleva dans les airs avec un vrombissement assourdissant. Deux minutes plus tard, ce n'était plus qu'un moustique dans le ciel.

Molly et Rocky se tournèrent face à Hardwick House. Une petite tête apparut à une fenêtre.

— Ah ! Il y en a un qui est réveillé, dit Rocky.

— Oui, mais je trouve ça un peu trop calme, répliqua Molly, l'air soucieux.

Elle s'approcha de l'entrée branlante, appuya sur la sonnette... et remarqua que la porte était déjà ouverte.

# 36

La première chose qui les frappa, c'était l'odeur. Ça sentait le moisi, le pourri, la vieille poubelle. Une véritable infection. Le sol en damier était si crasseux que les carreaux blancs se confondaient avec les noirs.

— Berk, quelle horreur ! fit Molly en se couvrant le nez avec son écharpe en cachemire.

— On dirait qu'un cadavre est en train de se décomposer dans un coin, dit Rocky. En plus, il fait froid comme à la morgue.

— Bbrrr ! Tais-toi, tu me fiches la pétoche. Où sont-ils passés, tous ? Et pourquoi ça sent si mauvais ?

— À mon avis, ça vient des cuisines, dit Rocky en allant fermer la porte du couloir qui menait au sous-sol. Quant aux autres, ils doivent être là-haut. S'il vous plaît, Mr Nockman, allez chercher nos bagages et laissez la porte grande ouverte pour aérer un peu.

— Entendu, Mr Panier-à-Chat, répondit Nockman avec obligeance.

Molly, Rocky et Pétula montèrent au premier étage.

Toutes les portes qui donnaient sur le palier étaient closes. Le couloir était imprégné d'une âcre odeur de crasse. Molly s'avança vers la chambre qu'occupaient autrefois Gordon et Rocky. À l'intérieur, tout était sombre et silencieux. Les rideaux étaient tirés, mais les nombreux trous de mites laissaient passer suffisamment de lumière pour voir qu'il n'y avait personne dans la pièce. Qui était par ailleurs une vraie porcherie. Les draps, les couvertures et les matelas étaient jetés en vrac sur le sol, dévoilant la triste carcasse des sommiers métalliques. Il y avait des détritus dans tous les coins. Des pelures d'orange, des trognons de pomme, des papiers gras, des cartons de lait vides, des assiettes sales, des boîtes de conserve où pourrissaient des restes de haricots en sauce. Quand Rocky ouvrit la fenêtre, une nuée de mouches vertes s'échappa des rideaux.

Ils s'empressèrent de quitter la pièce pour inspecter la chambre voisine. Vide, également. Et dans le même état. Les deux suivantes étaient un peu mieux rangées mais tout aussi désertes. Dans chaque chambre, il faisait un froid de gueux.

— Pourtant on a vu quelqu'un, souffla Molly dans un nuage de buée. Ils sont peut-être là-dedans ?

Elle voulut ouvrir la porte de la cinquième chambre, mais celle-ci semblait bloquée de l'intérieur par un meuble. Heureusement pas trop bien, car une bonne secousse la fit céder sans difficulté. Dans la lumière blanche de décembre apparurent alors Gerry, Gemma, Ruby et Jinx. Ils étaient blottis dans un coin, sales comme des poux, les cheveux en bataille. Ils fixèrent Molly avec des yeux pleins d'effroi.

— Qu'est-ce qui vous prend de vous barricader ? leur demanda-t-elle à brûle-pourpoint.

Les quatre petits se serrèrent les uns contre les autres comme de la limaille de fer aimantée. Intriguée par ce comportement pour le moins étrange, Molly s'approcha doucement d'eux et dit en s'accroupissant :

— Gemma, tu me reconnais ?

— Nnn... non, fit celle-ci en la regardant d'un air interrogateur.

— C'est moi, Molly.

— Molly est partie en avion. Et puis d'abord, tu lui ressembles pas. Molly avait pas de beaux habits comme toi, pas de chaussures aussi propres, elle était mal coiffée et elle avait pas la même figure.

La gamine s'essuya le nez avec le coin de la couverture et frissonna.

— Voui, Molly avait la figure toute brouillée, toi t'es plus belle, dit Gerry.

— Mais je vous jure que c'est moi ! soutint gentiment Molly. Je suis mieux habillée, c'est tout. Et j'ai sans doute grossi. Un peu comme ta souris, Gerry. Tu te souviens comme elle était maigre quand tu l'as recueillie ?

Molly parcourut la pièce des yeux. Des monceaux de linge sale s'empilaient dans tous les coins. Les oreillers éventrés avaient perdu toutes leurs plumes sur les matelas et le plancher, si bien que la pièce évoquait plus un nid de vautour qu'une chambre d'enfant. Quelqu'un avait marché sur un tube de dentifrice. En se répandant, la pâte avait formé une longue limace bleuâtre sur le sol. Juste à côté gisait une canette de Qube écrabouillée. Triste spectacle.

— Elle est morte, ma souris, reprit Gerry d'une toute petite voix.

— Oh non ! C'est pas vrai... Mon pauvre chéri ! Tu entends ça, Rocky ? Scouic est morte.

— Oui, c'est horrible, dit Rocky, sincèrement peiné.

Il se pencha sur Gerry.

— Tu me reconnais ? C'est moi, Rocky.

Le gamin fit oui avec la tête.

— Et regarde : voici Pétula. Elle a changé, elle aussi. Elle a fait un régime et elle est en pleine forme maintenant.

Hébété, Gerry regarda le chien lui lécher la main.

Molly observa la misérable brochette d'enfants avec consternation. Ils semblaient vraiment mal en point. Elle n'arrivait pas à croire qu'ils aient pu dépérir en si peu de temps. Pendant qu'elle engraissait dans son palace, ces pauvres petits étaient au bord de la famine. Encore quelques semaines et elle les aurait probablement trouvés morts. Tous les quatre. Cette pensée la fit frémir. Elle continua à fixer les quatre petits visages chiffonnés qui lui étaient si familiers. Gemma, Gerry, Ruby et Jinx étaient pour ainsi dire ses frères et sœurs. Elle s'accabla de reproches.

— Pardon, pardon..., murmura-t-elle en prenant Gemma dans ses bras.

La petite fille s'accrocha à son cou. Elle était gelée, fragile comme une brindille. Rocky alla embrasser les trois autres à tour de rôle, en commençant par Gerry. Ruby et Jinx se mirent à pleurer, et Molly culpabilisa de plus belle. Comment avait-elle pu les abandonner à cette folle d'Adderstone ? Tant d'insouciance de sa part la révoltait. Et plus tard, pourquoi n'avait-elle pas sauté dans le premier avion en apprenant que Hazel dirigeait Hardwick House ? Par pur égoïsme, voilà la raison. Et même si le désespoir l'avait poussée à fuir, elle s'en souvenait aussi, comment avait-elle pu partir pour l'Amérique en pensant que plus rien ne la retenait à Briersville ? À présent, la réponse lui paraissait évidente : parce qu'elle n'avait pas encore réalisé à quel point elle était attachée à ces quatre petits. Il était grand temps de réagir.

— Il n'y a rien à manger dans cette maison ? demanda-t-elle à Gemma.

— Si... Un livreur passe de temps en temps. Y a des pommes de terre et des œufs et plein d'autres choses, mais je suis pas très bonne cuisinière et y a plus de casseroles et on a peur de descendre à la cuisine parce qu'elle est pleine de rats. On y va seulement quand on a trop faim. Et on prend des bâtons pour se défendre.

— Vous mangez quoi alors ?

— Des haricots froids... Mais c'est dur de se servir de l'ouvre-boîte. Et puis du pain et du fromage, quand on arrive avant ces vilains rats.

— Et Mrs Trinklebury ? Elle ne vient pas vous voir ? Vous apporter des gâteaux ? Vous aider à faire le ménage et la cuisine ?

— Non, intervint Gerry. Miss Adderstone l'a renvoyée. On la voit plus jamais-jamais. Adderstone nous a dit qu'on serait plus heureux sans elle. Mais c'est pas vrai... Et ma souris, elle est morte.

— Oui, je sais, Gerry, c'est très triste, murmura Molly en lui caressant la tête.

— Bon, vous devez avoir faim ! Que diriez-vous d'un bol de chocolat chaud et d'une bonne omelette aux patates sautées ? proposa Rocky pour essayer de remonter le moral des troupes.

Les quatre petits ouvrirent des yeux stupéfaits et répondirent par un timide « oui ».

— Alors, mettez vite votre robe de chambre et vos chaussons – si vous arrivez à les retrouver. On va descendre et allumer un bon feu pour se réchauffer.

— À partir de maintenant, tout ira bien, je vous le promets, ajouta Molly dans l'espoir de dissiper leurs dernières craintes. Rocky et moi, on va s'occuper de vous. Pour commencer, on va faire un grand ménage – quelqu'un pourra nous aider. Ne vous inquiétez pas, tout va changer, vous allez voir...

Les enfants, mal ficelés dans leur vieille robe de chambre, suivirent Molly jusqu'au rez-de-chaussée. Vingt minutes plus tard, un grand feu de bois flambait devant quatre paires de petits pieds gelés. Molly se demanda où étaient passés les autres pensionnaires, mais elle repoussa la question à plus tard. Pour l'heure, il s'agissait avant tout de préparer un solide petit déjeuner. Elle appela Nockman et lui demanda de l'accompagner au sous-sol.

La cuisine était dans un état cataclysmique. Des sacs-poubelles éventrés débordaient de détritus puants et infestés de vers blancs. Des pyramides de vaisselle sale encombraient les éviers, la table, les étagères. Il y en avait partout. Même par terre. Il ne restait plus un seul ustensile propre. Les enfants avaient poussé une chaise devant la cuisinière afin d'être à la bonne hauteur pour réchauffer leur misérable tambouille.

Rocky entra en grimaçant et Pétula se mit à renifler les lieux avec méfiance. En ouvrant un placard, Molly surprit trois souris en train de grignoter des miettes. Elles filèrent dans leur trou sans demander leur reste.

— C'est plutôt bon signe, fit remarquer Rocky. S'il y a des souris, ça veut dire qu'il n'y a pas de rats. J'ai lu ça quelque part. Ça tombe bien, car les rats transportent des tas de maladies, alors que les souris font quelques saletés, rien de plus. Quand Nockman aura nettoyé tout ça avec un bon désinfectant, on pourra utiliser la cuisine sans problème.

— Ça montre aussi combien les gamins ont dû avoir peur, souligna Molly. Regarde Gerry : il adore les souris mais, dans son imagination, il les a prises pour des rats énormes.

Depuis qu'il avait travaillé comme agent d'entretien à la Shorings Bank, Nockman était un expert en nettoyage. Il commença par sortir toutes les poubelles, donna un rapide coup de balai par terre et s'attaqua ensuite à la vaisselle. Pendant que les poêles, les casseroles, les assiettes, les couverts et les verres séchaient sur les égouttoirs, Rocky lui demanda d'éplucher des pommes de terre. Il cassa lui-même vingt œufs dans un saladier et les battit en omelette. Pour sa part, Molly passa l'éponge sur les dessertes et les chariots avant d'aller voir dehors si le laitier était passé.

À gauche de l'entrée de service, deux caisses de poisson complètement pourri rivalisaient de puanteur avec d'autres tas d'ordures. Les oiseaux avaient déjà commencé à picorer les capsules argentées des bouteilles de lait. Molly souleva le casier et l'apporta dans la cuisine.

— Mr Simon, quand vous aurez fini de préparer notre petit déjeuner et pris le vôtre, pourriez-vous faire un grand nettoyage de printemps, s'il vous plaît ?

— Bien sûr, Miss Sèche-Cheveux, répondit Nockman.

Une divine odeur de feu de bois et de pommes de terre sautées s'était répandue dans la vieille bâtisse. Molly et Rocky regardaient les enfants manger autour de la cheminée. Ils faisaient plaisir à voir et leurs joues semblaient reprendre des couleurs à chaque bouchée.

Gerry fut le premier à manifester sa curiosité.

— Ça s'appelait comment la ville où t'étais ? demanda-t-il à Molly.

— New York. Tu te souviens ? Je t'ai téléphoné de là-bas.

— Voui. Et c'est bien, Nouillok ?

— Super ! dit Rocky.

— Et qu'est-ce que tu faisais là-bas ?

— Oh, des tas de choses... J'ai vécu quelque temps dans ma nouvelle famille, mais je me suis rendu compte que c'était vous, ma vraie famille.

À ces mots, le visage de Gerry s'illumina. Les autres petits hochèrent la tête en souriant.

— Et toi ? demanda Gemma à Molly.

— Moi ? Je vivais seule et je faisais tout ce que je voulais.

— Vraiment tout ?

— Oui. J'habitais dans un hôtel très chic et j'avais tout pour être heureuse, comme dans les pubs qu'on voit à la télé : une belle voiture, une chambre magnifique avec un grand lit et des draps propres tous les jours, des milliards d'habits et des tonnes de bonbons ! Et je jouais dans une comédie musicale qui avait beaucoup de succès. J'étais célèbre, les gens m'appelaient à tout bout de champ, je suis même passée à la télévision. Une vraie star !

— Ah oui ? s'extasièrent les orphelins.

— Mais alors, pourquoi t'es pas restée là-bas ? s'étonna Gemma.

— Eh bien... Malgré tout ça, il y avait quelque chose qui m'embêtait beaucoup.

— C'était quoi ?

— Des poux ? hasarda Gerry.

— Non, non, pas des poux... La solitude. Et vous savez quoi ?

— Non, quoi ?

— Quand on est seul, on trouve que tous ces trucs chic et chers, eh bien, finalement, ça ne vaut pas un clou.

— Ah oui ? Pourquoi ça ?

— Parce que rien ne vaut une famille ou des amis. À quoi ça sert de posséder plein de choses si on n'a personne avec qui partager ? On a beau tout avoir, on finit par s'en lasser. On ne rêve plus que d'une chose : être avec ceux qu'on aime.

— C'est vrai, renchérit Rocky. Quand on s'est retrouvés, Molly et moi, on était fous de joie. Et puis on s'est dit que vous nous manquiez terriblement. Alors, comme on se faisait du souci pour vous, on a décidé de rentrer.

Gemma, Gerry, Ruby et Jinx eurent l'air impressionnés... et très flattés d'être à l'origine de cette décision. Aucun d'eux ne songea à leur reprocher quoi que ce soit. Ils étaient bien trop gentils et innocents pour ça. Leurs grands yeux fixés sur leurs deux protecteurs, ils lapaient leur chocolat chaud comme des chatons ébouriffés.

— Et Pétula ? Elle s'ennuyait aussi ? demanda Jinx en caressant la tête du carlin.

— Oui, dit Molly.

— Nous aussi on était tout seuls, hein, Gemma ?

— Oui, c'était horrible.

Ruby était assise au coin de la cheminée, juste à côté de Nockman. Le lait lui avait dessiné une grande moustache. Elle glissa sa petite main dans la grosse paluche poilue du serviteur et dit en levant les yeux vers lui :

— Merci beaucoup, c'était très bon.

Nockman se sentait différent depuis son arrivée à Hardwick House. Au contact de la minuscule fillette, son cœur se gonfla. Il éprouva soudain une étrange chaleur intérieure – chose qu'il n'avait pas ressentie depuis des années. Il en fut le premier étonné.

— De rien, lui répondit-il, à la fois touché et fier de lui. C'était un plaisir.

— Et maintenant, expliquez-nous un peu ce qui se passe ici, dit Molly à ses jeunes protégés. Je veux tout savoir. Et d'abord, où sont Hazel et les autres ? Ils sont partis ?

— Non, répliqua Gemma. Ils sont toujours ici...

Elle prit le temps de respirer à fond avant de raconter ce qu'était devenue la vie à Hardwick House.

# 37

— Après ton départ, Miss Adderstone et Edna
ont décidé de partir aussi. Mais, avant de s'en
aller, elles ont chassé Mrs Trinklebury en lui
disant de ne plus jamais revenir ici. C'était paraît-
il pour être gentilles avec nous. Elles disaient que
les enfants n'aiment pas être commandés par les
grandes personnes et qu'on serait plus heureux
sans elles.

Molly se souvint des ordres qu'elle avait donnés aux deux femmes à l'aéroport. Elle était loin
de se douter qu'elles les interpréteraient de cette
façon. C'était aberrant. Comment avaient-elles
pu laisser ces enfants sans aide et sans sur-

veillance ? Être stupides au point de croire qu'ils seraient plus heureux en étant livrés à eux-mêmes ?

— Moi, je la trouvais gentille, Mrs Trinkle-bury, intervint Jinx.

— Oui, mais elle a pas osé désobéir à la directrice et on l'a jamais revue, poursuivit Gemma. Ensuite, Miss Adderstone a fait ses valises, Edna aussi, et elles se sont disputées parce que Miss Adderstone avait donné des coups de ciseaux dans les habits d'Edna.

— Même dans son manteau, précisa Ruby.

— Et dans leurs deux chapeaux, ajouta Jinx.

— Oui... On aurait dit des folles avec leurs habits tout déchirés, déclara Gerry. Edna nous a donné des bonbons, mais ils étaient fourrés avec un truc horrible.

— C'étaient des bonbons italiens, lui expliqua Gemma. Des bonbons pour les grands. Mais elles ont été très gentilles avec nous. Miss Adderstone m'a donné un sachet de boules antimites. De la mafftaline, comme elle disait.

— Et à moi une bouteille de bain de bouff', dit Jinx en imitant la directrice sans son dentier.

— Et tu as fait une grosse bêtise, pas vrai ? lui rappela Gemma.

— Voui, j'ai tout bu.

Rocky lui ébouriffa les cheveux en riant, et Gemma continua son récit :

— Miss Adderstone nous a dit qu'on ne manquerait de rien, que l'épicier nous apporterait de quoi manger et qu'il serait directement payé par la banque. Elle nous a dit aussi qu'il fallait absolument qu'on continue à aller à l'école, autrement l'affreuse Mrs Toadley viendrait fouiner par ici. Alors on a été obligés de faire semblant. Comme si Edna et Miss Adderstone étaient encore là. Du coup, personne n'a rien su.

— Vous savez où elles sont allées ?

— Non.

— Et ensuite, que s'est-il passé ?

— Eh bien, ensuite, Hazel a pris le pouvoir.

— C'était encore pire qu'avec Adderstone, souffla Gerry.

— Elle arrêtait pas de nous crier dessus et de nous commander. C'était à nous de tout faire : le ménage, la cuisine, les corvées... Elle disait qu'il fallait rester propres, sinon Mrs Toadley se douterait de quelque chose.

— Un jour, Hazel a voulu déménager, ajouta Gerry. Elle s'est installée dans l'appartement d'Adderstone et elle a vidé plein de choses par la fenêtre. Ensuite, elle a dit à Gordon et à Roger de prendre la chambre d'Edna...

— ... et alors ils ont commencé à se disputer,

embraya Gemma. Roger voulait devenir le chef parce qu'il disait que Hazel était une incapable et qu'avec elle, c'était la pagaille. Et Gordon voulait la chambre d'Edna pour lui tout seul. Alors, Roger lui a sauté dessus et ils se sont battus et Roger a fini à l'infirmerie.

Maintenant qu'ils étaient lancés, Gemma et Gerry ne pouvaient plus s'arrêter. Ils parlaient à toute vitesse et les deux plus jeunes les regardaient à tour de rôle, comme s'ils assistaient à un match de tennis. Molly et Rocky comprirent combien ces dernières semaines avaient dû être pénibles.

— Du coup, ils étaient trois à nous crier dessus et à nous commander, reprit Gerry.

— Mais jamais ils n'auraient levé le petit doigt pour nous aider, ça non !

— Ils se disputaient tellement qu'ils ont fini par plus se parler.

— Et à nous non plus.

— Sauf pour nous donner des ordres, bien sûr. Et ils se mettaient dans une colère terrible quand on répondait au téléphone ou qu'on allait ouvrir la porte. Hazel nous faisait peur. Elle nous disait que Gordon nous battrait si jamais on s'avisait de raconter qu'Adderstone n'était plus là. Mais maintenant ça va mieux parce que c'est les vacances de Noël.

— Oui, plus d'école, plus besoin de se laver.

— Le problème, c'est qu'on mange plus à la cantine le midi, alors on a drôlement faim.

— Et Hazel nous a interdit de descendre au village, précisa Jinx.

— Sinon le croque-mitaine nous attrapera, compléta Ruby.

— Rassurez-vous, le croque-mitaine n'existe pas, tout ça, c'est des salades, leur affirma Molly.

Elle regarda autour d'elle. La pièce était un véritable dépotoir. Des crosses de hockey et des ballons crevés traînaient de-ci, de-là. Il y avait des sacs plastique, des vieux cartons, des casseroles sales dans tous les coins. Les murs étaient constellés de taches d'encre.

— Mais où sont les autres en ce moment ?

— Encore en train de dormir, sans doute, lâcha Gemma en sirotant son chocolat. En général, Roger se lève à dix heures. Après, il part faire les poubelles à Briersville. Gordon, Cynthia et Craig ne mettent jamais le nez dehors. Ils passent leur temps à regarder la télé dans la chambre d'Edna. Hazel reste chez elle la plupart du temps. Elle descend que pour prendre les livraisons, après ça elle file dans sa chambre en emportant ses colis.

Molly se tourna vers Rocky.

— Bon, tu ne crois pas qu'il serait temps d'aller les réveiller ?

En arrivant devant l'appartement de Miss Adderstone, Molly vit un énorme cafard se carapater sous la porte fermée. Pétula huma l'air avec nervosité, sentant planer dans l'atmosphère l'odeur de son ancienne maîtresse. Molly contempla le portrait de la vieille fille accroché au mur du palier. Un petit plaisantin lui avait dessiné une barbe et des moustaches. Rocky frappa, poussa la porte et entra.

L'endroit sentait le renfermé. Les tentures de velours lie-de-vin étaient tirées ; il faisait encore plus sombre qu'à l'ordinaire. Molly alluma une lampe. Les fichiers et les dossiers provenant du bureau de la directrice étaient éparpillés un peu partout. Le sol était jonché de paquets de gâteaux vides et d'emballages de bonbons. On se serait cru à l'automne, sur un tapis de feuilles mortes. Du fond de l'obscurité, le coucou fit entendre neuf fois de suite son cri éraillé.

— Qui est là ? grogna Hazel d'une voix endormie.

Rocky et Molly s'avancèrent vers la chambre et entrèrent à tâtons, écrasant sous leurs pieds d'autres déchets non identifiés. Dans la pénombre, Molly se dirigea vers la fenêtre et tira sur le cordon des rideaux. La lumière froide de décembre inonda la pièce et Hazel se protégea les yeux en hurlant :

— Fiche-moi la paix, Gemma ! Je veux voir personne, casse-toi !

— Ce n'est pas Gemma, dit Molly.

Hazel abaissa lentement la main et se mit à cligner des paupières. Elle avait drôlement changé depuis la dernière fois. Ses yeux étaient injectés de sang et cerclés de cernes violacés. Elle avait les traits bouffis, le teint malsain et les lèvres gercées, avec de vilaines crevasses aux commissures. Ses cheveux auraient eu besoin d'une bonne coupe. Ils étaient tellement gras qu'ils lui collaient au crâne. Bref, Hazel avait tout d'une pauvre folle. Et le choc de voir Molly et Rocky n'arrangea rien.

— Cccr... Crapaud ! Je rêve..., bredouilla-t-elle en empoignant son oreiller.

— Non, c'est bien moi, rétorqua Molly. C'est peut-être un cauchemar pour toi, mais je suis de retour. Et bien décidée à rester.

En temps normal, Hazel lui aurait volé dans les plumes.

— Bah... après tout, je m'en fiche, se borna-t-elle à dire.

Puis elle se pencha pour attraper un carton au pied du lit, prit une barre Paradis et la fourra tout

471

entière dans sa bouche après avoir déchiré l'emballage d'un coup sec.

— 'Chuis en manque de chucre, se justifia-t-elle.

Elle ferma les yeux pour mieux savourer le chocolat et sembla oublier la présence des deux autres.

— Tu as mauvaise mine, Hazel, fit remarquer Molly.

— Ouais... je sais.

— Tu vas te rendre malade, renchérit Rocky. Tu ne manges que des bonbons ?

— Ouais, y a rien de meilleur.

Elle balaya du regard les boîtes de bonbons accumulées aux quatre coins de la chambre et se figea soudain, l'air affolé.

— Vous n'allez pas me les prendre, au moins ?

— Non, la rassura Molly. Mais on peut te proposer autre chose. Une omelette aux pommes de terre, par exemple. Ça te dirait ?

Quand elle eut dévoré son omelette, Hazel se lança dans un long monologue :

— Au début, ça m'amusait de jouer à la directrice. Mais Gordon et Roger n'avaient pas l'air d'apprécier. Je me suis disputée avec eux – une fois, deux fois, cent fois. C'était de pire en pire. Du coup, j'ai décidé de ne plus leur parler. Je préférais rester dans ma chambre à manger du chocolat et des bonbons. Un jour, j'ai trouvé un vieux paquet de cigarettes dans le secrétaire de Miss Adderstone et je les ai toutes fumées... Mais à la fin, j'en ai eu marre. Marre d'être tout le temps fatiguée, tout le temps patraque, tout le temps de mauvais poil. Et tout le temps seule. J'aurais voulu changer, avoir meilleur caractère, être plus gentille avec les autres, mais ça ne venait pas. Je détestais tout le monde et je me détestais moi-même pour avoir tant de... tant de haine en moi. Sans compter que je suis une menteuse.

Hazel s'interrompit, le temps d'attraper un dossier vert sur la table de nuit.

— Tiens ! dit-elle en le lançant à Molly. Si tu veux tout savoir, tu vas être servie. J'ai menti sur toute la ligne. Vas-y ! Lis ça, tu verras.

Elle s'affaissa sur l'oreiller, les yeux pleins de larmes.

À l'intérieur du dossier, il y avait une fiche de renseignements. Rocky et Molly la parcoururent silencieusement.

— Vous voyez, on est loin de ce que vous croyiez, soupira Hazel en refoulant ses larmes. Je me suis toujours vantée d'avoir des parents super, mais c'était pas vrai. Je n'ai jamais eu d'amour, je n'ai connu que les coups. Au moins, Adderstone ne me battait pas, c'est pour ça que je l'aimais

| | |
|---|---|
| Nom : | Hazel Hackersly |
| Date de naissance : | ? |
| Lieu de naissance : | ? |
| Circonstances d'arrivée : | Enfant de six ans, issue d'un milieu instable et défavorisé. Sous-alimentée. Maltraitée (nombreuses traces de coups sur le corps). |
| Parents : | Mère alcoolique. Père violent et colérique. Tous deux incapables d'assumer leur rôle parental. |
| Biens personnels : | Néant |
| Description de l'enfant : | Hazel me fait penser à moi quand j'étais petite fille. Elle apprend vite et cherche toujours à faire plaisir. |

bien. Mais vous, je vous détestais. J'étais jalouse parce que Mrs Trinklebury vous aimait bien. Elle vous dorlotait comme ses propres bébés. Moi, je n'y ai jamais eu droit, je suis arrivée trop tard. Et ma mère me hurlait dessus, c'est tout ce qu'elle savait faire.

— Mais Mrs Trinklebury ne demandait qu'à t'aimer, c'est toi qui n'as pas voulu, souligna Molly, effarée par ces révélations.

— Je sais, mais c'est comme ça. Je ne vous accuse pas. C'est normal si personne ne m'aime. Je suis horrible, je me déteste. Après tout, tant mieux que vous soyez là. J'en ai assez de diriger cet endroit. Je suis malade et fatiguée. J'ai envie d'aller mieux. Envie d'être meilleure.

Le visage de Hazel se décomposa. Elle ouvrit la bouche, mais il n'en sortit aucun son. Et, dans ce long cri muet, elle laissa les larmes ruisseler le long de ses joues. Molly posa la main sur son épaule.

— Ne pleure pas, Hazel. Arrête, s'il te plaît. Je comprends. Merci de nous avoir montré ta fiche. La mienne ne valait pas mieux, je t'assure. On va t'aider à t'en sortir. À partir de maintenant, tout va changer, tu vas voir.

— D'accord, hoqueta Hazel entre deux sanglots. Et... merci d'être revenus.

Molly et Rocky aidèrent Hazel à se lever. Après lui avoir fait couler un bain, ils partirent à la recherche de Gordon Boils.

Ils le trouvèrent dans l'appartement d'Edna. Il était assis dans un fauteuil, les pieds chaussés de pantoufles deux fois trop grandes pour lui. Sur le canapé voisin, Cynthia et Craig étaient blottis sous un édredon. Tous trois étaient scotchés à la télévision – celle de la salle commune qu'ils avaient réquisitionnée. Quand la porte s'ouvrit sur Molly et Rocky, ils détournèrent brièvement le regard, comme s'ils venaient de voir voler une mouche, puis ils se replongèrent instantanément dans l'écran.

Gordon était pâle et anémique. Il se tenait la tête entre les mains, exhibant les tatouages de ses deux poings : KING GORD. Mais ce n'était plus le Gordon agressif et arrogant que Molly avait connu. Le roi Gordon avait tout perdu de sa superbe. Quant à Cynthia et Craig, ils avaient l'air aussi tristes et fantomatiques que lui.

— Bonjour tout le monde ! dit Molly en éteignant la télé sans préavis.

Après que tous trois eurent dévoré le copieux petit déjeuner servi par Rocky, Gordon prit la parole d'une voix faible.

Tandis qu'il résumait les événements des dernières semaines, il remuait sans cesse les yeux, comme un animal traqué. Depuis le début des vacances, c'était la débandade. Tout le monde broyait du noir. La seule consolation, c'était la télé. Alors ils la regardaient non stop.

— Mais on n'en peut plus, avoua-t-il. Et moi, je suis malade. Malade à crever. Je sais pas ce que j'ai, mais y a vraiment un truc qui cloche. Je crois que j'ai besoin de voir un docteur, Rocky.

Les deux autres gardèrent le silence.

— Écoutez-moi, intervint Molly. On est prêts à vous aider, mais à une condition : il va falloir changer vos manières.

— Comment ça ?

— Arrêter d'être méchants.

— Oh, ça... fastoche, lâcha Gordon d'un ton désabusé. D'ailleurs, ça fait au moins... pfff... ! des jours que j'ai embêté personne.

— Et comment est-ce que tu comptes nous aider, Crapaud ? s'enquit soudain Cynthia.

— Fais-moi confiance, j'y arriverai. Et à propos : je m'appelle Molly. Molly Moon, au cas où tu aurais oublié.

Elle s'était exprimée avec fermeté, mais, au fond, elle n'était pas fâchée que Cynthia l'ait appelée Crapaud : cela prouvait qu'elle n'était plus sous le charme.

Sur le conseil des deux amis, Gordon, Cynthia et Craig partirent se laver et s'habiller. Molly se demanda s'ils se montreraient aussi conciliants quand ils auraient repris du poil de la bête.

— On y veillera, lui dit Rocky.

La dernière personne qu'il leur restait à voir, c'était Roger Fibbin. Ils le trouvèrent assis sur le lit de l'infirmerie, en train de lacer ses chaussures. Il fit un bond en les voyant entrer. Il avait les traits creusés, le nez qui coulait et les mains violettes de froid. Il était habillé avec le même soin que d'habitude mais, en s'approchant, Molly remarqua que le col de sa chemise n'était pas net et que son pantalon gris était plein de taches. Ses ongles étaient d'une noirceur repoussante.

— Qu... qu'est-ce que vous faites là ? leur demanda-t-il, l'œil gauche animé d'un tic nerveux. Je dois partir... Faut que j'aille faire les poubelles. (Il consulta rapidement sa montre qui ne marchait plus depuis belle lurette.) Je vais être en retard. Si je n'y vais pas tout de suite, il n'y aura plus rien à ramasser.

Une fois encore, l'omelette aux pommes de terre sautées eut un effet bénéfique. Mais Roger n'en demeurait pas moins brisé, au bout du rouleau. Pour se nourrir, il avait pris la déplorable habitude de fouiller dans les ordures de la ville, et il avait attrapé quelques méchants parasites. Mais, d'après ce que Molly et Rocky purent comprendre, c'était pour lui le seul moyen d'avoir un régime varié.

— Ça fait des semaines que... que je n'ai pas mangé aussi bien, leur dit-il en fixant son assiette vide d'un regard hagard.

— Ne t'en fais pas, à partir de maintenant, tu mangeras à ta faim. Et rien que des bonnes choses, lui affirma Rocky.

À ces mots, Roger se jeta dans ses bras et éclata en sanglots.

Avant de sortir, Molly se regarda rapidement dans le miroir de l'infirmerie – celui-là même où elle s'était vue sous les traits d'une punk. Quelle différence avec son nouveau look ! Cheveux brillants et bien coupés, teint de pêche. Son nez était toujours en patate et ses grands yeux verts toujours aussi écartés, mais, au lieu de les trouver laids, elle les aimait tels qu'ils étaient car ils faisaient partie d'elle. « Oui, j'ai bien changé depuis ce jour de novembre où j'ai hurlé toute ma haine », songea-t-elle. Elle médita également sur la métamorphose de ses anciens compagnons. Et dire que tous ces bouleversements étaient dus au livre du Dr Logan !

Hazel, Roger, Gordon, Cynthia et Craig avaient été humiliés. Livrés à eux-mêmes, privés de la structure de l'école et de règles, ils avaient rapidement brisé leur pacte d'alliance et ils avaient fini par se battre entre eux comme des sauvages, faute de pouvoir se défouler sur autre chose. Une fois la bande démantelée, chacun s'était retrouvé seul de son côté. Autrement dit, en tête à tête avec soi-même. Et ça les avait achevés. Hazel était tellement abattue qu'elle en avait été poussée à avouer ses tristes origines. Molly savait qu'elle se montrerait moins prétentieuse à l'avenir. Et elle était sans doute sincère quand elle affirmait vouloir faire des efforts pour se corriger. Ce qui était beaucoup moins sûr pour les trois autres. Molly avait du mal à s'imaginer Gordon en train de céder sa place à une vieille dame dans l'autobus. Quant à Cynthia et à Craig, elle les sentait peu enclins à la gentillesse. Les connaissant, il y avait de fortes chances pour qu'ils retrouvent leur agressivité en même temps que leur tonus. Le cas de Roger était plus préoccupant. Après la tension de ces dernières semaines, on le sentait prêt à craquer. Au bord de la folie. Elle espérait qu'il s'en remettrait.

Et puis il y avait Nockman. Il était encore trop tôt pour dire que l'expérience était un franc succès, mais il faisait des progrès, c'était incontestable.

Et Miss Adderstone et Edna ? Où étaient-elles ? Qu'étaient-elles devenues ? Mystère... Les effets de l'hypnose allaient certainement se dissiper – si ce n'était déjà fait. Restait à espérer qu'elles prendraient réellement plaisir à leurs nouvelles marottes. En admettant qu'Adderstone continue à se passionner pour l'aviation et qu'Edna soit toujours aussi toquée de gastronomie italienne, on ne risquait pas de les revoir de sitôt à Hardwick House. De toute façon, ni l'une ni l'autre n'avait la fibre maternelle. Molly leur avait rendu un fier service en les éloignant de l'orphelinat.

Forte de ces réflexions, Molly descendit au premier pour mettre le livre de l'hypnose en lieu sûr. C'est-à-dire sous un matelas.

# 38

Mrs Trinklebury poussa des cris de joie en entendant la voix de Molly au téléphone. Elle rappliqua un quart d'heure plus tard à Hardwick House. Toute rose et toute pimpante, emmitouflée dans un manteau laineux, elle ressemblait à un gros gâteau roulé à la confiture. Son vieux sac à fleurs débordait de pâtisseries et de friandises. Après les avoir distribuées aux enfants, elle regarda autour d'elle avec effroi.

— Ooooh, dd-doux Jésus ! C'est-y pp-pas mm-mmal-heureux... Mais c'est un vrai champ de bb-bataille ici ! Et ça sent le... fff-fauve ! Que s'est-il passé ?

Molly et Rocky lui exposèrent rapidement la situation.

— On a besoin de vous, Mrs Trinklebury, il faut absolument que vous reveniez, conclut Molly d'un ton implorant.

— Oui, sinon, ils vont nous envoyer une autre Miss Adderstone, renchérit Rocky.

— S'il vous plaît, restez avec nous, Mrs Trinklebury ! gazouilla Ruby. On a tous besoin d'une maman...

— Et de quelqu'un pour nous faire des bons gâteaux, ajouta Jinx.

La brave femme croisa les bras en soupirant.

— Vous savez, je me sens bb-bien seule depuis que Miss Ad-Ad-Adderstone m'a renvoyée. Je tourne en rond, je ne sais plus quoi faire de mes dix doigts. Autrement dit, je serai rudement contente de venir m'occuper de vv-vous.

— Hourra ! Vous êtes la meilleure, Mrs T. ! s'exclamèrent Molly et Rocky en lui sautant au cou.

Après quoi, ils l'emmenèrent en bas pour lui présenter Nockman.

L'ancien escroc avait mis un tablier. Il s'affairait à récurer les dernières casseroles, les bras plongés jusqu'aux coudes dans un bain de Moussinmax. Il avait également lessivé le carrelage, décapé le four, astiqué le frigo et nettoyé tous les placards de bas en haut. La cuisine étincelait et fleurait bon la fraîcheur citron.

— Mr Nockman, voici Mrs Trinklebury. Elle va venir habiter avec nous et c'est elle qui dirigera la maison.

— Et je suis sûr que vous vous entendrez à merveille, ajouta Rocky à mi-voix.

— Bonchour, dit Nockman en enlevant galamment ses gants de caoutchouc pour lui serrer la main.

— Ravie de vous connaître. Et ff-félicitations ! Vous avez fait du b-bon travail, à ce que je vois.

— Merci, répondit le gros bonhomme en rosissant de plaisir.

Mrs Trinklebury resta plantée devant lui, ne sachant plus trop quoi dire.

— Bon, eh bien... Hmmm... Comme je le disais pas plus tard que tout à l'heure à la p'tite Molly, je suis rudement c-contente de r-revenir à Hardwick House. Et si vous n'avez rrr-rien contre, j'amènerai Poppett... Elle chante si bien ! Ah... j'oubliai de v-vous dire : Poppett, c'est ma pppe-perruche.

— Une perruche ? s'écria Nockman en fixant la nounou avec adoration.

— Ben... ou-oui, dit Mrs Trinklebury, de nouveau troublée.

Puis elle passa un tablier à son tour et déclara avec entrain :

— Allez, ma fille ! Si tu veux r-remettre cette maison en état, il serait temps de te-t'agiter !

À l'approche du dîner, une délicieuse odeur de rôti aux petits pois et au maïs doux embaumait l'orphelinat. En outre, il faisait chaud dans toutes les pièces. Mrs Trinklebury s'était débrouillée pour faire livrer du fuel, et la chaudière tournait à plein régime.

Molly et Rocky donnèrent un bain et un shampooing aux quatre plus jeunes. Après quoi, ils les enveloppèrent dans les serviettes moelleuses que Molly avait achetées à l'aéroport. À huit heures, tout le monde était lavé, séché et habillé de neuf grâce aux nombreux vêtements rapportés dans ses valises. Même Gordon, Roger et Craig y avaient trouvé des T-shirts à leur goût.

Dans le réfectoire, on avait mis des bougies sur toutes les tables. Les couverts et les verres étincelaient. Un grand feu flambait dans la cheminée.

Pour Molly, ce dîner fut certainement le plus beau de sa vie. Pas le meilleur – bien que ce fût délicieux –, mais le plus agréable. C'était si bon de retrouver les autres..., même Hazel et son ancienne bande. D'ailleurs, ils n'étaient plus que l'ombre d'eux-mêmes et mangeaient en silence, calmes et discrets comme des souris. En revanche, les petits étaient de plus en plus agités. Mrs Trinklebury s'amusait de leurs bavardages. Et Simon Nockman aussi. Soudain, Gerry pépia :

— Alors comme ça, Mrs Trinklebury, vous allez être notre maman, maintenant ? Et vous, Mr Nockman, vous voulez bien être notre papa ?

Tous deux se mirent à rougir d'embarras.

Ensuite, Molly et Rocky firent la distribution des cadeaux. Appareil photo et baladeur pour Hazel et Cynthia, voitures et avions radiocommandés pour Gordon, Roger et Craig, jouets en peluche et talkies-walkies pour Gemma, Gerry, Jinx et Ruby. Tout le monde eut droit à une mini-télé et à un maxi-sac de bonbons. Mrs Trinklebury reçut un superbe collier et une bouteille de parfum qu'elle adora. Simon Nockman, quant à lui, était enchanté de son nouveau costume.

Quand tous les cadeaux furent déballés, Gemma demanda à Molly de leur faire son numéro de danse et de chant.

— Tu sais, comme le jour où tu as gagné le concours de Briersville !

Molly secoua la tête.

— Je ne voudrais pas te décevoir, mais c'est fini tout ça, j'ai laissé tomber.

— Mais pourquoi ? s'étonna Gemma. Tu étais super !

— Ah oui ? fit Molly avec un fin sourire.

Sur les tables, les chandelles arrivaient en bout de course. Il n'en restait plus que des trognons pas plus hauts que des champignons. Mrs Trinklebury fit soudain tinter son verre à l'aide d'une fourchette. Le silence se fit. Alors la timide nounou se leva, s'éclaircit la voix et se lança courageusement :

— Comme vous le sa-savez, je... je suis b-b-bègue mais...

— ... mais vous êtes très gentille, dit Gemma de sa petite voix flûtée.

— Merci, Gemma, t-toi aussi... Malgré tout je... je vou... je voudrais vous parler d'une chose qui me tient à ccc... cœur depuis longtemps et je cr... crois que c'est le bb... bon moment. D'abord parce que nous sommes tous réunis et que Ha-Ha-Hardwick H-house a enfin retrouvé la joie. Comme vous le savez, Mmmolly et Rrr-rocky m'ont demandé de rester ici pour m'occuper de vous. J'espère que vous êtes d'acc-d'accord.

— Ou-ouiiiii ! s'écrièrent les orphelins.

— Jusqu'à main-maintenant, poursuivit la brave femme, cette maison respirait la tristesse. Certains d'entre vous, je le sais, se sentaient affreusement mmmmalheureux. Seuls au monde. Et Miss Ad-Ad-Adderstone n'a rien fait pour arranger les choses. Chaque fois que je venais faire le ménage ici, j'en avais le cœur brisé... Parce que la misère et la solitude..., je sais ce que c'est. Je ne vous l'ai jamais dit, mais je... je suis orpheline, moi aussi. Aujourd'hui, vous mmmme voyez un peu vieille et... et un peu gr-grosse. Mais à l'époque où j'étais une jolie petite fille, on m'a placée dans un orphelinat. Mon p-père est mort quand j'avais deux ans et ma mère s'est remariée. Le problème, c'est que son nouveau mari avait déjà trois enfants de son côté. Avec les deux autres qu'ils ont eus ensemble un p-peu plus tard, cela faisait b-beaucoup de b-bouches à nourrir et ma mère ne s'en sortait plus. Il a fallu que quelqu'un parte. Et ce quelqu'un, ç'a été moi. J'ai longtemps trouvé ça injuste et je haïssais mes demi-frères et sœurs de m'avoir chassée. Pour moi, ils étaient comme leur p-père : des brutes sans cœur. Ils ont tenu bon, ils se sont défendus bec et ongles... et j'ai fini par me faire pousser dehors. Je n'étais pas de taille à lutter contre eux, v-vous comprenez ?... Et puis un jour, j'ai entendu une chanson qui m'a p-paru écrite pour moi. Certains d'entre vous la connaissent par cœur (Mrs Trinklebury adressa un sourire à Molly et à Rocky), mais je voudrais la chanter pour ceux qui ne la connaissent pas.

Et la voix tremblante de Mrs Trinklebury s'éleva dans le réfectoire :

*Petits oiseaux, pardonnez au coucou*
*Qui vous a poussés hors du nid.*
*C'est sa maman qui lui a appris,*
*Au gros coucou gris,*
*Qu'il faut faire son trou dans la vie.*

Molly jeta un coup d'œil alentour, s'attendant à voir Hazel et son ancienne troupe se livrer à quelques grimaces moqueuses. Mais non. Ils écoutaient la berceuse, attentifs et sérieux. Sauf Gordon, qui était encore en train de manger.

— Cette chanson m'a b-beaucoup appris, poursuivit Mrs Trinklebury. Grâce à elle, j'ai réalisé que je ne devais pas en vouloir à ces cinq enfants. S'ils m'ont fait tomber du nid, c'était parce que leur p-père leur avait appris. Alors je leur ai p-pardonné. Et du jour où j'ai cessé de les haïr, ma vie a changé. Voilà, maintenant nous savons tous p-pourquoi nous sommes ici. Chacun de vous a sa p-propre histoire et ses propres raisons d'être en colère. Mais tâchez de pardonner à ceux qui vous ont abandonnés. La rancune ne sert à rien. Qu'à être encore plus malheureux. Et rappelez-vous que quand on prend de mauvaises habitudes étant enfant, comme les jeunes coucous, on les transmet ensuite à ses propres enfants. C'est pourquoi je voudrais que cette maison devienne la maison du bonheur. À partir de ce soir, chacun de nous devra faire attention aux autres. Se montrer gentil avec tout le monde. N'est-ce pas, vous autres ? demanda-t-elle aux quatre petits. La méchanceté, c'est une vilaine bestiole. Et on ne veut pas de vilaines bestioles chez nous, pas vrai ?

— Ah ça non ! déclara fermement Gerry.

— Et maintenant, si personne n'y voit d'inconvénient, j'aimerais changer le nom de cette pension. Au lieu de Hardwick House, je propose Happy House.

Tout le monde la regarda bouche bée.

— Alors, qu'est-ce que vous en dites ? Si vous êtes d'accord, le-levez votre v-verre.

Les onze enfants brandirent leur verre de Qube à l'unisson. Nockman leva le sien jusqu'au plafond. Cynthia lança une boulette de pain à Craig.

— Longue vie à Happy House ! claironna Mrs Trinklebury.

Et tous les autres reprirent en chœur. Au loin, on entendit le coucou de Miss Adderstone vociférer dix fois.

— Bon, je crois qu'il est temps d'aller au lit, dit Mrs Trinklebury.

— Pour terminer cette soirée en beauté, j'aimerais vous montrer quelques-uns de mes tours, intervint soudain Simon Nockman.

Molly tressaillit, ne sachant pas trop ce qu'il entendait par là. Mais la demi-heure suivante fut l'occasion de découvrir une autre face cachée de Nockman. Pour lui, les cartes n'avaient pas de secret. Il les manipulait avec une dextérité stupéfiante, les faisant surgir d'une oreille, disparaître sous une chaise et réapparaître sur la table. Il voulut ensuite leur apprendre à tricher au poker – et Molly vit l'œil de Gordon s'illuminer quand le joueur professionnel entra en action. « Il va falloir les surveiller de près, ces deux-là », se dit-elle.

Après les cartes, Nockman se livra à deux ou trois autres tours de passe-passe épatants. Il parvint notamment à subtiliser le porte-monnaie de Mrs Trinklebury, sans qu'elle s'en aperçoive – il le lui rendit ensuite –, puis il dénicha un paquet de bonbons sous le bras de Hazel, qui ouvrit des yeux sidérés. Mais personne, y compris Molly, ne remarqua que Nockman en avait profité, dans la foulée, pour chiper la sucette de Ruby, l'appareil photo de Hazel, cinq livres sterling dans le blouson de Rocky et la clé de la porte d'entrée, que Mrs Trinklebury croyait en sûreté dans la poche de son gilet. Il avait glissé le tout sous sa chemise, tout près du scorpion en or niché bien au chaud dans sa toison.

À onze heures, tout le monde était couché. Seuls Molly et Rocky veillaient encore devant la cheminée. Allongée à leurs pieds, Pétula suçotait un petit caillou, pour ne pas changer.

— Quelle journée ! soupira Rocky. Le pire, c'est que je ne me sens pas fatigué.

— Normal, répondit Molly en contemplant le feu, on est encore réglés sur l'heure de New York, et il n'est que six heures du soir là-bas. En tout cas, c'était une belle journée... Et finalement, on n'est pas si mal ici, quand il fait chaud.

— C'est vrai. Quand on pense à l'ambiance du temps d'Adderstone, c'est le jour et la nuit.

— Le problème, c'est que le fuel coûte une fortune, souligna Molly. Mrs Trinklebury m'a montré la facture : deux cent cinquante livres ! À ce train-là, on n'ira pas loin.

Elle tira une enveloppe de la poche de son blouson en polaire et évalua rapidement l'argent qui leur restait.

— Si on veut redécorer les chambres et acheter de nouveaux meubles, on ne pourra bientôt plus se permettre d'alimenter la chaudière. Sans compter les autres dépenses, la nourriture et le salaire de Mrs Trinklebury. Et dire qu'on s'est juré de ne plus avoir recours à l'hypnotisme... Tu sais, Rocky, on a peut-être eu tort. Si on tient à rester réglo, je ne vois vraiment pas comment on va s'en sortir.

Pétula dressa l'oreille, sentant que sa maîtresse était soucieuse.

— Eh bien, on se débrouillera pour joindre les deux bouts, voilà tout, répliqua Rocky avec son optimisme habituel. Tout ne peut pas être parfait, Molly. Des problèmes, on en rencontrera toujours, il suffit de les gérer au fur et à mesure et on trouvera bien une solution. Inutile de te casser la tête à l'avance.

— Mmmm..., fit Molly, pas vraiment convaincue.

Pétula l'observa, la tête penchée sur le côté. Elle avait horreur de voir Molly triste. Elle songea à son jeu favori : quand elle lui offrait un de ses petits cailloux, Molly éclatait de rire à tous les coups. Du bout de la patte, Pétula gratta gentiment la jambe de sa maîtresse. Puis elle cracha le caillou à ses pieds et jappa joyeusement.

À sa grande surprise, Molly ne réagit pas du tout comme les autres fois.

— Mon Dieu ! Je rêve ou quoi ? s'exclamat-elle en fixant le plancher, les yeux quasiment exorbités.

Rocky suivit son regard et s'écria à son tour :

— Waou ! Où est-ce que tu as trouvé ça, Pétula ?

Le carlin eut un sourire canin. Il fallait reconnaître que c'était un très beau caillou. Et dur comme tout. Pétula l'avait trouvé dans la poche d'anorak de Molly, la veille au matin, quand ils étaient rentrés à l'hôtel.

Molly ramassa la pierre et se tourna vers Rocky.

— C'est le diamant du gangster que j'ai rencontré par hasard dans le sous-sol de la Shorings. Je me souviens de l'avoir glissé machinalement dans ma poche. Ensuite, ça m'est sorti de la tête. Du coup, on ne l'a pas emballé avec le reste.

— Pourtant le journaliste des infos a bien précisé qu'il ne manquait rien, s'étonna Rocky.

— Le diamant n'était peut-être pas sur la liste. Je me rappelle que ce type m'a dit qu'il l'avait volé le jour même... et à un autre voleur, en plus !

— Ouaf ! Ouaf ! Ouaf ! fit Pétula, l'air de dire : vas-y, prends-le, je te le donne !

Molly lui prit la tête et lui frotta doucement les oreilles.

— Qu'est-ce qu'on va en faire ? demanda-t-elle à son ami.

— Je n'en sais rien..., répondit Rocky, soupesant la pierre avec perplexité. Il faudrait retrouver le propriétaire d'origine, mais comment faire ? Ça me paraît difficile, pour ne pas dire impossible.

Il s'interrompit, un sourire malicieux sur les lèvres.

— Tu sais quoi ? Tu ferais mieux d'aller mettre ce caillou en lieu sûr.

# 39

Quand Molly et Rocky décidèrent enfin d'aller se coucher, il était deux heures du matin.

Deux heures plus tard, Molly se réveilla. C'était une nuit de pleine lune et la chambre baignait dans une étrange et pâle clarté. Elle-même se sentait bizarre, ses mains transpiraient. Subitement, comme si quelque chose l'appelait, elle se leva, enfila sa robe de chambre et ses pantoufles, puis chercha son livre à tâtons sous le matelas.

Comme dans un rêve, Molly sortit de sa chambre, descendit l'escalier et décrocha un manteau dans l'entrée. Puis elle quitta Hardwick House et s'enfonça dans la nuit glaciale de

décembre, guidée par les rayons de lune qui éclairaient son chemin.

Avec des gestes d'automate, sans réfléchir et
sans hésiter, elle ouvrit le portail de l'orphelinat
et s'engagea sur la route verglacée qui conduisait
au village. De là, elle prit la direction de Briersville. Une volonté inconnue la poussait à aller de
l'avant. Le froid ne la gênait pas. Elle n'éprouvait
pas la moindre crainte. Elle sentait juste qu'elle
avait quelque chose à faire, tout en ignorant quoi.

Ses pas la menèrent à la bibliothèque. Elle gra-
vit les marches, passa entre les deux lions de
pierre qui montaient la garde de part et d'autre
de l'entrée, puis elle pénétra dans le hall. Il y avait
de la lumière dans la salle de lecture. C'est là
qu'elle devait se rendre, elle le savait. Elle poussa
la porte.

La bibliothécaire était là, assise à son bureau.
Seule.

— Ah, te voilà, lui dit-elle en souriant.

Elle regarda par la fenêtre, contempla la pleine
lune et ajouta :

— Parfaitement ponctuelle.

À ces mots, Molly sortit soudain de sa torpeur.
Elle se sentait reposée comme après une longue
nuit de sommeil. Elle avait les idées claires et tout
lui apparaissait avec une incroyable netteté. Elle

était là, dans la bibliothèque, en pleine nuit, en robe de chambre et en chaussons, son livre d'hypnotisme sous le bras. Machinalement, elle le tendit à la jeune femme.

— Merci, Molly. J'espère qu'il t'a aidée, lui dit-elle en ôtant ses lunettes.

Molly l'interrogea du regard. Comment connaissait-elle son nom ? Dans la seconde, elle trouva elle-même la réponse : avec tous les livres qu'elle avait empruntés, son nom avait dû lui passer plus d'une fois sous les yeux. Mais cela n'expliquait pas pourquoi elle s'attendait à sa visite.

— Que vouliez-vous dire avec votre « parfaitement ponctuelle » ? Nous n'avions pas rendez-vous.

Peu à peu, Molly retrouvait ses repères. Elle repensa au fameux jour où elle avait dérobé le livre. La bibliothécaire s'était-elle aperçue de quelque chose ? Molly se sentit prise la main dans le sac, elle qui avait justement l'intention de remettre le livre en place, ni vu ni connu, afin d'éviter ce genre de tracas. Puis elle se reprit à penser que la bibliothécaire n'avait pas pu la surprendre. Personne ne l'avait vue, elle en était convaincue. Alors, comment cette femme pouvait-elle savoir ? Y avait-il des caméras vidéo dans tous les coins ?

Voyant son désarroi, la bibliothécaire lui dit alors avec douceur :

— Ne t'inquiète pas et viens t'asseoir, je vais tout t'expliquer.

Molly s'assit en face d'elle. Pour la première fois de sa vie, elle la regarda attentivement. Elle avait un air sérieux, mais sans ses lunettes elle paraissait moins vieille. Ses cheveux gris relevés en chignon ne cadraient pas avec le reste. Car elle avait un visage jeune et lisse, un sourire franc et des yeux vifs.

— Vois-tu, Molly, tu t'imaginais sans doute que je ne faisais jamais attention à toi, étant donné que tu me voyais toujours le nez plongé dans un livre ou dans un fichier. Mais détrompe-toi : cela fait longtemps que je t'observe. Tu me faisais de la peine, chaque fois que tu venais te réfugier ici, toute seule et grelottant de froid, et que tu allais te blottir près du radiateur. J'avais envie de faire quelque chose pour toi. Je me suis dit que le livre de l'hypnose allait sûrement t'aider, que tu pourrais y apprendre certaines choses – enfin... beaucoup de choses, finalement. Le jour où je t'ai vue débarquer, encore plus triste que d'habitude et trempée jusqu'aux os, je t'ai hypnotisée pour t'amener à le trouver. Ensuite, tu t'es endormie sous l'étagère, tu t'en souviens ?

Molly hocha la tête, le front barré d'un pli incrédule.

— Eh bien, c'est moi qui avais provoqué ton sommeil. En fait, je t'ai hypnotisée dès que tu m'as dit bonjour. Cette petite sieste m'a permis de te suggérer certaines choses. J'ai estimé qu'il te faudrait environ trois semaines pour mener ton expérience à bien. Je t'ai donc demandé de rapporter le livre en décembre, la nuit de la pleine lune.

— « Parfaitement ponctuelle »..., souffla Molly.

— Oui, c'est par cette phrase que tu devais te réveiller après ta petite promenade au clair de lune. Mais, comprends bien que pour le reste, tu n'étais pas sous hypnose. Tout ce qui t'est arrivé entre-temps, c'était ta propre aventure.

— Et dire que je n'arrive jamais à l'heure, d'habitude ! dit Molly, tout en songeant qu'elle s'était nettement améliorée ces derniers temps.

Puis elle reprit le cours de sa pensée.

— Et Nockman dans tout ça ?

— Oh, ce menteur... ! Eh bien, quelques jours auparavant, il m'avait téléphoné des États-Unis. Il se prétendait professeur. Il m'a expliqué qu'il avait d'importants travaux de recherche à faire et qu'il me serait infiniment reconnaissant de lui confier le livre de l'hypnose, qui était pour lui d'une importance capitale. Il s'est montré très persuasif et m'a assuré qu'il voulait simplement *l'emprunter*. Mais il a rappelé dès le lendemain et, apprenant que c'était mon jour de congé, il en a profité pour convaincre une de mes collègues de lui *vendre* l'ouvrage en question. De fait, l'argent est arrivé par courrier express le jour suivant, et ma collègue m'a mise au courant de l'affaire. Quand elle m'a annoncé que Nockman allait venir en personne chercher son livre, j'ai senti qu'il y avait anguille sous roche. Alors, j'ai mené ma petite enquête et j'ai découvert qu'il n'existait pas de professeur Nockman au muséum de Chicago. Je savais donc qu'il s'agissait d'un imposteur avant même qu'il ne pose le pied dans notre pays. Entre-temps, je ne cessais de penser à toi. Ce livre, c'est à toi que je le destinais.

La bibliothécaire éteignit la lampe de son bureau.

— Je suis navrée de t'avoir tirée de ton lit, Molly. Il se fait tard, je commence à être fatiguée. Je ferais mieux de rentrer me coucher... et toi aussi.

Mais Molly était bel et bien réveillée à présent, et des milliards de questions lui traversaient la tête.

— Je ne suis pas en train de rêver, n'est-ce pas ?

— Non ! répondit la jeune femme en riant. Mais tu devrais. Tu as vu l'heure ?

— Je n'ai plus envie de dormir.

— Moi si. Mais je serais ravie de discuter avec toi un de ces jours. Quand tu auras un moment – et si tu en as envie –, on pourrait prendre le thé ensemble ? Tu me raconteras tes aventures et je te raconterai les miennes.

— Vous en avez eu, vous aussi ? s'étonna Molly.

— Bien sûr ! Quand on se découvre un don pareil, on se trouve forcément lancé dans des histoires inimaginables. J'utilise rarement mes pouvoirs à présent. Sauf pour venir en aide aux gens, de temps en temps. C'est ce qu'il y a de mieux, à mon avis.

— Comme pour moi ?

— Tu trouves que je t'ai vraiment aidée ? Alors tant mieux.

Pendant un instant, Molly resta silencieuse. Elle songea au chemin qu'elle avait parcouru durant ces dernières semaines. Sans la bibliothécaire, elle en serait encore au même point. Elle avait appris tellement de choses grâce à elle !

— Merci, euh... désolée, je ne connais même pas votre nom.

— Je m'appelle Lucy. Lucy Logan.

— Comme le docteur ? Celui qui a écrit le livre ?

— C'était mon grand-père. Mais écoute, Molly, tu as eu assez d'émotions pour ce soir. Tu ne vas jamais pouvoir t'endormir. Rentre vite chez toi. Moi, il faut que je ferme. Mais dis-toi que tu seras toujours la bienvenue, passe me voir quand tu veux. Je te dirai tout sur mon grand-père et sur ses travaux, et on parlera d'hypnotisme tant que tu voudras, d'accord ?

Molly hocha la tête en souriant et se dirigea vers la sortie.

Lucy Logan agita la main et lui cria de loin :

— Et si je ne te revois pas avant : Joyeux Noël !

— Joyeux Noël, répondit Molly, encore tout étourdie par ces révélations.

Avec la lune pour fidèle compagne, Molly rentra par le même chemin qu'à l'aller. Elle se repassait tout en marchant tel ou tel épisode de son aventure et revivait les moments palpitants ou terrifiants qui l'avaient marquée. Elle réalisait à présent à quel point la chance avait joué en sa faveur et, avec le recul, elle s'émerveillait de la façon dont les choses s'étaient déroulées.

Comme elle amorçait la côte de Hardwick, la lune se voila et de gros flocons de neige commencèrent à tomber. Peu à peu, la petite route de campagne se couvrit d'un épais tapis blanc qui crissait agréablement sous ses pas. Les arbres qui surplombaient la haie inclinaient leurs lourdes branches vers elle, comme pour la saluer. Là-bas, au loin, on distinguait le panneau brillamment illuminé qui signalait l'entrée de Briersville. Les starlettes de Qube, figées dans leur maillot de bain, avaient l'air de claquer des dents. C'était drôle de penser que, trois semaines plus tôt, elle rêvait encore de leur ressembler. À présent, elle s'en contrefichait. La vie façon Qube ne l'intéressait plus. Elle voulait vivre sa propre vie – c'était tellement plus passionnant.

La neige tourbillonnait autour de Molly, étouffant tous les bruits alentour. Dans l'intimité de ce silence, l'avenir lui parut soudain plein de promesses. Le livre du Dr Logan lui avait révélé qu'elle était capable d'apprendre n'importe quoi, pourvu qu'elle s'en donne la peine. Si on lui avait dit six mois plus tôt qu'elle deviendrait une spécialiste de l'hypnose, cela lui aurait semblé d'un ridicule absolu. À l'époque, elle ne croyait en rien. Surtout pas en elle.

À présent, Molly s'acceptait avec ses qualités et ses défauts. Elle se sentait bien dans sa peau. Elle avait hâte de s'essayer à plein d'autres choses. En sport, elle comptait reprendre l'entraînement, histoire de voir si elle était capable de finir le parcours de cross sans défaillir. Elle avait également décidé de se mettre sérieusement aux claquettes. Pas au point de devenir une vedette, non, juste pour se faire plaisir. La célébrité ne lui disait plus rien. Elle comptait profiter de la vie en toute simplicité. Et dans la mesure du possible, aider les autres à en faire autant.

Dans cinq jours, ce serait Noël. Molly n'avait même pas eu le temps d'y penser tellement elle avait été occupée. Souriant aux anges, elle songea que ç'allait être le plus beau Noël de sa vie.

Elle poursuivit son chemin dans l'air glacial du petit matin. Malgré le silence et l'immobilité du paysage, elle sentait palpiter la vie en toute chose. Surtout en elle.

Que s'était-elle dit lorsqu'elle avait lu l'ouvrage du Dr Logan pour la première fois ? Que l'hypnotisme allait lui offrir des possibilités sans fin. Ce soir-là, elle venait de comprendre que sa propre existence lui en offrirait tout autant. Elle en était convaincue jusqu'au plus profond d'elle-même. La vie, c'était magique ! De nouveau, elle se sentit ravie d'être dans la peau de cette bonne vieille Molly Moon.

Devant elle, la route qui menait à Happy House luisait comme un ruban d'argent.

À quatre mille pieds d'altitude et cinq mille kilomètres de là, un avion de tourisme virevoltait au-dessus des Alpes italiennes. Dans le cockpit se trouvaient deux femmes. La première était musclée et solidement charpentée, la seconde maigre et édentée. Celle qui tenait le manche à balai, c'est-à-dire la maigre, avait dans le regard une lueur de folie. Elle portait son dentier en pendentif au bout d'une ficelle. L'autre, la grosse, arborait un T-shirt où l'onpouvait lire : « Si vous n'aimez pas les spaghettis, gare à vous ! »

Alors que l'avion amorçait un looping, la forte femme demanda :

— Que diriez-vous d'*una pasta molto*, *molto bene*, Agnès ?

— Mmmmm, d'accord, Edna. Mais, par pitié, ne forcez pas sur le piment, compris ? Pas trop é-pi-cé !

Retrouve la suite des aventures de Molly Moon dans ***Molly Moon arrête le temps***, dans la collection Wiz aux Éditions Albin Michel et dans la collection Le Livre de Poche Jeunesse.